वाह किन्नी, वाह !

वाह किन्नी, वाह!

ताज़ा कहानियाँ

यादवेन्द्र शर्मा 'चन्द्र'

वाणी प्रकाशन

वाणी प्रकाशन का 'लोगो'
विख्यात चित्रकार मक़बूल फ़िदा हुसेन की
कूची से

ISBN : 978-93-5000-043-4

वाणी प्रकाशन
21-ए, दरियागंज, नयी दिल्ली-110002
द्वारा प्रकाशित
फोन : 0091#11#23273167, 23275710
फैक्स : 0091#11#23275710
ई-मेल : vaniprakashan@gmail.com
वेबसाइट : www.vaniprakashan.in
प्रथम संस्करण : 2009

मुद्रक
आर. टेक ऑफसेट प्रिंटर्स, दिल्ली-110095

मूल्य : 200.00

WAH KINNI, WAH!
by : Yadvendra Sharma 'Chandra'

मैं इतना ही कहूँगा...

प्रस्तुत कहानी संग्रह मेरा ताज़ा कहानियों का संकलन है जिसमें राजस्थानी चरित्र, परिवेश और यथार्थ का अंकन तो है ही, साथ ही, उनके बदलते जीवन में उपजी विसंगतियों का भी चित्रण है। मेरा सदा यह प्रयास रहा है कि दुष्ट-से-दुष्ट आदमी के भीतर की अच्छी संवेदनाओं और संघर्ष की तलाश। हाँ, कई कहानियाँ समकालीन बौद्धिक स्थितियों को भी प्रकट करती हैं। आप ही वास्तविक समीक्षक हैं। पढ़िए और लिखिए।

यादवेन्द्र शर्मा 'चन्द्र'

बीकानेर 334 004

अनुक्रम

घर लौटना है

मिथुन! हाँ, यह सुन्दर-सा नाम उस व्यक्ति का था, जो भूरी चमड़ी और नीली बड़ी-बड़ी आँखों वाला, हृष्ट-पुष्ट और आमकद के आदमियों से एक-दो इंच लम्बा था। वह बातूनी और हँसमुख, सटीक उत्तर देने वाला था और भयंकर पियक्कड़ भी। अपनी इस पीने की गन्दी आदत के कारण वह अपने मालिक भागीरथ का कोप-भाजन बनता रहता था और दिन के अपने कार्यकाल में कम-से-कम पाँच-सात दफे उससे झड़पें हो जाती थीं। उसका काम सीलन और अँधेरे से भरे तलघर से लोहे की सलाखें निकलवा कर उन्हें तुलवाना था और वह इस काम को मुस्तैदी से अंजाम देता था। मालिक उससे कितना ही नाराज़ हो, पर उसके काम से सन्तुष्ट था। साँप सी छोटी-छोटी आँखों वाला तथा भद्दे ढंग से अपना निचला होठ चूसने वाला काँइया मालिक, यह जानता था कि यह शैतान की औलाद दो मज़दूरों जितना काम अकेला करता है। इसलिए वह उसकी कई बार गुस्ताख़ियाँ तक झेल लेता था। उसके साथ दो मज़दूर और काम करते थे।

मिथुन भी उस मालिक की सारी कुटिलताएँ व क्षुद्रताएँ जान गया था, अतः वह उसकी उन आज्ञाओं को, जिन्हें वह पसन्द नहीं करता था, उन्हें शान्त चित्त और निर्विकार भाव से टाल दिया करता था। तब उसका मालिक उसे निकम्मा, आलसी, कामचोर, न जाने क्या-क्या कहता था, पर वह ख़ामोशी में डूबा हुआ अन्य मज़दूरों से बीड़ियाँ माँग कर पीता रहता था। बीड़ी वह माँग कर ही पीता था।

एक बार मालिक ने उसे अपनी बहिन 'चानणी' को लेकर कई सवाल किए। वह चुप रहा। उसकी लम्बी ख़ामोशी से परेशान होकर मालिक ने कहा कि वह उसे बर्ख़ास्त करता है। तब मिथुन उसके नज़दीक गया और उसने अपनी हथेली फैला कर कहा कि वह उसका तुरन्त हिसाब कर दे। वह भी ऐसे निष्ठुर मालिक के पास नौकरी नहीं करना चाहता, जो अपने नौकर की मेहनत की तारीफ़ ही नहीं करता और व्यर्थ के सवाल करता है। उसने बताया, "मुझे चानणी प्रायः चाय पिलाती है, इसका मतलब यह नहीं है कि हमारे-उसके बीच कोई गड़बड़ है।"

"आप समझते हैं कि मैं इतना निकम्मा, नाकारा और कामचोर हूँ?...नहीं मेरे सेठ, नहीं। मैं केवल भयंकर रूप से पियक्कड़ हूँ। इसलिए आप जानते हैं कि मुझे कोई और नहीं रखेगा। अरे! सीलन भरे, काले तहखाने में कोई भी ज़्यादा दिनों तक काम करके अपने को बीमार नहीं करेगा।" उसने अपने सिर को झटकते हुए हाथ जोड़े, "मैं आख़िरी बार आपको राम-राम कर रहा हूँ। रही आपकी विधवा बहिन की बात, उसे हथकड़ियाँ पहनाकर बन्द रखिए। मैं उसकी इज़्ज़त करता हूँ, बस।"

उसका मालिक शायद समझ गया था कि मिथुन सचमुच नौकरी छोड़ कर न चला जाए, इसलिए वह नाचने वाले घोड़े की तरह कदम उठाता हुआ उसके पास आया और उसके कन्धे पर आहिस्ता से हाथ रख कर स्नेहिल स्वर में बोला, "मिथुन! तू व्यर्थ ही मुझसे उलझ रहा है भाई। गुस्से में मेरे मुँह से कुछ भी अंट-शंट निकल जाता है। इसके लिए तू नौकरी छोड़ रहा है? सुन, तू पियक्कड़ है। तेरे पीने के ढोल दूर-दूर तक बज चुके हैं। तुझे नौकरी आसानी से नहीं मिलेगी।"

"न मिले, पर आपकी नौकरी छोड़ रहा हूँ। क्या आप मुझे मिट्टी का लौंदा समझ रहे हैं कि मैं आपकी ऊटपटाँग बातें सुनता रहूँ? सेठ! यह मेरी बेकारी, बदनसीबी और कुसंगति थी कि मैं पियक्कड़ बन गया, पर मैं शरीफ़ ख़ानदान का हूँ। एकदम कुलीन।"

सेठ ने खीसें निपोरते हुए कहा, "अब गुस्से को थूक दे मेरे कुलीन नौकर और काम में लग जा।...ले पचास रुपये दण्ड के?...बस...राजी?"

मिथुन ने उसकी ओर खोखले अकड़पन से देखा। शराब उसकी कमज़ोरी थी। ठेके पर तो जाना ही है।

उसने नोट पकड़ लिए। तब उसके भीतर गहरी नीरवता थी और समूचा हृदय धुँधली ग्लानि से भरा था।

वह अपने झोंपड़े में आ गया, जहाँ 'बदामिया' चाय बना रहा था। उसे देखते ही उसका मित्र चाय को कपों में उँड़ेलता हुआ बोला, "आ गए तुम? सुना है कि आज तुम नौकरी छोड़ने पर आमादा हो गये थे?"

वह पुरानी कुर्सी पर धीमे-से बैठा। फिर लम्बा साँस लिया और बुझे स्वर में बोला, "ताज्जुब है कि आदमी के पहले उसका अपयश पहुँच जाता है। लेकिन वह जल्लाद मुझ जैसे नौकर को कभी छोड़ सकता है? जोंक है यह। ख़ून का एक-एक कतरा चूसे बिना वह मुझे अलविदा नहीं कह सकता। स्वभाव का लालची और कसाई है। मेरी भी मजबूरी है कि इतनी तनख़्वाह कहीं और नहीं मिलती। शराबी के रूप में बहुत बदनाम हूँ और लोगों ने मुझे लड़ाकू के रूप में भी व्यर्थ ही बदनाम कर रखा है। लेकिन मैं सच कहता हूँ कि मैं बुरा आदमी नहीं हूँ।" उसने मटकी में से

पानी पिया और दायाँ हाथ हवा में लहराते हुए कहा, "तुम तो मेरे मित्र हो, तुम्हें मेरी सच्चाई पर विश्वास करना चाहिए। मैंने कभी भी तुमसे छल-कपट और बेईमानी की है? पैसा भी उधार लिया है, तो सच बोल कर। दारू पीने के लिए यदि पैसा लिया है, तो दारू पीने का कह कर ही।...बदामिया! चलो, आज उस कंजूस के मुफ़्त में दिए पैसों से दारू पी जाए। मेरी तो जठराग्नि तेज है, क्या तुम उस दुष्ट के पैसों की दारू को पचा सकोगे?"

बदामिया ने अपनी नीले रंग की पैण्ट पहनी, जिस पर तेल की चिकनाई चमक रही थी। वह किसी मोटर-गैरेज में काम करता था।

दोनों चिरपरिचित देशी शराब के ठेके पर आये और एक कोने में बैठ गये। मिथुन दारू ले आया। दोनों घूँट-घूँट पीने लगे। बदामिया ने एक घूँट लेकर पूछा, "तुमने कई बार बताया है कि तुम कुलीन घराने से सम्बन्धित हो। तुम्हारा पिता पंसारी की दुकान करता है फिर तुम इस सड़ियल और दुष्ट साहूकार के शिकंजे में कैसे फँसे?"

मिथुन ने अपनी जीभ को निचले होठ पर फेरा। लम्बा साँस लेते हुए दुःख भरे स्वर में कहा, "ये सब भाग्य के खेल हैं या ईश्वर की नाराज़गी या मुझे बेहद प्यार करने वाली मानसी का अभिशाप? हाँ, कुछ मेरे संग असाधारण ज़रूर हुआ है। कुछ अनहोना। यदि ऐसा नहीं होता, तो क्या मैं इस दुर्दशा तक पहुँचता?" बदामिया ने लम्बा घूँट लेकर कहा, "तुम अपने आपको क्यों सताते हो यार? मानसी का किस्सा सिलसिलेवार सुनाओ न?"

मिथुन ने गम्भीर होकर कहा, "मेरे दादा-परदादा बहुत धनी थे, पर अय्याशी में उन्होंने सारा धन उड़ा दिया। मेरे पिता ने जब होश सँभाला, तो चारों ओर अभाव के पंख फैल गये।...पैसे की तंगी के बीच मुझमें न जाने कौन-सी बीमारी थी कि मैं अपने सर्कल में हरएक को यह बताता था कि मेरे पास सब कुछ है।"

"मानसी की कथा अच्छी तरह बताओ।"

"उसके साथ तो मेरी कथा भी जुड़ी है।"

वे दोनों ख़रामा-ख़रामा पी रहे थे। बदामिया ने आंऽऽऽऽऽ की आवाज़ के साथ लम्बी उबासी ली। पूछा, "यार! तुम जो कुछ भी कहो, पर वास्तव में सच होना चाहिए। तुम भी दूसरे पढ़े-लिखे लोगों की तरह दूसरों पर प्रभाव छोड़ने के लिए अच्छे किस्से मत गढ़ना।"

"नहीं यार, ऐसी बात नहीं है।" उसने अजीब तरह से आँखें मिचमिचा कर कहा, "यह तो सच है कि हम निम्न वर्ग के लोग हैं। हमारी सोसायटी बड़े लोगों की तरह नहीं हो सकती और न ही हम उनके जैसा आचरण और व्यवहार कर सकते हैं? यदि हमने अपनी औक़ात को याद नहीं रखा, तो कभी बहुत नीचे गिर सकते हैं। लेकिन मैं बचपन से ही भावुक प्रकृति का था और विचारों व व्यवहार के सड़े

हुए लोग मुझे पसन्द नहीं थे। कॉलेज में आते-आते मानसी से मेरा परिचय हो गया। उससे मैंने फ़िल्मी अन्दाज़ में झूठ बोला था कि वह एक समृद्ध कालीन घराने का है। कुलीन घराना तो मेरा है ही, पर समृद्धि के नाम से एक पंसारी की दुकान और पुराना खँडहरनुमा मकान। परिवार में सब मिला कर छह सदस्य थे और कमाने वाला केवल एक आदमी यानी मेरे पूज्य पिताजी।...दयनीय स्थिति थी। भले ही मैं मानसी के लिए हर रोज़ ख़र्च न करूँ, लेकिन उसके उसे जन्मदिन पर तो उसके स्तर के हिसाब से शानदार तोहफ़ा देना ही था। लेकिन कीमती तोहफ़ा आये कहाँ से?... अपनी शान और पाखण्ड की पूर्ति के लिए मैंने अपनी माँ की चार टूटी सोने की चूड़ियाँ चुराईं और उसके पैसों से अपने लिए नयी पैण्ट-कमीज और उसके लिए एक आकर्षक हाथ घड़ी लाया। मुझे ये सब करते हुए आत्मग्लानि हो रही थी कि यह चोरी का तोहफ़ा क्या कुछ शुभ करेगा? मुझे उस दिन की सुबह चोर-सी लगी और दोपहर भी। हर वस्तु पर मानो चोरी का मार्का-सा लग गया हो, जो मुझे आशंकित कर रहा था। लेकिन बाहर से मैं अपने को अत्यन्त ही सामान्य रखने की चेष्टा कर रहा था।

जब मैं पार्टी में पहुँचा, तो मुझे लगा कि मेरी स्थिति उस ऊँट जैसी हो गयी है, जो किसी पहाड़ के नीचे आ गया है। एकदम बौना और लघुतम। क़ीमती पोशाक पहने हँसते, दमकते और खुशियों में झूमते लोगों को देख कर मुझे लगा कि मैं शीघ्र ही नंगा होने वाला हूँ और मेरी चोरी के रहस्य से पर्दा हटने वाला है। कहीं मेरे तोहफ़े के भीतर छुपा चोर, अल्लादीन के चिराग़ के प्रेत की तरह प्रकट होकर मेरी पोल न खोल दे!...लेकिन ईश्वर ने मेरी लाज रख ली। मैंने मानसी के ख़ानदान को किसी भी रूप में ज़रा भी प्रभावित नहीं किया। यहाँ तक उसकी छोटी बहिन ने मुझसे विस ज़रूर किया। कहा, "मिस्टर मिथुन! आपने पार्टी के हिसाब से पोशाक नहीं पहनी? सूट पहन कर आना था।" मैं ख़ामोश रहा। केवल झेंप मिटाने के लिए मुस्कराता रहा। झेंप मिटाने का यह तरीका आलीशान है। दूसरे दिन मानसी ने एकान्त-भेंट में प्रेमालाप किया। कोई भावुकता-भरा वायवी प्रेमालाप नहीं, बहुत ही संयत प्रेमालाप कि प्रेम एक पवित्र और आनन्ददायक भावना है। वह जीवन के लिए प्रेरणा देती है।

फिर हमने जीवन जीने की भावी योजनाएँ बनायीं। लेकिन काग़ज़ की नाव कब तक तैर सकती है? एक दिन मेरे बारे में मानसी को सब कुछ मालूम हो गया। उसका हृदय टूट गया और वह मेरे पास आकर पागलों की तरह चीखने-चिल्लाने लगी। उसने मुझे झूठा, मक्कार और धोखेबाज़ बताया। उसने आँसू बहाते हुए कहा, "तुम्हें जीवन में कभी भी सुख-सन्तोष नहीं मिलेगा। तुम जानते हो कि मैं एक कुलीन और धनी परिवार की हूँ। मेरा परिवार तुम जैसे भूखे-नंगों को अपना दामाद बनाने की कल्पना भी नहीं कर सकता है।" एक ओर प्रेम ख़त्म और दूसरी ओर

माँ-बाप व परिवार से सम्बन्ध भी ख़त्म। कारण, उन्हें मेरी चोरी का पता चल गया। मेरा भयंकर अपमान घरवालों ने किया। मैं टूटन, उदासी और खिन्नता से इतना हताश हुआ कि एक बारगी आत्महत्या करने की सोच बैठा। लेकिन मैं उस चरम परिणति तक नहीं पहुँचा। मरने से डर गया, घर से भाग चला, नौकरी की तलाश करता रहा। दफ़्तरों में काम पाने के लिए सिफ़ारिश, ज़मानत और अनुभव चाहिए। लाचार हो कर मैं मज़दूर हो गया। शरीर में ताक़त थी और पेट भरने की भयंकर विवशता। सब कुछ मेरे मन के प्रतिकूल हो रहा था। तब दारू पीने लगा। अपने भीतर के दुख को मिटाने के लिए। कुछ भीतरी दुखों के कारण और कुछ संगत के कारण भी। यह भी कितनी सही बात है कि सूर्य अस्त और मज़दूर मस्त। अधिकतर मज़दूर सूर्य के डूबने के साथ तरह-तरह के नशों में डूब कर मस्त हो जाते हैं। यह भी सच है कि उनका मस्त हो जाना ही उनके परिवार के लिए त्रस्त हो जाना है। कितने ऐसे मज़दूर थे जिनका परिवार दुखी था, पर उनकी दशा-दिशा को सुधारना सम्भव नहीं था। यह भी विचित्र वर्ग है, जो अपने ख़ून का पसीना बनाता है फिर उसके बदले जो कुछ मिलता है, उसकी शराब पी जाता है। बहुत मूर्ख, नासमझ और आत्मपीड़क होता है मज़दूर। जैसे हम दोनों।

दारू ख़त्म हो गयी थी और पैसा भी।

बदामिया और वे, दोनों उठे। ज़रा से सन्तुलित कदम उठाते हुए वे झोंपड़ी में आये। बदामिया ने कहा, ''आज तो मुर्गा खाने का मन हो रहा है।''

''मेरा भी। वह भी किसी शानदार होटल में। पर नकद नारायण कहाँ है? सुबह की सब्ज़ी है न? जा, दो-तीन पाव रोटियाँ ले आ। पेट की आग ठण्डी कर लेंगे।''

रात जितनी निस्तब्ध थी, मिथुन भी उतना निस्तब्ध था। अतीत की स्मृतियों ने उसके हृदय सरोवर को जमा डाला था। उसे चाहने पर भी नींद नहीं आ रही थी। उस दुर्दान्त दुर्वह शून्यता ने उसके कई क्षणों को मरणासन्न बना डाला।

अचानक केशव ने उसे पुकारा, ''मिथुन, ओ मिथुन।'' जब कई आवाजें लगाईं, तो वह जागा। उठ कर बाहर आया। बाहर वातावरण में गर्मास था।

''क्या है?'' उसने कड़वे स्वर में कहा।

''सेठ ने तुम्हें अभी बुलाया है?''

''इतने सवेरे-सवेरे? क्या वहाँ कोई दुर्घटना तो नहीं घट गयी है?''

''शुभ-शुभ बोला कर। सेठ का तू नमक खाता है।''

''और वह मेरा सब कुछ खा रहा है।'' उसने पल भर तारों भरे आकाश की ओर देख कर कहा, ''बोल, क्या बात है?''

''लोहे के सरिये का ट्रक आया है। उसे ख़ाली करना है, तेरे बिना यह काम

समय पर नहीं होगा। दोनों मज़दूर भी तो तेरे नीचे हैं।''

''केशव, सेठ को कह देना मेरी तबीयत ठीक नहीं है। हर मज़दूर का काम कराने का टाइम होता है, पर मेरा सेठ तो मुझे मशीन समझता है। मुझे हल्की हरारत है। जा, उसे कह दे।''

केशव ने मुँह बिचकाकर कहा, ''तू जाने और तेरा वह सेठ। मैं तो अपनी पाली से आ रहा था, उसने कहा और मैंने तुझे बता दिया।''

काफ़ी ऊबा हुआ था केशव।

बदामिया अपने काम पर जाने लगा, तो कहा कि वह जब जाये, तो झोंपड़ी का दरवाज़ा बन्द कर के जाये।

उसने कोई उत्तर नहीं दिया। मिथुन कुछ देर तक सोता रहा। जब दिन का उजास फैलने लगा, तो वह बोतल लेकर शौच करने चल पड़ा। लौट कर उसने हाथ धोये और वह कुल्ले करने लगा। फिर बिना नहाये ही उसने कपड़े पहने और वह अपने मालिक को कोसता हुआ चल पड़ा।

वह मालिक दुकान की ओर चला जा रहा था। एक छोटी-सी ख़ामोश गली थी, जिसमें कोई मकान का मुख्य दरवाज़ा नहीं था। पर खिड़कियाँ थीं या पाखाने की नालियाँ, जो निरन्तर दुर्गन्ध फैलाती रहती थीं।

''शींशींईऽऽ शींशींईऽऽ...।'' हल्का-सा संकेत।

उसने उस ओर देखा तो चानणी खड़ी थी। यौवन की खुशबुओं से घिरी-घिरी। वैधव्य की उदास पीड़ाओं से भरी।

मिथुन उसके सन्निकट गया। हाथ के संकेत से पूछा कि, ''क्या है?''

''घर के पीछे आना। मैंने तुम्हारे लिए पकोड़े बनाये हैं।''

''नहीं आ पाऊँगा। तेरा दुष्ट भाई आँखें फाड़-फाड़ कर मेरा इन्तज़ार कर रहा है।''

''तुम पहले पीछे वाले बाड़े में आ जाओ वर्ना मेरा दिल टूट जाएगा।'' उसकी नज़रों में ज़बर्दस्त अनुरोध और आग्रह था। शायद वह अपने वैधव्य से उपजे बंजरपन को उसकी निकटता से तोड़ना चाहती हो।

''ठीक है। पर देर मत करना।''

चानणी के हाथ में पूजा की थाली थी। वह मन्दिर जाकर आ रही थी। उसकी स्वीकृति से चानणी के मैली उदासी वाले चेहरे पर रोशनी दपदपा उठी।

मिथुन सीधा दुकान की ओर न जाकर दायीं गली से पिछवाड़े स्थित बाड़े में पहुँचा। कुछ पल इन्तज़ार करने के बाद उसने चानणी को एक बड़ी तश्तरी में पकोड़े और इमली की चटनी लाते हुए देखा।

उसे भूख लगी थी। रात को बासी सब्ज़ी और पाव रोटी खाने पर उसे तनिक भी सन्तोष नहीं था। जीभ का ज़ायका ही ख़राब था।

उसने मज़े से पकौड़े खाये। पूछा, "यह किसने बनाये हैं?"

"भाभी ने। चटनी मैंने बनायी है।"

"ज़ायक़ेदार है।" उसने जल्दी-जल्दी पकौड़े खाये और हाथ को मल कर कहा, "चानणी! तुम मुझ जैसे व्यर्थ और पियक्कड़ को क्यों खिलाती-पिलाती हो?"

"तुम मुझे अच्छे लगते हो।" उसने सहजता से कहा।

"लगती तो तुम भी मुझे अच्छी हो, पर शैतान की आँत-सा तुम्हारा भाई इसे बर्दाश्त करेगा? वह मुझसे बेहद चिढ़ता है।"

"उसका स्वभाव ही ऐसा है। हमारे कुलीन परिवार में विधवा का विवाह नहीं होता। हम बहुत बड़े घराने के हैं। कितनी ही रोक-टोक हैं। मेरा दम घुटता है इस जीवन से।"

"ये कुलीन घराने।" उसने लम्बा उसाँस लिया। फिर कहा, "अच्छा, मैं चलता हूँ। तुम्हें मुझसे ज़रा भी नहीं जुड़ना चाहिए।"

जब वह अपने मालिक की दुकान पर पहुँचा, तब वह गुस्से में तिलमिला रहा था। उसे देखते ही बाज की तरह झपटा, "निकम्मे! पचास रुपये मुफ्त के देने के बाद भी तुम समय पर नहीं आये?"

उसने लापरवाही से दोनों हाथों को उछाला और कहा, "समय पर ही तो आया हूँ।" वह सुबह-सुबह मालिक का मूड ख़राब नहीं करना चाहता था, इसलिए उसने कठोर व मक्खीचूस सम्बोधनों को मन-ही-मन कहा।

"केशव ने तुम्हें सन्देश नहीं दिया?"

वह सफ़ेद झूठ बोला, "बिलकुल नहीं। वह तो अव्वल दर्जे का झूठा है।"

"क़सम खाओ।"

"ईश्वर को हाज़िर करके आपकी क़सम खाता हूँ।"

उसने हताशा से दोनों हाथों से अपना सिर पकड़ा। दीर्घ उसाँस लेकर कहा, "हे भगवान! यह लड़ाकू पियक्कड़ मेरी झूठी क़समें खा-खा कर मुझे मार ही डालेगा। अब तो काम में लग जा मेरे बाप! बड़ा नुकसान हो रहा है मेरा। अब तो मुझे लगने लगा है कि दया करना फ़िज़ूल है। दया का कोई असर ही नहीं है वर्ना तुम्हारे जैसे अड़ियल को पचास रुपये देता ही क्यों?" उसने अपने मालिक की ओर तीक्ष्ण दृष्टि से देखा। उस दृष्टि से घृणा टपक रही थी। फिर वह काम में लग गया।

मिथुन ने गोदाम में जाकर वहाँ रखे सामान को देखा। सब कुछ बेतरतीब था। "ओह! कुछ भी सलीके से नहीं रखा हुआ है।"

वह तमतमाता हुआ बाहर आया और सेठ से कहा, "बड़े-बड़े पढ़ाकुओं ने कहा है कि जल्दबाज़ी काम को बिगाड़ देती है। मेरे सेठजी, गोदाम को दूसरों ने कबाड़ घर बना दिया है। आप थोड़ी देर रुक नहीं सकते थे?"

"अब अपनी ज़बान को लगाम दो और काम में लग जाओ, सब कुछ

ठीक-ठाक करो।" सेठ ने गुल्लक को खोल कर देखा। उसने अपनी जेब में से एक पुर्ज़ा निकाल कर उसमें रखा और दुकान के भीतर चला गया।

मिथुन वापस अपने काम में लग गया। उसका कठोर मेहनत का काम था साथ में कठिन भी। वह पसीने से तर-ब-तर हो गया। उसकी सुस्ताने की इच्छा हुई। उसने दूसरे मज़दूर से बीड़ी माँगी। वह बीड़ी सुलगा कर एक टीन की छत के नीचे बैठ गया। उसके चेहरे पर श्रम-बूँदें मोतियों की तरह चमक रही थीं। उस चमक में मृदुता का आभास था।

दोपहर तक वह पूरी ईमानदारी से काम करता रहा। उस दिन बिक्री भी ख़ूब हुई। उसका जोश समय के साथ कम होता गया। अवकाश के पूर्व उसने हाथ-पाँव धोये। मुँह को साफ़ किया और सेठ के पास जाकर बोला, "पचास रुपये चाहिए। बदन टूट रहा है।"

"देखो मिथुन, अपने शास्त्रों में कहा है कि अति हर वस्तु की ख़राब होती है। आज मंगलवार है, तुम शराब का उपवास रखो। सुनो, तुम्हारा चेहरा पीला पड़ रहा है।"

उसने उसको घूरने की हद तक देखा। फिर उससे हँस कर कहा, "मेरे दयालु सेठजी, मेरे चेहरे का पीलापन शराब के कारण नहीं है, बल्कि तुम्हारे शोषण के कारण है। जब शरीर का ख़ून होता है, तो चेहरा पीला पड़ जाता है। आप अच्छी तनख्वाह दीजिए, जिससे मैं पौष्टिक भोजन करूँ, चिकन खाऊँ, दूध-मलाई खाऊँ। मुझे विश्वास है कि मेरा चेहरा फिर पीला नहीं होगा। कृपा करके, पचास रुपये दीजिए। वेतन में से कटवा दूँगा। मैं जानता हूँ कि हर रोज़ आप उदारता नहीं दिखा सकते।"

उसने पचास रुपये लिये और जेब में ठूँस कर शराबखाने की ओर चल पड़ा।

वह थोड़ी दूर गया, तो हनुमान मन्दिर में से उसे चानणी बाहर आती हुई दिखाई दी। वह रुक गया, मुस्कराने लगा। ललाट को नचाते हुए पूछा, "क्या हाल है? दर्शन करके आ रही हो?"

"इनके दर्शन के बहाने ही तो तुम्हारे दर्शन होते हैं। भैया से क्यों झगड़ रहे थे? हरदम उलझते रहते हो।"

"मुझे पैसे चाहिए थे। बस, पैसे माँगते ही तेरा भैया लाल वस्त्र को देख कर जिस तरह साँड़ उछलता है, उसी तरह उछलने लगता है।"

उसने स्नेहिल स्वर में कहा, "इतनी क्यों पीते हो? सेहत ख़राब हो जाएगी। देखो, मुझे तुम्हारे साथ घर बसाना है। मैं अकेलेपन में जीते-जीते ऊब चुकी हूँ। मिथुन, कुछ तो अपने भविष्य और संसार के बारे में सोचो।"

"उपदेश ख़त्म। हाँ, यह सच है कि तुम्हारे मधुर प्यार भरे व्यवहार और उपदेशों से कई बार लगता है कि मुझे अपने बारे में फिर से सोचना चाहिए। अच्छा!...लेकिन मैं तुम्हें प्यार नहीं कर सकता। प्यार के एक ही चक्कर ने मुझे इस ह्रास तक पहुँचा

दिया। फिर तुम्हारा भाई और कुलीनता?"

जब वह दारूघर पहुँचा, तो अपने दोस्त से पूछा कि बदामिया नहीं आया, तो उसने बताया, "नहीं, वह आज डबल ड्यूटी करेगा।" वह पीने बैठ गया। पहला घूँट लेते ही उसे चानणी की बातें याद आ गयीं। न जाने क्यों वह हर रोज से आधा पी कर अच्छा खाना खाने चला गया।

मिथुन जब झोंपड़ी में पहुँचा तब दरवाज़ा खुला था। उसे आशंका हुई कि झोंपड़ी में कौन घुस गया? कहीं किसी ने बर्तन न चुरा लिए हों? वह जैसे ही भीतर घुसा, तो लालटेन की रोशनी में देखा—चानणी थी। पहले आश्चर्य और बाद में घबराहट के हल्के भाव उसकी रूखड़ आकृति पर आये-गये। फिर उसने आदेश भरे स्वर में कहा, "पागल है क्या? यहाँ क्यों आयी है? जानती नहीं, मैंने पी रखी है।"

"तूने पी रखी है तो क्या हुआ? मैंने थोड़े ही पी है? मैं खूब होशो-हवास में हूँ। सुन, मैं तेरे साथ आज भागने आयी हूँ।"

"क्यों?" उसे झटका लगा।

"मैं तुम्हारे साथ घर बसाऊँगी।"

"इसमें भागने की क्या बात है?"

"यहाँ मेरा घर-परिवार, समाज और भाई यह कतई नहीं होने देंगे। वे काफ़ी स्वार्थी और कट्टरपन्थी हैं।"

"चानणी, घर से भागना जीवन की सबसे बड़ी ग़लती है। उससे आदमी प्रायः उखड़ जाता है। देखो, मैं घर से भाग कर क्या बन गया हूँ। न घर का रहा, न घाट का। मेरे सारे सपने चूर-चूर हो गये। यह सच है कि तू मुझे अच्छी लगती है। लेकिन यह भी सच्चाई है कि मैंने कभी भी तेरे साथ घर बसाने की नहीं सोची। अच्छा लगना और बात है और तेरे साथ घर बसाना और बात। मैं घर लौटना चाहता हूँ। पिछले कई दिनों से मुझे अपने घर की बहुत याद आ रही है—बुढ़ाता हुआ बाप, उदास माँ और भाई की। जाने वे क्या-क्या कष्ट भोग रहे होंगे। चोरी और झूठ ने मुझे भगोड़ा बना दिया। मैंने भगोड़ा बन कर उनके सपनों को नहीं तोड़ा बल्कि अपने सपनों को भी तोड़ डाला। अब घर लौटना ही मेरे लिए बेहतर है।"

तरेड़ों वाली औरत

कुम्हलायी धूप घर के पिछवाड़े दुबकने लगी। अब मकान की छाया क्रमशः लम्बी होने लगी। मकान की मुँडेर पर एक कौवा काँव-काँव कर रहा था। मूँज की बनायी खाट पर अरण्डी चुपचाप बैठी थी। अपने में लीन और खोयी-खोयी। कई बार जीवन के चन्द अदृश्य शूल चुभते ही रहते हैं और उस सच को याद दिलाते रहते हैं जो इतना घिनौना और निम्न होता है, जिसे हम अपने होंठों पर ला ही नहीं सकते।

अरण्डी का सच हज़ारों बार गुचलके के रूप में मुँह में आया और उसने उसे वापस पी लिया। उसके खारेपन को पानी के कुल्ले कर-करके मिटा लिया, पर उसे मुँह से बाहर नहीं निकाला।

वह आतंकित थी उस सच को कहने पर। लेकिन वह सच भी बार-बार बाहर निकलने के लिए प्रबल आतुरता बता रहा था और कई बार तो वह उस सच को कहते-कहते कसमसा उठती थी और उसकी आकृति ताम्रवर्णी हो जाती थी। उसका सच इतना झंझावाती था कि रेत के घरौंदों में कतई बन्द नहीं हो सकता था और उसका मन रेत का घरौंदा बन गया था। उसके ही दुष्कर्मों की सीलन से कमज़ोर किया गया घरौंदा..। जब-जब वह सच उसकी स्मृति में कौंधता, तब-तब उसके समूचे बदन में करंट-सा दौड़ता। वह काँप-काँप जाती थी।

तपा-तपा एकान्त। सारा घर सूना-सूना। इतना उदास मानो स्वयं मातम इस घर के कोने-कोने में आकर बैठ गया हो। पिछले कई अरसे से वह इस घर में अकेली है, नाता करने बाद से। पर उसे कभी भय नहीं लगा। आज अचानक उसके मन में भय क्यों उपजा, वह इसे समझ नहीं पा रही थी। उसमें इसका विश्लेषण करने की क्षमता भी नहीं थी। इधर-उधर देखा, खिन्न-खिन्न सन्नाटा।

उसने फिर फुसफुसाया, "मुझे डर क्यों लगता है?" हालाँकि वह एक मनोचिकित्सक की तरह परिभाषित तो नहीं कर पायी, पर उसे यह लगा कि डर उसके भीतर कहीं छुपा है।

फिर भी अपना वहम मिटाने के लिए वह घर के एक-एक कमरे को देख आयी। सब कुछ निरर्थक।

अभी उसे अपने पति का अभाव खलने लगा। वे तो तीन दिनों के बाद आयेंगे। वह 'ओह' के साथ दीर्घ श्वास ले बैठी। फिर मटके के पास गयी। पानी पिया। आज उसे सदा की अपेक्षा ज़्यादा प्यास लग रही थी। जब बाहर अपरिभाषित सूखा हो, तो अन्दर का सूखापन बढ़ जाता है और सूखा तो पानी ही माँगता है।

छाया बहुत लम्बी हो गयी थी। अरण्डी को लगा कि सूरज स्वर्णिम धोरों के पीछे छुपने वाला है। रामदास साधू के लगाये हुए नीम के शिखर-शाखाओं पर धूप की अन्तिम झिलमिलाहट शेष रह गयी थी।

वह बाहर आयी। बाहर निर्जनता थी। दो गण्डक आपस में खेल रहे थे।

तभी उसे दूर...दूर से एक लड़की आती हुई दिखायी दी। वह सकते में आ गयी। भय का समन्दर उसके भीतर लहराने लगा। वह अनेक प्रश्नों से बिंधती हुई दरवाज़ा बन्द करके आशंकाओं व दुष्कल्पनाओं से घिरती गयी। क्या उसकी सौतेली बेटी ममूड़ी मौसी को चकमा देकर भाग आयी है? ऐसा हो गया, तो वह अपने धणी के सामने नागी हो जाएगी। उसका एक-एक गाभा उतर जाएगा।

वह साँस रोक कर कुछ क्षण बैठी रही। फिर उसने डरते-डरते दरवाज़ा खोला। जो लड़की आ रही थी, वह कोई और थी।

उसने राहत की साँस ली। ईश्वर ने उसे बचा लिया। वह भी कब-कब उसे बचायेगा? एक-न-एक दिन वह ज़रूर दण्डित होगी। वह...?

अतीत का एक टुकड़ा उसके सामने आ गिरा।

सुखदेव की पत्नी का देहान्त हो गया था। तब उसकी बेटी ममूड़ी तेरह साल की थी। अड़ोसी-पड़ोसी कहते थे कि ममूड़ी की माँ बहुत सुन्दर थी। ममूड़ी भी अपनी माँ पर गयी थी। सुखदेव अपनी पत्नी के देहान्त पर बावला हो गया था। कुछ दिनों तक वह सामान्य नहीं हो पाया था। तीन बड़े-बड़े खेत। अकेला सुखदेव और अकेली उसकी बिन माँ की बेटी।

एक बरस तक तो घर-परिवार और मित्र उसे दूसरा विवाह करने के लिए समझाते रहे, पर वह इस प्रस्ताव पर उदास हो जाया करता था। कई बार अथाह पीड़ा की परतें उसके चेहरे पर जम जाया करती थीं।

लेकिन उसकी मौसी अलखी एक दिन स्वयं अपनी भतीजी, अरण्डी को लेकर हाज़िर हुई तो सुखदेव उसे देखता ही रह गया।

अरण्डी रंग-रूप में बेजोड़ थी। कदकाठी भी अच्छी और सब कुछ मन लुभावन।

मौसी ने खाट पर बैठते हुए लम्बा साँस लिया। तपते तावड़े को कोसती हुई बोली, "तावड़ा (धूप) तो आज आँखें निकाल रहा है।"

वह अपने पल्लू से हवा करने लगी। अरण्डी उसके पास खाट के एक कोने

पर निश्चल बैठी थी।

सुखदेव ने आवाज़ दी, ''ममूड़ी! ठण्डा पानी लाना तो।''

ममूड़ी ने भीतर से स्वीकृति दी।

''सुखदेव! शान्ति से बैठ और मेरी बात ध्यान से सुन।'' उसने विश्वासपूर्वक कहा, ''बेटा! अभी तू चालीस साल का ही हुआ है। काफ़ी उम्र पड़ी है। तेरे बेटा भी नहीं है। बेटे के बिना वंश कैसे चलेगा? कौन कन्धा देगा? कौन लोक-परलोक सुधारेगा? कौन इन खेतों को सँभालेगा?''

ममूड़ी पानी का करवा (सागर) भर लायी थी। सबने पानी पिया। ऊपर से।

मौसी ने फिर कहा, ''यह मेरी भतीजी है। विधवा है। हाथों की मेहँदी का रंग फीका ही नहीं हुआ था कि इसके धणी (पति) को साँप ने काट लिया और वह बेचारा भगवान को प्यारा हो गया। मैं तेरी मौसी होकर कहती हूँ कि तू इससे 'नाता' कर ले।''

''मौसी...!'' वह हल्के से तड़पा।

''बेटा! छोरी फूटरीफरी और कामेड़ी है। बिना लुगाई घर भूतों का डेरा लगता है। जिस आँगन में रमझोल नहीं बाजे, उस घर में कभी शुभ नहीं साजे।''

मौसी ने सुखदेव के तर्कों को काट दिया। उसे विवश कर दिया और अरण्डी से उसका 'नाता' करा दिया। अरण्डी का सभी ने स्वागत किया। इतनी फूटरीफरी बीनणी को देख कर सब प्रसन्न! लेकिन जब-जब मौसी आती थी, तब-तब अरण्डी विभिन्न मुद्राएँ बना कर कानों में फुसफुसाती रहती थी। प्रायः वह कानों में मच्छर की तरह तब भिनभिनाती थी जब सुखदेव अनुपस्थित रहता था। जब मौसी चली जाती थी तब अरण्डी की कठोरता ममूड़ी के प्रति भीषण होती जाती थी। उसके स्वर में आग बरसती थी, घृणा की लपटें दहकती थीं और हिंस्रता की लहरें मचलती रहती थीं।

पुरुष स्त्री-सुख में जब आकण्ठ डूब जाता है, तब वह अपने आसपास की वस्तुस्थिति का सही मूल्यांकन नहीं कर पाता। यदा-कदा ममूड़ी अपने बापू को अपनी माँ के दुर्व्यवहार की बात कहती, तो वह उल्टा उसे ही डाँटता। अरण्डी ने सुखदेव पर अपने अच्छेपन की तगड़ी घेराबन्दी कर रखी थी।

अरण्डी के पाँव भारी हो गये। अब उसे अपने पति की यह बात अखरने लगी कि वह अपने खेतों का आधा हिस्सा ममूड़ी को देगा। वह बार-बार सुखदेव को समझाती थी कि यदि उसके बेटा हो गया तो? हकदार बेटा ही होता है। सुखदेव उसकी इस बात को एक कान से सुन कर दूसरे कान से निकाल देता था।

इस बार मौसी के आने के चौथे दिन सुखदेव की सन्दूक से एक हज़ार रुपये ग़ायब हो गये। आरोप ममूड़ी पर लगा दिया गया। सुखदेव ने उसे पीटा। यह सिलसिला कभी-कभी चल पड़ता था। आरोप ममूड़ी पर! वस्तुतः अरण्डी ने ममूड़ी

के सुख के सारे दरवाज़े बन्द करा दिये थे।

ममूड़ी की बात सुखदेव सुनता ही नहीं था। उसका किशोरपन मटमैला होने लगा। भीतर ही भीतर चीखती रहती थी। छोटी-छोटी बात पर अरण्डी बिफरी, मरखनी गाय की तरह झपटती थी और गालियों की शहदमक्खियाँ चिपका कर पीड़ा देती थी और दनादन पीटती थी। ठौड़-कुठौड़ जहाँ भी हाथ पड़ जाता, वह मार देती थी।

वह खाट पर पड़ कर ज़ार-ज़ार रोया करती थी और रात को अपनी मृत माँ को मौन रुदन स्वर में अपने दुखड़े बताया करती थी।

चोरी के इल्ज़ाम, मार-पीट, पिता का अविश्वास और सौतेली माँ की निर्दयता—सबने मिल कर ममूड़ी को पीड़ा का पिण्ड मात्र बना दिया।

अरण्डी सब खेल बहुत चालाकी से करती थी। एक दिन मौसी आयी, तो अरण्डी ने उसे बताया कि ममूड़ी उसके अत्याचारों से ऊब चुकी है। वह अब पलायन कर सकती है। उसने अपने धणी को वहम डाल दिया है कि ममूड़ी के लक्षण चोखे नहीं हैं। जंगल जाती है, तो घण्टों नहीं आती और आती है तो बहाना बनाती है कि उसने निबोलियाँ खाईं और गूँदिया व जालियाँ लेकर आयी है। लेकिन वह सुखदेव को समझा देती है कि मामला गम्भीर है।

मौसी ने खलनायिका की तरह अरण्डी की पीठ थपथपा कर कहा, "शाबाश अरण्डी, अब खेल पूरा हो जाएगा।"

उसी समय सुखदेव आ गया। मौसी ने गहरे अपनेपन से कहा कि ममूड़ी यहाँ से ऊब गयी है। उसकी इच्छा है कि वह कुछ दिनों के लिए उसे अपने गाँव ले जाये। वह उसके पास रहना चाहती है।

ममूड़ी सौतेली माँ के अत्याचारों से थक गयी थी। उसने मौसी के साथ जाना स्वीकार कर लिया। मौसी ने विश्वास से कहा कि वह दस-पन्द्रह दिनों में उसे वापस ले आएगी।

मौसी ममूड़ी को लेकर चली गयी। उधर सुखदेव भी दस दिनों के लिए चला गया। उसे गये सात दिन हो गये थे। मौसी और अरण्डी की योजना यह थी कि वे ममूड़ी को अच्छी-ख़ासी रकम लेकर बेच देंगे। फिर सारे रास्ते साफ़! अरण्डी की होने वाली सन्तान सुखदेव के खेतों की मालकिन बन जाएगी। मौसी के चले जाने के बाद अरण्डी को अपराध बोध जागा। उसे लगा कि जिस दिन यह सच उजागर होगा उस दिन उसका जीवन नरक हो जाएगा। सुखदेव जितना सीधा है, उतना ही उल्टा है। वह अवश हो उठी। बेचैन रहने लगी। उसके दिन का चैन ख़त्म हो गया और रात की नींद। हरदम उसे भय लगता रहता था कि कहीं ममूड़ी वापस आ गयी तो सुखदेव कुल्हाड़ी से उसके टुकड़े-टुकड़े कर देगा। उसकी बोटियाँ चील-कौवों व गिद्धों को खिला देगा। उसे बार-बार ममूड़ी के करुणा प्लावित चेहरे पर दीप्त प्रार्थनाएँ कोंचने लगीं। उसका वह संवाद "माँ! मैंने तेरा क्या बिगाड़ा है कि तू झूठ-मूठ के

दोष मुझ पर लगाती है? मैंने तेरा क्या बिगाड़ा है?'' उसे झिंझोड़ रहा था।

अरण्डी भी सोचने लगी, 'मौसी कहीं सब कुछ हथिया कर उसे अँगूठा न दिखा दे। उसे ही जाल में न फँसा दे?'

उसे सुखदेव की वह चेतावनी भी याद आयी कि उसे झूठ से सख़्त नफ़रत है। झूठे को वह कभी माफ़ नहीं करता।

पिछले सात दिनों से अरण्डी उलझन में थी। क्या करे और क्या न करे, के द्वन्द्व में वह झूल रही थी। आख़िर, उसने तय किया कि वह कुछ भी ग़लत करे, पर उसे ममूड़ी को बेचना नहीं चाहिए। यह पाप है, नीच काम है।

वह पड़ोसिन सीता को घर सँभलवा कर खुद पैदल ही मौसी के गाँव-घर चल पड़ी। बीस किलोमीटर दूर गाँव था। वह तूफानी वेग से मौसी के गाँव पहुँची।

घर में घुसते ही मौसी चौंक पड़ी। हठात् पूछा, ''तू! इस बख़्त! क्या बात है?''

''मौसी!'' उसने हाँफते हुए कहा, ''ममूड़ी कहाँ, है?...ममूड़ी कहाँ है?''

तब सारा वातावरण हाँफ रहा था। हवा, सन्नाटा, घर, धरती और आकाश।

''ममूड़ी सोयी हुई है। कल सौदा हो जाएगा, बीस हज़ार का। सोने की हँसली तो लायी है? अरण्डी! तेरे सुख के दिन आ गये हैं। ममूड़ी के जाते ही तू सोने से पीली हो जाएगी। हम मौज-मस्ती करेंगे।''

अरण्डी ने स्वयं उठ कर मटकी से दो लोटे पानी पिया। मुँह पर पानी छिड़क कर उसने आहत की तरह कहा, ''मौसी, तूने मेरा नाता कराया, यह चोख ही कराया। मुझे मर्द की ज़रूरत थी, पर बाद में तूने मुझसे इतने पाप कराये कि मेरे इस शरीर में तरेड़ें-ही-तरेड़ें पड़ गयी हैं। पिछले दिनों से उन तरेड़ों से ख़ून रिसता है, बदबूदार मवाद रिसता है। मैं पलभर भी सुख-शान्ति की साँस नहीं ले पाती। हर पल लगता है कि उन्हें (धणी को) मेरी नीचताओं का पता चल गया है और वे मुझे मार डालने को हैं...! मौसी! मैं ममूड़ी को लेकर वापस जाऊँगी। वे दो-तीन दिनों में आने वाले हैं।''

''गैली राँड! मैंने तुझे यह घरवास इसलिए करवाया था कि तू मेरे किये-कराये पर पानी फेर दे। बीस हज़ार का सौदा तय है...।''

''ममूड़ी...ममूड़ी...।'' अरण्डी झपट कर भीतर गयी। ममूड़ी को चंचेड़ा। वह जागी। माँ-माँ करके उससे लिपट गयी। अरण्डी की तरेड़ों से मवाद व ख़ून बहना बन्द हो गया और ममत्व की पावन अजस्र धारा बहने लगी। उसने उसे अपनी छाती से लगाकर भींच लिया।

''चल मेरे साथ...।''

''माँ...माँ, मौसी चोखी नहीं है। यह मुझे एक मिनख को...।''

''आ बेटी...आ।''

मौसी ने हाथ फैला कर रोका, ''घर से बाहर जाने की कोशिश मत करना।

मेरा नाम अलखी है। मेरा काटा हुआ पानी भी नहीं माँगता है।"

"मौसी! ज़हर बहुत पिये हैं, अमरित पहली बार पी रही हूँ। मौसी! रास्ता छोड़ दे वर्ना हाथ-पाँव तोड़ दूँगी।"

"तेरी यह मजाल? मैं तेरा भण्डा फोड़ कर दूँगी। सुखदेव को कह दूँगी कि तू मालज़ादी है, छिनाल है...।"

"कुछ भी कह, पर ममूड़ी मेरी बेटी है।"

"तू मान जा वर्ना...!"

"रास्ता छोड़ दे!" वह भड़की।

मौसी ने झटका देकर ममूड़ी को पकड़ा। अरण्डी का धैर्य जाता रहा। समीप एक लाठी पड़ी थी, उसे उठा कर मौसी के सिर पर दे मारा और ममूड़ी को लेकर चल पड़ी। मौसी ओय माँ...ओय माँ...करती रही।

संयोग से सुखेदव लौट आया था। उन दोनों को धूल-धूसरित और आकुल-व्याकुल देख कर उसने पूछा, "क्या बात है? तुम दोनों...।"

अरण्डी सुखदेव के पाँव पकड़ कर फूट-फूट कर रोने लगी। उसने रोते-रोते सारी सच्चाइयाँ बता दीं।

सुखदेव को कुछ क्षणों के लिए भयंकर क्रोध आया। वह तिलमिलाता रहा, कसमसाता रहा पर अन्त में उसे क्षमा कर दिया।

अरण्डी को लगा, उसके भीतर की तरेड़ें मिट गयी हैं।

मैं केवल खिलौने बेचूँगी

''माँ!''

''क्या है सुखली?''

''हम लोग मेले जायेंगे। माल सब बन गया है।''

''पूनरासर?''

''हाँ!''

''पर लाडो, अब तुम बच्ची नहीं हो, बड़ी हो गयी हो। ऐसे हाल में मुझे तुझे अकेला भेजते हुए बहुत डर लगता है।''

''डर किस बात का?''

''तुम भोली हो, समय के अत्याचार और पाप को नहीं समझतीं।'' उसकी माँ भीमी ने दीवार के सहारे कठिनता से बैठते हुए कहा, ''आजकल तो इतना पाप फैल गया है कि बाड़ ही खेत को खाने लगी है।''

सुखली ने झल्ला कर कहा, ''माँ! मुझे तेरी बातें समझ में नहीं आतीं। पाप, अत्याचार और न जाने तू क्या-क्या कहती रहती है।'' सुखली माँ के समीप बैठ कर, उसके सूखे हाथ को सहला कर फिर बोली, ''माँ, तूने अभी भी अपनी बेटी को नहीं समझा। दुखों ने मुझे बड़े गुण दिये हैं, हिम्मत दी है, चालाकियाँ दी हैं। फिर माँ, गोरधन भैया मेरे साथ चल कर हवलदार को कह देता है, यह मेरी बहन है। इसका ध्यान रखना। तू ज़रा भी फिक्र न कर।''

उसकी माँ भीमी लकवाग्रस्त थी। उसका सारा शरीर जर्जर खँडहर-सा था। तीन वर्ष पहले उसका पति शराब में धुत्त होकर कमठाणे से लौट रहा था। कोई वाहन उसे कुचल गया और उसकी घटनास्थल पर ही मृत्यु हो गयी। कौन-सी गाड़ी थी, कौन चला रहा था, ट्रक था या बस—आज तक कुछ पता नहीं चला। जैसे कोई व्यर्थ की वस्तु को रौंद गया हो। तब सुखली मात्र तेरह वर्ष की थी और उसका भाई बीरम दस वर्ष का था। जब सुखली के पिता आसू की चिथड़े-चिथड़े हुई लाश ले कर पुलिस और पड़ोसी उसके कच्चे मकान में लाये तो देख कर भीमी आकुल-व्याकुल हो गयी। कुछ देर तक वह विमूढ़-सी खड़ी रही और फिर अचेत हो गयी। पड़ोसियों ने चन्दा

करके आसू की लाश का दाह-संस्कार किया। श्मशानी वैराग्य के कारण हर एक ने इस दरिद्र परिवार के प्रति स्नेह वर्षा की। भारी-भरकम शब्दों के आश्वासन बिखराये। लेकिन ज्यों-ज्यों श्मशान की आग ठण्डी होती गयी, त्यों-त्यों सहानुभूति के शब्द मरते गये। एक दिन इस कच्चे मकान में सन्नाटों के प्रेत नाचने लगे। नंगे निर्मम पल जागने लगे। अन्न-दाँत का बैर हो गया।

उस दिन चूल्हा नहीं जला। सुखली तो माँ की लम्बी बीमारी के कारण एकाएक एक समझदार और ज़िम्मेदार औरत हो गयी। परिस्थितियाँ विकट से विकटतर होती गयीं। घर के बर्तन बजने लगे। तब सुखली ने ठण्डे चूल्हे की ओर देखा। सोचा कि चूल्हा, तू भी भूखा और हम भी भूखे। जब तक रोटी नहीं बनेगी तब तक सब भूखे रहेंगे।

भीमी ने सुखली को समीप बुला कर कहा, "आज रोटी नहीं बनेगी क्या?"

उसने माँ के रूखे चेहरे की ओर देख कर बुझे स्वर में कहा, "माँ, अब बनाऊँगी न रोटी।"

"बीरम पढ़ कर आनेवाला है। उसको आते ही भूख लगती है।"

"अभी चूल्हा जलाती हूँ।" उसने माँ को आश्वस्त किया। पर वह चूल्हा जलायेगी कैसे? रोटी बनायेगी किससे? उसके घर में तो आटा है ही नहीं। क्या करे वह? वह सुमरन काका के पास गयी। वह उसकी जाति का प्रजापत था। दयालु प्रकृति का था। बर्तन और खिलौने बनाता था। वह उसके पास जाकर मुँह लटका कर खड़ी हो गयी। काका ने उसे प्रश्न भरी दृष्टि से देखा और पलकें नचा कर पूछा, "क्या बात है बेटी?"

"वो काका, थोड़ा आटा चाहिए।"

सुमरन ने उसे समझाते हुए कहा, "बेटी, मेरी एक बात मान। इस तरह माँग-माँग कर कितने दिन काम चलायेगी? अपनी माँ से पूछ ले, मेरे पास आकर मूर्तियाँ और खिलौने बनाना सीख ले। दो पैसे मिलेंगे तो इज़्ज़त की रोटी खाएगी।"

"ठीक है काका।" काका उठ कर भीतर से एक भगौना आटे का भर लाया। उसने सुखली को दे दिया। सुखली ने काका की ओर आदर भाव से देखा। फिर उसकी आँखों से आँसू टपक पड़े। काका की आकृति करुणा से भर आयी। वह कुछ बोलता, इसके पहले ही सुखली चली गयी।

रोटियाँ बनीं। रोटी का टुकड़ा तोड़ कर चूल्हे की आग में डाला। सुखली अपने आपसे हँस कर बोली, "ले, तू भी पेट भर और हम भी भरेंगे।"

जब सुखली ने माँ से काका के सुझाव प्रस्ताव को बताया तो उसने 'हाँ' कर दी।

दूसरे दिन से सुखली नहा-धो कर हनुमान बाबा के मन्दिर गयी। दर्शन किये फिर काका के घर चली गयी। आवश्यकता आविष्कार की जननी है, पर आवश्यकता

हर बात, लगन, धुन, विश्वास और आस्था की भी जननी है। चन्द ही महीनों में सुखली खिलौने और मूर्तियाँ बनाना सीख गयी। लेकिन उसे इतने कम पैसे मिलते थे कि मुश्किल से गुज़ारा होता था। आख़िर उसने काका से सहमते-सहमते पूछा कि क्या वह अलग से खिलौने-मूर्तियाँ बना सकती है?

काका ने कोई एतराज़ नहीं किया, पर उसने एक आशंका जतायी कि माल बेचोगी कहाँ? बेचने वाले दुकानदार भी तो चाहिए। सुखली ने सोचा कि बात तो ठीक है। केवल माल बनाने से ही तो काम नहीं चलेगा। वह घर आ गयी। सोचती रही। घर से सब्ज़ी लेने निकली। रास्ते में बस स्टैण्ड पड़ता था। अचानक उसकी नज़र बस स्टैण्ड के दरवाजे पर गयी जहाँ एक दाढ़ीवाला व्यक्ति चादर बिछा कर अँगूठियाँ और रंग-बिरंगे पत्थर बेच रहा था, उसके कपड़े ढीले-ढाले और मैले-कुचैले थे। एक हरा कपड़ा उसने अपने सिर पर बाँध रखा था, जैसा पीर-फ़क़ीर बाँधते हैं।

सुखली उसे अपलक देखती रही और विचारती रही और कुछ निर्णय लेती गयी। वह सरपट भाग कर काका के पास आयी। उसने हाँफते-हाँफते बताया, ''काका! सब ठीक हो गया है। मैं बस अड्डे के दरवाज़े के बाहर टाट-पट्टी बिछा कर मूर्तियाँ और खिलौने बेचूँगी। उस दरवाज़े से तो एक-एक मिनट में एक मिनख भीतर जाता है और एक निकलता है।''

''जगह अच्छी है पर उस सिपाही को भी कुछ रुपये देने होंगे जो वहाँ चौकसी रखता है। वह हफ़्ता वसूली भी करता है।''

''काका! यह कौन-सी वसूली हुई?''

''तू जब वहाँ सामान बेचेगी तब तुझे पता चलेगा।''

सुखली ने मुँह बिगाड़ कर हाथ को हवा में उछाला। फिर कहा, ''काका! कमाई में समायी है। मैं दो पैसे कमाऊँगी तो सबको दे दूँगी, नहीं तो ढेंगा। हाँ! मैं डरने वाली नहीं हूँ।''

काका ने उसकी पीठ थपथपाते हुए कहा, ''फिर कर दे गणेश जी का नाम लेकर शुरू।''

प्रकृति की माया भी विचित्र होती है। वह प्राणी में ऐसे-ऐसे तत्त्व भर देती है जिनसे वह अपने को ज़िन्दा रख सके। वास्तव में प्रकृति के निगूढ़ रहस्यों को कोई भी नहीं समझ पाया। सुखली ने अपनी दुकानदारी शुरू कर दी। उसका दिमाग़ तेज़ी से चक्रवात की तरह घूमता रहता था। वह अधिकतर देवताओं की मूर्तियाँ ही बनाया करती थी। अब उसने एक गाड़ा भी ले लिया था। वह उस पर तरतीब से मूर्तियाँ व खिलौने सजा कर रात को सात-आठ बजे तक बेचा करती थी। सच तो यह था कि उसने अपनी गृहस्थी की गाड़ी को चला दिया था। उसकी व्यापारिक बुद्धि तीज-त्योहारों और देवताओं की जन्मतिथियों पर रात-रात भर उन्हीं की मूर्तियाँ बनाया करती थी। तब वह एक-दो दिनों की बिक्री से पन्द्रह-बीस दिनों का

दाना-पानी जुटा लेती थी। काँच के चिलकों की तरह उसके घर में खुशहाली चिलकने लगी। उसका भाई भी उसके साथ सहयोग करता था।

अब वह पुलिस वाला गोरधन उससे बँधा-बँधाया बहुत कम पैसा लेता था। सुखली ने उसे आश्वस्त कर दिया था कि उसकी माँ बीमार है और भाई पढ़ता है। वह जो प्रेम से दे, ले ले। एक दिन बुलजी नामक युवक शराब पी कर आ धमका। अपने को बहुत बड़ा गुण्डा समझता था। उसने सुखली की ओर नशे से बोझिल पलकों को उठा कर कहा, "पच्चीस रुपये दे!"

"किस बात के?" उसने तुनक कर कहा।

उसने छाती फुला कर कहा, "बुलजी से जुबान लड़ाती है।" उसने झटके से दो-चार मूर्तियाँ उठा कर तोड़ डालीं।

वह चिल्लायी, "अरे! यह बदमाश देवताओं की मूर्तियाँ तोड़ता है। बचाओ।"

सुखली चोट खाई नागिन की तरह फुंफकार कर बोली, "पापी!" उसने एक डण्डा उसके हाथ पर मार दिया। तभी कुछ लोग और गोरधन पुलिस वाला आ गया। उसने झपट कर बुलजी का गिरेबान पकड़ लिया। वह कड़क कर बोला, "अरे, तीस मार खाँ! तूने मेरे इलाके में आने की हिम्मत कैसे की?"

"हवलदार! तू इस छोकरी के लिए मुझसे लड़ाई मोल लेना चाहता है? यह तेरी माँ-बहन लगती है क्या?"

"माँ तो मेरी इस उम्र की नहीं हो सकती, पर छोटी बहन ज़रूर है। शराबी के बच्चे, अब इधर आया तो टाँगें तोड़ दूँगा।"

"हे भगवान, तूने कैसे-कैसे नीच मनुष्य पैदा कर दिये जो किसी को सुख से जीने भी नहीं देते। आज का सारा नफ़ा ख़त्म कर दिया। क्यों जमनेवालों को ये लोग उखाड़ते हैं?" उसकी आँखें आँसुओं से तर थीं। चेहरा व्यथा से दीप्त था। उसने टूटी हुई देवताओं की मूर्तियों को उठाया। उन्हें बार-बार सिर नवाया और कहा, "यदि आप में सच है तो पापी को दण्ड देना। अरे लुटेरे! मैं तुझे दुराशीष देती हूँ कि तू भी इन मूर्तियों की तरह टूटे। तेरा नुकसान हो।"

यह संयोग ही था या बिल्ली के भाग्य से छींका टूटा कि बुलजी को दूसरे दिन तेज़ बुख़ार आ गया। बुख़ार उतरने का नाम ही नहीं ले रहा था। वैद्य, डॉक्टर परेशान और घरवाले चिन्तित। बुलजी के एक मित्र ने आ कर उसके घर वालों को बताया कि बुलजी ने नशे में भगवान शिव व कृष्ण की मूर्तियाँ तोड़ दी थीं। बस, घर वाले घबरा गये। तुरन्त कर्मकाण्डी ब्राह्मण को बुलाया गया। उसने शिव-विष्णु की मूर्तियाँ खण्डन करने की बात सुनी तो अनेक संकटों के आगमन का ऐलान कर दिया। अन्धविश्वास संस्कारों का एक हिस्सा है। उनसे मुक्ति कठिन है। तुरन्त चाँदी की छोटी-छोटी मूर्तियाँ बना कर मन्दिर में चढ़ाई गयीं। लेकिन सुखली गर्व से कहती रहती थी, "उस फन्ने खाँ ने सोचा कि मेरी दुराशीष से क्या होगा। पर बच्चू को

पता चल गया। शिव-विष्णुजी की छोटी-छोटी चाँदी की मूर्तियाँ बनवा कर उसके घरवालों ने मन्दिर में रखवायीं। देखा प्रभु का दण्ड?"

हाँ, गोरधन पुलिस वाले ने सुखली को बहन क्या कहा कि सच की बहन मान लिया। उससे वसूली बन्द। उसकी सुरक्षा का पूरा ध्यान। भावनात्मक सम्बन्धों का दृष्टान्त। राखी बँधवाना शुरू। वह किसी भी मेले में जाती थी तो गोरधन वहाँ के सिपाही को हिदायत देकर आता कि मेरी बहन का ध्यान रखना।

समय बीतता गया। अब सुखली पूरी जवान दिखने लगी। बीमार माँ काफ़ी स्वस्थ हो गयी। वह लकड़ी के सहारे चलती थी। छोटे-छोटे काम भी कर लेती थी। उसका भाई बीरम प्रथम वर्ष में आ गया था। वह पढ़ाई के अलावा बहन को मूर्तियाँ व खिलौने बनाने में सहयोग करता था। अत्यन्त सुशील व संवेदनशील लड़का था। बहन के जीवन के दुर्दान्त संघर्ष को जैसे समझने लगा था। सुखली को उसका जीवन संघर्ष उसे शिक्षक की तरह सब कुछ सिखाता गया। अब वह अँगूठा छाप नहीं थी। वह पढ़-लिख लेती थी। एक रात बाहर कँपकँपाने वाली डांफर चल रही थी। उसके कारण सन्नाटों की साँय-साँय गहरी हो गयी थी। उसका भाई दूसरे कमरे में पढ़ रहा था।

सुखली की माँ भीमी ने सुखली के सिर पर हाथ फेर कर कहा, "बेटी, अब तू ब्याह के लायक हो गयी है। कितनी फूटरी लग रही है। मैं पांगली (अपंग) तेरे लिए कोई चोखा बींद (दूल्हा) भी नहीं ढूँढ़ सकती।"

सुखली की आत्मा को तहों में खुशी की लहर दौड़ी। उसने मादक दृष्टि से अपनी माँ की ओर देखा और सहज स्वर में बोली, "माँ, छोरी कोई कुँवारी थोड़े ही बैठी रहेगी? सब कहते हैं, वर-वधू की जोड़ी जन्म के साथ लिख दी जाती है। बेमाता (विधाता) जोड़ी बना कर ही यहाँ भेजता है।"

"पर पैसा?"

"माँ, सब कुछ हो जाएगा। तू इस चिन्ता में दुबली न हो। बस, बीरम को बी. ए. पास करने दे ताकि मैं इस घर से विदा लूँ तो बीरम और उसकी बहू तेरी सेवा करें।"

"नहीं सुखली, पहले मैं तेरा ब्याह करूँगी। आजकल जब-जब तुझे देखती हूँ तो मन कहता है कि इसकी उम्र ब्याह के लायक हो गयी है।"

"माँ, जो बेमाता ने लिख दिया है, वही होगा।" उसने बिजली गुल कर दी। जीवन की अँधेरी सुरंगों के अदृश्य संकटों को कोई नहीं जान सकता। अनागत अमंगलों से सुगमता से कोई निष्कृति नहीं। प्रजापत जाति का सुखली के लिए एक रिश्ता आया। अच्छा घराना था और सम्पन्न भी, पर, लड़का काला था। कुछ ख़ास कमाता भी नहीं था। सुखली ने उसे नापसन्द कर दिया। वह हिसाब की जोड़ी चाहती थी। समाजवाले उसे नकचढ़ी कहने लगे। लुगाइयाँ दबी ज़ुबान से कहने लगीं कि

कालों के नगर अलग बसते हैं क्या? रूप की रम्भा को कोई राजकुमार ब्याहने आएगा क्या? अरे, सारे दिन मर्दों से चोंचें भिड़ाती रहती है। सबको पता है कि किस-किस ठांण में मुँह मारती फिरती है। आएगा न, एक दिन सात हवेलियों का मालिक!''

और पूनरासर हनुमान मेले में सुखली के रूप पर भानमल मुग्ध हो गया। वह अपनी माँ के साथ मेले में आया था। अतः निःसंकोच भाव से पूछ बैठा, ''तू किस गाँव की है?''

''डूंगरपुर की।''

''क्या जात है?''

''कुम्हार...।''

भानमल की माँ बोली, ''कुम्हार तो हम भी हैं। मेरे बेटे का बापू चोखा ठेकेदार है।''

उसने परिहास से नयन मटकाते हुए कहा, ''माँजी, आपने यह नहीं पूछा कि तेरा ब्याह हो गया या नहीं।'' उसने त्वरा से हाथ हिलाते हुए फिर कहा, ''नहीं, अभी नहीं। मैं कुँवारी हूँ। कोई मूर्ति लेनी है या ख़ाली पूछताछ ही करनी है?''

भानमल ने झट से हनुमानजी की एक बड़ी मूर्ति की ओर देख कर कहा, ''ये दे दो। कितने की है?''

''तीस की, पर आप मेरी जात के हैं इसलिए बीस ले लूँगी।''

भानमल ने झट-से बीस रुपये निकाल कर दे दिये। माँ कुछ कहना चाहती थी पर उसने मना कर दिया। भानमल संझा-बाती के समय फिर आया। वह आकर आजकल के जवानों की तरह बोला, ''तुम फूटरी हो, मुझे पहली नज़र में भा गयीं।'' लेकिन सुखली ने उसे मना करते हुए कहा, ''चुप रहो, ये फ़ालतू की बातें न मुझे पसन्द हैं और न मुझे अच्छी लगती हैं। तुम मेरी जात के हो। अपने माँ-बाप से बात करो, मेरी माँ से बात करो।'' सुखली की जुबान में कड़वाहट थी पर आँखों में असीम परितृप्ति के भाव मुखर हो उठे।

''मैं तुमसे ही ब्याह करूँगा। हालाँकि हम पाँच भाई हैं, पर मैं बाप का कमाऊ पूत भी हूँ।''

सुखली ने लज्जा से सिर झुका लिया।

''ले, यह अँगूठी पहन ले। यदि मैं वचनों का कच्चा रहा तो इसे कादे (कीचड़) में फेंक देना, वरना मैं इसे सोने की अँगूठी में बदल दूँगा।''

जीवन के जिन सुखों की कल्पना करती थी सुखली, वे उसके सामने साकार-से होने लगे।

''मैं राजगढ़ का हूँ। जल्दी ही मेरे घरवाले तुम्हारे घरवालों से बात करने आयेंगे।''

सुखली की उसे लेकर खोयी चेतना जागी। उसने उसे व्यग्रता से कहा, ''हमारे

पास दायजा (दहेज) नहीं है। कुँकु-कन्या है। मेरा बाप गुज़र चुका है, माँ को लकवे की बीमारी है। एक भाई है, जो पढ़ता है। इसलिए ये रिश्ते की बात बनेगी नहीं। अपनी अँगूठी वापस ले जा।"

उसने दृढ़ स्वर में कहा, "मैंने कहा न, जब बारात न आये तो अँगूठी को कादे में फेंक देना।"

भानमल दिन में कई-कई चक्कर लगाता। मूर्तियाँ खरीदना चाहता था, पर सुखली उसे मुफ़्त में देना चाहती थी जिसे वह लेना नहीं चाहता था। दोनों मुस्कराते रहते थे। सुखली को लगा, चार खूँट से खुशियाँ आ-आ कर उसका घेराव कर रही हैं। उसने सारे देवताओं को हाथ जोड़ कर कहा, "प्रभु, सब कुछ तू ही करता है। तेरी लीला अपरम्पार है।"

सब कुछ चन्द दिनों में तय हो गया। सबकी जुबान पर एक ही वाक्य था कि बहुत ही चोखे भाग्य हैं सुखली के। कितना फूटरा लड़का मिला है और कितने पैसे वाला घराना है। ब्याह की तारीख नज़दीक आ रही थी। माँ और बीरम दुखी और चिन्तित थे कि रुपये कहाँ से आयेंगे? पर इधर सुखली मधुरता के सागर में आकण्ठ डूबी रहती थी। ऐन मौके पर बीरम और भीमी हैरान हो गये कि सुखली ने लगभग चौदह हज़ार रुपये जो कच्चे मकान के ऊंणे-खूंणे की हंडियों में छुपा कर रखे थे, निकाल कर दे दिये। माँ ने आशीष दी और बीरम ने चरण छुए। तारीख़ आ गयी। अड़ोसी-पड़ोसी और बीरम के कॉलेज के साथियों ने बारात की अगवानी की तैयारी करनी शुरू कर दी। देव उठाणी एकादशी के फेरे थे। बारात दसवीं की रात को रवाना होकर सुबह पहुँचने वाली थी।

सुखली दुल्हन के रूप में बहुत ही मोहक लग रही थी। गोरधन पुलिस वाला उसके लिए दो पोशाकें और एक चाँदी की रमझोल लेकर आया। अक्खड़ बदजुबान पुलिस वाले और उसकी बहू ने जब सुखली को ओढ़ना ओढ़ाया तो उसकी आँखों से गंगा-जमुना झर-झर बह उठी। गोरधन भरे स्वर में बोला, "तेरा भाई गरीब पुलिसवाला है। चाहे यह वर्दी कितनी ही रौबदार हो, पर तनख़्वाह तो थोड़ी है। बहन, इस गरीब भाई की भेंट मंजूर कर।"

सुखली को लगा, जैसे यह सचमुच का भाई है। वह उसके गले से लिपट कर रो पड़ी। फिर दोनों के पाँव छुए। गोरधन की बहू को हाथ जोड़ कर सुखली ने कहा, "भौजाई जी, मेरी ननिहाल में कोई नहीं है। आप बारात के आने पर हाज़िर रहें।"

"तू चिन्ता न कर। मैं भोर होते ही आ जाऊँगा।"

कैसे-कैसे रिश्ते अनायास जन्म ले लेते हैं कि हम सोच भी नहीं सकते। दसवीं की तिथि की रात। बारात एक बस और तीन जीपों पर रवाना हुई, खुशी-खुशी। बस में ढोली और ढोलन मंगल गीत गा रहे थे। दूल्हे की जीप हवा से बातें कर रही थी।

अचानक ओवरटेक करते समय वह जीप एक टैंकर से भयानक रूप से जा

टकरायी। भिड़न्त इतनी ज़बरदस्त थी कि जीप के परख़चे उड़ गये और उसके साथ-साथ बरातियों के भी। वर-यात्रा की वह रंगीन रात्रि संगीन कालरात्रि में बदल गयी। रोना-धोना और कोहराम बच गया। अफ़रा-तफ़री मच गयी। जीप में सवार दस बरातियों में से सातं मर चुके थे। उनमें दूल्हा भी था। सूर्य के उगने के साथ जब यह दुखद समाचार वधू के घर पहुँचा तो सुखली ज़ोर से चीख़ पड़ी, "नहीं... नहीं।" फिर वह जड़ हो गयी। बीरम और उसके साथी वाहन ले कर घटना स्थल पर पहुँचे तो वहाँ अपार भीड़ थी। पुलिस, एस. पी., डी. आई. जी. और जिलाधीश स्वयं आ गये थे। मरघट-सा दुखद मौन फैला हुआ था।

बीरम ने देखा कि लाशें रबर के खिलौनों की तरह पिचक गयी थीं। वर का शव देखते ही बीरम रो पड़ा। वह किस मुँह से और कैसे अपने समधी को धीरज बँधाए? किस धर्म-रिश्ते से उसके संग दुख बाँटे? वह साहस नहीं जुटा पाया। लौट आया मुर्दा-सा। क्या कहे सुखली को, अपनी माँ को? बस, इतना ही कह पाया, "सब कुछ ख़त्म हो गया माँ, सब...।" फिर रो पड़ा।

माँ आँचल में मुँह छिपा कर सिसक पड़ी, धीरे-धीरे सब कुछ मातम में डूब गया। मांगलिक वस्तुओं के अवशेष चुप-चुप से बैठे थे। धैर्य देने वाले भी आते-जाते रहे।

सातवें दिन भीमी ने सुखली को बुला कर परामर्श भरे स्वर में कहा, "लाडो! धन भी गया और होने वाला वर भी गया। अब इस तरह गुमसुम क्यों बैठी है? मेरी बात मान, और जी भर कर रो ले। जी हल्का हो जाएगा। छाती का बोझ हट जाएगा।"

उसने माँ के हाथ को मज़बूती से पकड़ लिया। भर्राए स्वर में बोली, "माँ! बड़ी दोरी फाँस गले में फँसी है। मैंने कौन-सा पाप किया कि प्रभु ने यह दण्ड दिया?"

"जो हो गया, उसे भूल जा। निठल्ले बैठे तो भी काम नहीं चलेगा। दीनानाथ ऐसी दुश्मन पर भी न बिताये।"

सुखली ने ठण्डी आह भरी। फिर देवताओं की सारी मूर्तियाँ एक बोरी में डालते हुए वह सोचने लगी कि ख़ून-पसीना एक करके इस घर को लीपा-पोता, प्रभु को यह भी सहन नहीं हुआ। प्रभु हमसे क्यों नाराज़ है, क्यों?

तभी बीरम आ गया। उसने आश्चर्य से पूछा, "यह क्या कर रही हो बहन? इन मूर्तियों को बोरी में क्यों डाल रही हो?"

"बीरम! मैंने बहुत बड़ा पाप किया है।"

"कौन-सा पाप?"

"देवताओं की मूर्तियाँ बना-बना कर उन्हें पैसों में बेचती रही। शिव, विष्णु, रामदेव, हनुमान, भैरों, गणेश और न जाने मैंने कितने तरह के देवता बना कर बेचे हैं। ग्राहकों ने ख़रीद कर उनके साथ क्या-क्या किया होगा? टूट गयी तो कचरे में

डाल दिया होगा, कहीं धूल जमती होगी। कोई इन्हें अशुद्ध रखता होगा। सच, देवताओं को बेच कर मैंने पाप किया है।''

''तूने कोई पाप नहीं किया सुखली! मेरे गुरुजी कहते थे कि सन्त-महात्मा प्रवचन दे कर क्या करते हैं? मन्दिरों की मूर्तियाँ बनाने वाले क्या करते हैं? वे ईश्वर के नाम व स्वरूप का प्रचार-प्रसार ही तो करते हैं।''

सुखली ने अन्तिम तीन मूर्तियों को बोरी में डाल कर व्यथित स्वर में कहा, ''फिर मेरे ही काम में कोई खोट रहा है वरना इतना बड़ा दुख मेरे भगवान मुझे नहीं देते। मैं इन्हें हाथ जोड़ कर माफ़ी माँग लूँगी और इन्हें जल में विसर्जित कर दूँगी और अब केवल खिलौने ही बनाऊँगी। बीरम! मैंने इन मूर्तियों को सदा मान से रखा। कभी भी पाँवों में नहीं आने दिया। हाथ जोड़ कर, प्रसाद चढ़ा कर उन्हें गाड़े में रखती थी। फिर मुझे इतना बड़ा दुख क्यों दिया? आदमी कभी-न-कभी अचानक चोट से टूट जाता है। माला के दानों की तरह बिखर जाता है।''

बीरम ने उसके पास बैठ कर भरे गले से कहा, ''तू चिन्ता न कर बहन, तेरा बीरम जल्द ही बी. ए. करके कमाएगा, तेरे लिए इससे भी अच्छा बींद ढूँढ़ेगा और खूब धूमधाम से तेरा ब्याह करेगा। तेरा उतरा मुँह देख कर मेरा जी रोता है।''

''मुझे भरोसा है, तू चोखा ही करेगा। और मैं भी ब्याह-पकायत करूँगी। यदि ऐसा नहीं करूँगी तो लोग मुझे निरभागणी, खसमखावणी, खोटे पगछेड़े की कहेंगे। पर बीरम, यह तय है कि अब मैं खिलौने ही बनाऊँगी।''

सुखली ने बोरी को कन्धे पर उठाया। वह पीपल के पास वाले तालाब के पास गयी। उसने एक-एक मूर्ति को सिर नवा-नवा कर जल में विसर्जित कर दिया। जब सारी मूर्तियाँ विसर्जित हो गयीं तो उसने भानमल की अँगूठी को भी जल में विसर्जित कर दिया। कीचड़ में नहीं, शुद्ध पवित्र जल में। यह सोचते हुए कि तूने तो अपना वचन पूरा करना चाहा, पर प्रभु को ही मंजूर नहीं था। अब बता, किस धर्म से, किस नाते से और किस रीत से इसे पहनूँ? तेरे जैसे बहादुर व पक्के मिनख की यादं सदा मेरे भीतर रहेगी।

और उसने आँसुओं से भरी आँखों से जल का आचमन ले लिया।

वाह किन्नी, वाह!

किन्नी को ले कर उसके मन में उत्तेजना के पल जनमते रहे। उसे अपने आस-पास अदृश्य सुख के स्रोत फूटते-से नज़र आये। आनन्द की कलियाँ चटखती नज़र आयीं।

"कितनी सुन्दर है किन्नी।" यह मीठा-सा वाक्य उसका अटूट घेराव कर बैठा। लेकिन केवल पुलक पलों से घिर कर भी तो आदमी कब तक बैठा रह सकता है?

प्रेम और पेट का संघर्ष सदैव से होता रहा है और सम्भवतः होता रहेगा। जब-जब आदमी प्रेम की मधुर और मादक कल्पनाओं से निमग्न हुआ, तब-तब पेट ने उसे झटका देकर यथार्थ के आँगन में ला पटका।

"लूणिया...ओ लूणिया! आज दुकान नहीं खोलनी है?" चिरपरिचित पड़ोसन जेठा काकी का स्वर था।

उसने खाट पर बैठे-बैठे ही कहा, "खोलनी है काकी। शरीर में थोड़ी सुस्ती है, ठहर कर दुकान जाऊँगा।"

पर आज उसका मन किन्नी के आसपास ही चिपके रहना चाहता था। कल की ही तो बात थी।

उसका मन अपनी ख़ानदानी पंसारी की दुकान को खोलने का नहीं हो रहा था। जब-जब ऐसा होता था तब-तब वह अपने मामा के बेटे सतिये को दुकान में बैठा कर एकान्त में चला जाता था। कल भी सूरज की किरणों में तपिश आने के साथ अपने भाई को दुकान सँभलवा कर वह बीकानेर के पूर्व में स्थित साधू फूलनाथ जी के धोरे (टीबे) की ओर चल पड़ा, अपनी हर रोज़ की दुनिया से अलग दुनिया में, जहाँ ख़ामोशी, शान्ति और खुला-खुला आकाश था, गायों के रंभाने के अलावा लम्बी नीरवता पसरी पड़ी थी। जहाँ कभी-कभी रेंगता साँप और फुदकता खरगोश दिखायी दे जाता था।

वह स्वर्णिम धोरों पर जाकर हाथ-पाँव फैला कर सो गया। उसने करवटें बदल-बदल कर इधर-उधर देखा। केवल शून्यता और उसके अहसास। अचानक उसे

एक युवती दिखाई दी जो उसकी ओर ख़रामा-ख़रामा बढ़ती आ रही थी।

वह तुरन्त उठ कर बैठ गया। कुछ बोलता, इसके पहले ही उस युवती ने कहा, ''आप मेरे पोटों (गोबर) की कढ़ाई सिर पर रखवा दीजिए ना? भगवान आपका भला करेगा।''

''तू इस सूनवाड़ में अकेली आती है?''

''हाँ, पिछले तीन दिनों से हर रोज़ आती हूँ। कभी इस समय और कभी साँझ पड़ने से पहले। ईंधन तो चाहिए ही। जब पोटे नहीं मिलते हैं तब लकड़ियाँ इकट्ठी करके ले जाती हूँ।''

''अकेले डर नहीं लगता?''

''लगता है, पर केवल मिनख (मर्द) से, साँप-बिच्छु से नहीं। ज़रा कढ़ाई ऊँची करवा दें।'' वह मुस्करायी।

उसने कढ़ाई ऊँची कराई। उसके रूप पर उसकी नज़र गयी। वह युवती जल्दी-जल्दी ऊबड़-खाबड़ रास्ते से नीचे की ओर उतर कर ओझल हो गयी। उसे एक नयी अनुभूति हुई कि इस छोरी में कुछ है। उसमें खिंचाव का अहसास हुआ।

लूणिया सम्मोहित-सा दूसरे दिन भी वहाँ पहुँचा। न चाहते हुए भी उसमें उसके प्रति उत्तरोत्तर आकर्षण बढ़ रहा था। उसने रास्ते में सोचा भी कि बिना जाने-समझे उसे उधर नहीं जाना चाहिए। कहीं अनहोनी घट गयी तो? उसने अपने इष्टदेव गणेश जी का स्मरण किया। मन-ही-मन पूछा कि उधर जाऊँ कि नहीं? गणेश जी ने उसे कोई उत्तर नहीं दिया। वह अंकुशहीन उस स्थल तक पहुँच ही गया।

जब लूणिया वहाँ पहुँचा तो वह युवती बेर की झाड़ियों से बेर तोड़ कर खा रही थी। उसकी कढ़ाई में सूखी लकड़ियाँ पड़ी थीं। लूणिया कुछ पल उसकी ओर अपलक निहारता रहा। गोरा रंग, तीखे नाक-नक्श और मांसल बदन। एकदम फूटरीफरी (सुन्दर)।

अचानक युवती पलटी। उसके चेहरे पर आश्चर्य पसर गया। बेर खाती हुई उसकी ओर बढ़ी, ''आप आ गये? मुझे विश्वास था कि आप आयेंगे।'' फिर उसने ज़रा व्यंग्य से कहा, ''आप दयालु लगते हैं। गरीब की मदद करना धरम का काम होता है।''

लूणिया चुपचाप उसे निहारता रहा।

''क्या आप गूँगे हो गये?'' लूणिये ने तपाक्-से चौंक कर कहा, ''क्या एक दिन में कोई गूँगा होता है? बता, तेरा नाम क्या है?''

''किन्नी...समझ गये न किन्नी का मतलब?'' उसने आँखें नचा कर कहा।

''हाँ, अखा तीज (अक्षय तृतीया) को जो छोटी पतंग उड़ती है, उसे किन्नी कहते हैं।''

''अखा तीज को मैं पैदा हुई। बस, नाम रख दिया किन्नी।'' बिना पूछे ही

किन्नी ने अपना परिचय दे दिया, "हम अभी गाँव करमीसर में रहते हैं। अपने माँ-बाप के साथ एक झोंपड़ी में। अकाल पड़ने से गाँव आकासर में कोई काम नहीं रहा। इसलिए यहाँ आ गये। हमारे घर के मर्द बजरी की ख़ानों में काम करते हैं। मैं वहाँ नहीं जाती। वहाँ के लोग आँखें फाड़-फाड़ कर मुझे देखते हैं। इसलिए मैं पोटे चुगती हूँ और लकड़ियाँ इकट्ठी करती हूँ।"

उसने उसकी ओर गहन अपनत्व से देख कर कहा, "किन्नी! तू बहुत ही फूटरी (सुन्दर) है। एकदम दूध की तरह सफेद, गोरी गट्ट।"

"यह तो भगवान जाने। पैदा तो वही करता है। किसी को गोरी और किसी को काली। हाँ, तेरा नाम क्या है?" वह अपने वर्ग की ज़ुबान पर आ गयी।

"लूणिया।"

"लूणिया?" वह ज़ोर से खिलखिला कर हँस पड़ी। अजीब तरह से अपनी हथेली को समेट कर उसकी ओर करके बोली, "यह कोई नाम होता है?"

लूणिये ने भी मुस्करा कर कहा, "जिस तरह तू अखा तीज को जन्मी, इसलिए तेरा नाम किन्नी (छोटी पतंग) पड़ा, उसी तरह मैं बचपन से ही लूण (नमक) की तरह खारा बोलता था इसलिए मेरा नाम लूणिया पड़ गया।"

दोनों हँस पड़े।

किन्नी ने पूछा, "तेरा ब्याह...?"

"अब होगा, सगाई हो गयी है। एक बात बताऊँ, मेरा बाप जब मैं चार वर्ष का था, तब मर गया था और माँ तेरह साल की उम्र में। मेरे मामा ने मुझे पाला-पोसा, बाणिका पढ़ाया। कुछ दिनों पहले मेरी सगाई भी कर दी है, मेरी पंसारी की दुकान है, बाप के समय की।"

"तेरी बहू सुन्दर है?"

"तुझसे बेसी नहीं। तेरे रंग-रूप के सामने वह पानी भरती है।" उसने शर्म से सिर झुका लिया। लूणिया किन्नी को घूरने लगा। किन्नी ने बुझे स्वर में कहा, "लूणिया! कढ़ाई सिर पर रखवा दे ना, देर हो रही है। सूरज देव भी अपने घर में घुस गये हैं।" उसने यंत्रवत कढ़ाई रखवा दी। वह जल्दी-जल्दी चली गयी।

किन्नी और लूणिये के मध्य की अटूटता मज़बूत होती जा रही थी। हालाँकि प्रेम की भावुकता और भारी बातों की शब्दावली वे नहीं जानते थे, पर उन्हें हर घड़ी एक-दूसरे के बिना बेचैनी और बेसब्री सताती रहती थी। हर रोज दुकान पर न जाना भी सन्देह उगा सकता था। अतः उसने अपने मामा के बेटे व मामा को झूठ ही कह दिया था कि उसने पण्डित के कहने पर काशी विश्वनाथ महादेव के हर रोज के दर्शन व सोमवार को व्रत करने का इरादा बना लिया है। कितना मासूम प्रण था। उजाड़ वीरान जंगल के सुगन्धित फूल की तरह। वे समय की सुविधा से प्रायः मिलने लगे।

उस दिन उसने किन्नी से पूछा, "तेरा ब्याह हो गया?"

"हो भी गया और ख़त्म भी हो गया।" उसने सरलता से सहज मुद्रा में कहा, "मेरा धणी (पति) तो जानवर था। शराब पीकर मेरा शरीर नोचता था। वह कई बार रीछ बन जाता था। दुष्ट और निर्मम। समझ गये ना मेरी बात?...नहीं सह पायी वह सब कुछ। छोड़ आयी उस नीच को। मैंने उस पर सदा-सदा के लिए थूक दिया। उससे नाते-रिश्ते तोड़ लिए। सच कहूँ तो अब तेरे बिना मन नहीं लगता।"

"मन तो मेरा भी नहीं लगता।"

उसने प्रसंग बदल कर पूछा, "अच्छा, तू मुझे अपने ब्याह में बुलायेगा?"

"ज़रूर बुलाऊँगा। आज ही न्यौता दे रहा हूँ। किन्नी! जी तो चाहता है कि मैं तुझसे ब्याह कर लूँ, पर ऐसा हो नहीं सकता। जाति अलग है ना!"

किन्नी ने उसकी ओर कामुक दृष्टि से देखा। लूणिये के भीतर लावा-सा उबलने लगा। किन्नी उसकी आँखों की भाषा समझ गयी। उसका हाथ पकड़ कर पुरानी श्मशानी छतरियों में ले गयी। लूणिये ने उसे बीस रुपये दिये। उसने ना-नु कहकर ले लिये।

लूणिया जिन्दगी और स्त्री के रहस्यों को नहीं जानता था। वह तो किन्नी के आनन्ददायक सरोवर में बेख़बर-सा डूबा रहता था। सम्बन्धों की निश्छलता में खोया रहता था।

लूणिये के ब्याह की तारीख आ गयी। लूणिये का ब्याह हो गया। उसकी बहू सामान्य स्त्री थी। मांसल भी कम। हाँ, घर-गृहस्थी का काम बखूबी कर लेती थी। सुबह जल्दी उठना, झाड़ू-बुहारी करना, पोंछा लगाना, गेहूँ हाथ की चक्की में पीसना और सेज सजाने का काम वह रुटीन में करती रहती थी। लेकिन वह किन्नी की तरह आन्तरिक आनन्द के कंगूरों को कभी भी स्पर्श नहीं कर पाती थी। विवाह के बाद वह लोक भय से किन्नी से कई दिनों तक नहीं मिला था। बराबर दुकान जाता था। पर वह किन्नी के बिना अपने को पूर्ण नहीं समझता था, क्योंकि वह बड़े उत्साह व प्यार से समर्पण करती थी। आख़िर एक माह बीतते-बीतते वह फिर शिवजी दर्शन के बहाने किन्नी से मिलने लगा। उसे इस बात का सदैव अहसास होता था कि वह किन्नी को अन्तस की गहराई से अपनाता है और पत्नी से सिर्फ़ औपचारिकताएँ! किन्नी सदैव उसे आभास कराती थी कि वह उसकी, सिर्फ़ उसकी है। किन्नी बीच-बीच में बहाने करके अनुपस्थित भी रहती थी और संकोच और विवशताएँ बता कर कुछ पैसे भी लूणिये से माँग लेती थी।

पूरा एक बरस बीत गया।

लूणिये का ससुर जुआरी और भंगेड़ी था। हालाँकि वह एक क़ाबिल रसोइया भी था, पर काम पर मजबूरी में ही जाता था। बेटे पढ़ रहे थे। उसकी पत्नी सेठ फतहचन्द व अन्य बनियों के यहाँ काम-काज करके जैसे-तैसे परिवार का पेट भर लेती थी। उसके ससुर ने अपने घर के सारे ज़ेवर बेच कर पैसे उड़ा दिये। कहते

थे कि उसके पास आधा किलो सोना और तीन किलो चाँदी थी। यह भी सच था कि उसने अपनी दो बेटियों की शादी गुप-चुप रूप से लड़के वालों से तीन-चार हज़ार रुपये ले कर अयोग्य लड़कों से कर दी थी।

एक दिन लूणिये के ख़ास दोस्त महादेव ने आकर बताया, "लूणिया! तूने बरी (विवाह की एक रस्म) में जो बीस तोले सोने के ज़ेवर डाले थे, वे तेरे ससुर ने बेच खाये। मैं पक्की खबर लाया हूँ।"

लूणिया का धैर्य ख़त्म हो गया। वह धुआँ-धुआँ होकर अपनी पत्नी के पास गया और यह बात बताई और आदेश दिया, "तू अभी-अभी पीहर जा और अपने बाप से कह दे कि मेरे गहने तीन दिनों के भीतर पहुँचा दे वरना मैं तीसरी करके दिखा दूँगा।"

उसकी पत्नी ने डर करके पूछा, "खाना तो बना दूँ?"

"भाड़ में जाये तेरा खाना! तू मादरकाढ़ अभी की अभी जा। जाती है या तेरे चूंखे (बाल) खींच कर घर से बाहर निकालूँ?"

वह तुरन्त ओढ़ना ओढ़कर घर से बाहर निकल गयी।

उसने महादेव से कहा, "मेरे गहने खाना मज़ाक नहीं है। सारे समाज को इकट्ठा करके न्याय माँगूँगा।"

पर गहने नहीं आये।

तब लूणिया अपने दोस्त महादेव को लेकर अपनी ससुराल गया। उसने हो-हल्ला मचा कर भीड़ इकट्ठी कर ली। सारी बात समझ कर लोग लूणिये के ससुर पर थू-थू करने लगे।

लूणिये ने हवा में हाथ उछालते हुए कहा, "या तो मेरे घर ज़ेवर पहुँचा दीजिए वरना ठीक नहीं रहेगा। अरे, हमारे समाज में बेटी के घर का पीहरवाले पानी भी नहीं पीते और आप ज़ेवर हजम कर गये?"

लोगों ने उसे समझाया कि या तो पुष्करणा समाज की पंचायत बुला ले या अदालत चला जाये। आपस में लड़ाई-झगड़ा न करें।

मगर बार-बार तकाज़ा करने और सामाजिक-पारिवारिक दबावों के बावजूद गहने नहीं आये। जब लूणिये ने अदालत जाने की धमकी दी तो उसके ससुराल वालों ने सबको कह दिया कि हमने गहने अपनी बेटी दीवली को दे दिये थे और हमारा दामाद लूणिया झूठ बोलता है। उल्टा चोर कोतवाल को डाँटे।

स्थिति गम्भीर और नाजुक हो गयी। साक्षी के रूप में दीवली ने झूठ बोल दिया कि उसने गहने अपने पति को दो माह पहले दे दिये थे। अपनी पत्नी के इस झूठ को लूणिया बर्दाश्त नहीं कर सका। यह उसकी कैसी लुगाई है? ऊपर से नीचे तक नीच, मक्कार और विश्वासघातिनी। उसने सरेआम घोषणा कर दी कि वह अपनी पत्नी को अपने घर में तब तक पाँव नहीं रखने देगा जब तक वह गहने नहीं लायेगी।

वह सरासर झूठ बोलती है। सच क्या है, यह तो प्रभु ही जानता है। लेकिन यह भी सच था कि उसकी पत्नी भी अपने अन्दर के झूठे सच पर चट्टान के टुकड़े की तरह अड़ी रही, न जाने क्यों?

उसके इस सम्बन्ध-विच्छेद निर्णय के पीछे कदाचित् अन्धेरी ऊबों व आनन्दहीन उकताहटों का भी रोल था। किन्नी से उसके सम्पूर्ण तुष्टिदायक सम्बन्ध और पत्नी से यान्त्रिक समर्पण। उसका किन्नी के मुकाबले में मुर्दा मछली होना भी था। वह समझता था कि वह अब भय और बन्धन की रस्सियों को काट कर हवा की तरह स्वतन्त्र हो जाएगा।

वह इस अवसाद भरी और तनावग्रस्त स्थितियों में किन्नी से निरन्तर नहीं मिल सका। अप्रत्याशित एक स्मृति का टुकड़ा उसके सामने गिरा। किन्नी ने उससे उस दिन पचास रुपये माँगे थे। उसकी माँ बीमार थी। उसके स्वर में प्रार्थनाएँ थीं।

उसे अपने पर क्षोभ भरी ग्लानि हुई। वह किन्नी के पास जल्दी से पहुँचा। सन्नाटों में डूबी किन्नी अपनी ज़बरदस्त शिकायतों के अस्त्र लिये बैठी थी। गोबर की कढ़ाई उसके पास पड़ी थी। वह प्रहार करती, इससे पूर्व लूणिये ने कहा, "किन्नी! मैं तेरे हाथ जोड़ता हूँ कि मुझे कुछ भी मत कहना। तू पहले मेरी बात सुन ले।"

किन्नी समझदार थी। वह गम्भीर हो गयी। उसने अपनी तमाम व्यथा कथा किन्नी को बतायी। किन्नी ने उदास होकर कहा कि यह अच्छा नहीं हुआ। लूणिया बेहद ख़ालीपन और उदासियों से भर आया था। यदि किन्नी उसे प्यार और अपनत्व नहीं देती तो वह ज़रूर कोई-न-कोई अनहोनी कर देता। क्या करे लूणिया? सूने घर में घुसते ही उसे सन्नाटे घेर लेते थे। अकेलेपन, दुःख और वासना के दायरों में कसमसाता था वह। अब किन्नी से प्रायः मिलता रहता था। बिना विवाह किये दोनों स्त्री-पुरुष के सम्बन्ध निभा रहे थे। एक दिन किन्नी ने उसके जीवन में अचानक बवंडर उठा दिया। उसने अपराधी की तरह सिर झुका कर बताया कि वह माँ बनने वाली है। वह तो पिछले महीने जब ननिहाल गयी तो पता चला।

लूणिया सकते में आ गया। जैसे उसे ज़बरदस्त आघात लगा हो। किन्नी उसे प्रश्न भरी उदास नज़रों से देख रही थी। उसकी आकृति से लग रहा था कि वह अदृश्य यंत्रणाओं से घिर गयी है। उन दोनों के मध्य ख़ामोशी खड़ी थी।

लूणिये ने अपने को सँभाल कर कहा, "कितने महीने हुए हैं?"

"तीन-चार महीने हो गये होंगे। मैंने सोचा, यूँ ही कपड़े से नहीं हुई।"

"अब क्या होगा?"

उसने रुआँसे स्वर में उससे कहा, "जो मेरे भाग में लिखा होगा। जो जन्म से ही दुख भोगती आयी है उसे सुख कैसे मिलेगा? लूणिया! मैंने तुझे अपनी समूची देह सौंपी है। एक लुगाई की तरह तेरे साथ रह रही हूँ। अब तेरे बेटे-बेटी की माँ बनने जा रही हूँ। पराये मर्द के बच्चे की माँ बनना अपने आपको आग में झोंकने

के बराबर है। सच, घर बाहर के लोग जीने नहीं देंगे। जी चाहता है कि अपना यह काला मुँह लेकर मर जाऊँ।"

उसने ललाट में बल डाल कर आकाश की ओर देखा। फिर चन्द क्षणों के अन्तराल के बाद कहा, "किसी समझदार दाई से बात करो न! दो-चार सौ रुपये लग जायेंगे और यह संकट टल जाएगा।" वह उत्तर देती, इसके पहले ही उसने अपने ठण्डे हाथ से स्पर्श किया और कहा, "मैं तुझे कल पाँच सौ रुपये लाकर दे दूँगा और तुझे क़सम है कि मेरा नाम मत लेना, नहीं तो मैं जाति बाहर हो जाऊँगा। भगवान गणेश से विनती करूँगा कि वे हमें इस संकट से उबारें। वे हमारा संकट अवश्य दूर कर देंगे।"

"मैं अपनी मौसी के गाँव चली जाऊँगी।" उसने लूणिये को बाँहों में लेकर कहा कि उसने सच्चे मन से उसे चाहा है। वह यह काम दाई से निपटा कर आ जाएगी। वह यहाँ उसकी अडीक (प्रतीक्षा) रखेगा।

लूणिये ने अपने इष्टदेव गणेश की सौगन्ध खा कर उसे आश्वस्त किया कि वह उसे कभी धोखा नहीं देगा। वह भी उसे सच्चे मन से चाहता है।

किन्नी आँसू बहाती चली गयी। दूसरे दिन लूणिये ने उसे पैसे लाकर दे दिये। उसने जाते-जाते फिर आँसू ढलकाए।

किन्नी जल्दी नहीं आयी। लूणिया सदैव उस स्थान पर जाता था जहाँ वे मिलते थे। वह चिन्तित था। क्या हो गया किन्नी को? कौन से संकट में फँस गयी? जीवित भी है या नहीं? उसका मन काम-धन्धे में भी नहीं लगता था। उखड़ा-उखड़ा-सा रहता था। इस बीच उसके अपनी ससुराल से इतने कटु सम्बन्ध हो गये थे कि सम्बन्ध का अक्स भी झिलमिलाना बन्द हो गया। उसकी बहू तो शहर भर में कहती-फिरती थी कि वह अपने धणी के पास कभी नहीं जाएगी। कितना झूठा और बदसूरत है। पर लोग उसके इस वाक्य के खोखलेपन को समझते थे। लेकिन लूणिये ने उस अनर्गल प्रलाप करने वाली अपनी पत्नी की ओर ऐसे थूक दिया कि फिर कभी चाटा ही नहीं। वह उसे ऐसे भूल गया मानो उसने शादी की ही नहीं।

किन्नी के अज्ञातवास के दिनों में लूणिया अपने पर कठोर लानतें बरसाता था। उसे एक अशुभ आशंका घेरे रहती थी कि कहीं किन्नी इस दुखदायी चक्कर में मर न जाये। तब वह अपने को इतना असहाय समझता था मानो वह दुःखों के दायरों में फँस गया हो। व्यर्थ-सा हो रहा है। वह कहाँ ढूँढ़े अपनी किन्नी को? कभी अभिसार स्थल सालकी में वह उन चुप-चुप दीवारों पर नज़र फेंकता रहता था और उस जगह को वह सप्रश्न देखता था जहाँ उसने उसकी देह के माधुर्य के स्वाद को चखा था। जहाँ उसने शब्दहीन प्रेम को आकार दिया था, एक तात्पर्य से जोड़ा था। लूणिया बेमन से सारे काम-धन्धे करता था।

समय विरज दुख में लम्बाता है।

लूणिया अवश रहता था। चुभनशील बेचैनी से आहत रहता था। असमाप्त उदासी से घिरा रहता था। अविस्मृत स्मृति से अपने को हर पल बचाता रहता था।

उसे उसके रिश्तेदारों ने समझाया कि वह दूसरा ब्याह कर ले। वंशज चाहिए ही। बिना सन्तान के इहलोक-परलोक, दोनों फलदायक नहीं रहते। मोक्ष के दरवाजे सदा के लिए बन्द हो जाते हैं।

पर लूणिये ने उनके सामने साफ इनकार परोस दिया। किन्नी के अलावा दूसरी स्त्री का विकल्प उसके लिए कठिन था। जब कभी-कभार वह दुर्बल होता तो किन्नी के सुखद और उत्तेजक अंग-प्रत्यंग उसके सामने दीवार बन कर खड़े हो जाते। उसकी आँखें भर्त्सना करतीं। लूणिया एकान्त के मौन दायरे में सोचता था कि किन्नी को उसने भीषण आपदा में डाल दिया है।

वह प्रार्थना करता है कि गणेश प्रभु! उसकी रक्षा करना।

आठ माह कछुवे की चाल से सरक गये।

एक दिन उसने फिर अचानक चिर-परिचित स्थल पर अपनी किन्नी को देखा। वह चौंक पड़ा। आश्चर्य ने उसे विमूढ़ बना दिया, फिर विचलित और आशंकित।

"तू...तू किन्नी कब आयी?" उसे जैसे विश्वास नहीं हो रहा था।

"आज ही आयी हूँ।"

"गोद में क्या है?"

"तू है मेरी गोद में। तूने ही तो मेरी कोख से जन्म लिया है। हमारा बेटा।" उसने अत्यन्त ही विश्वासपूर्वक कहा। उसके चेहरे पर ख़ुशी थी।

"तो?" उसकी आँखों में ज्वलन्त प्रश्न चमका।

"मैं बहुत डर गयी थी। बच्चा होते समय सब कुछ डरावना लगा। जैसे प्राण ही बाहर आ जायेंगे। जैसे मैं मृत्यु के मुख में चली गयी हूँ। पर तेरे गणेश जी ने मुझे बचा लिया। सच, दूसरा जन्म पाया है मैंने।" उसने उसे और विश्वास में लिया।

"अब?"

किन्नी ने बच्चे के ऊपर से कपड़ा हटाया। एकदम गोरा, गुदगुदा।

"यह मुझ पर गया है लूणिया। पर मैं गरीब अकेली इसे पाल नहीं पाऊँगी। अब तेरा सहारा चाहिए। सच, एक जान से दूसरी जान कितनी कठिनता से निकलती है। कष्टों व पीड़ाओं से साँस रुकने लगती है।"

उसने यन्त्रणाओं की गुत्थमगुत्थी का अहसास किया। अँधेरे में डूबे क्षणों का अनुभव किया।

लूणिये ने दृढ़ता से कहा, "मैं तुझे सहारा दूँगा, तू चिन्ता न कर।"

किन्नी ने सब कुछ जैसे सोचा-समझा हो, वैसे बोला, "तू इस बच्चे को अपने घर ले जा।"

"पर लोगों को क्या कहूँगा? घरवालों को कैसे समझाऊँगा। यह बच्चा है, कोई साग-सब्ज़ी नहीं।"

"कह देना कि यह मुझे नाले पर पड़ा मिला था। फिर तू मुझे इसकी धाय बना कर अपने घर ले जाना। इस बहाने हम साथ-साथ रह भी लेंगे। दुनिया को वहम भी नहीं होगा।" जैसे किन्नी ने सब कुछ पहले ही सोच-समझ कर रखा हो।

"वाह किन्नी, वाह!" उसने उसकी प्रशंसा की, "तूने तो कमाल कर दिया।" वह भावपूर्ण दृष्टि से उसे अनिमेष देखता रहा। फिर बोला, "इसे भरपेट दूध पिला दे।" उसने दूध पिलाया। उसे देखते-देखते वह उत्तेजना से भर गया।

फिर लूणिया उस बच्चे को ले कर अपने घर चला गया।

यह नयी ख़बर बिल्ली के एक घर से दूसरे घर छलाँग लगाने की तरह सर्वत्र फैल गयी। उसके घर के अड़ोस-पड़ोस के स्त्री-पुरुष जमा हो गये। सभी की ज़ुबान पर एक ही प्रश्न था कि यह बच्चा कहाँ से आया? उसका उत्तर था कि संसोलाव तालाब की पाल पर मिला।

अब समस्या निकासी के अभाव में कमरे में भरे धुएँ की तरह सबको घुटाने लगी कि इसे पालेगा कौन? उसके समीपस्थ रहने वाले मामा-मामी भी आ गये। उन्होंने पहले उसे ख़ूब डाँटा। फिर वही सवाल कि इसे पालेगा कौन? लूणिये ने एकाएक ख़ुशी से उछल कर कहा, "समस्या हल हो गयी। मैं अभी इसके लिए धाय ढूँढ़ कर लाता हूँ।"

वह अपनी मामी को बच्चे को सँभलवा कर भागा।

थोड़ी देर में वह किन्नी को लेकर आ गया। उसने बता दिया कि वह मालिन है। इसका बच्चा कुछ दिन पहले ही मरा है। अब यह इस बच्चे को पालेगी। बच्चे का भी पेट भर जाएगा और इस ग़रीब का भी।

किन्नी चुप व स्थिर थी। उसकी रोने की इच्छा प्रबल हो गयी, पर उसने उसे पलकों के बाहर नहीं आने दिया। सब चले गये। रह गये मामा-मामी। उनके चेहरों पर उलझन भरी आशंका चिपकी हुई थी। किन्नी अन्दर से डरी-डरी थी कि कहीं अशुभ न हो जाये।

मामा ने धीमे स्वर में पूछा, "यह बच्चा किस जाति, धर्म और वंश का है?"

किन्नी जो बच्चे को दूध पिला रही थी, ओढ़ने से अपनी छातियों को ढँक कर, बेचैन हो उठी।

लूणिये ने बुद्धिमानी उगली, "भगवान का। जब राजा जनक सीता माँ को ज़मीन पर पाकर अपनी पुत्री बना सकते हैं तब मैं इस बच्चे को, जो ज़मीन पर मिला है, अपना पुत्र क्यों नहीं बना सकता हूँ?"

उसके उत्तर से मामा-मामी सन्तुष्ट हो गये।

किन्नी अपने घरवालों को कुछ-न-कुछ रुपये लूणिये से ले कर देती रहती थी।

वे किन्नी से राज़ी थे। अब किन्नी प्रायः दिन में लूणिये के घर रहती थी और रात में बच्चे को लेकर घर चली जाती थी और दूसरे दिन सुबह आ जाती थी।

लूणिया अपने चारों ओर के स्वजातीय लोगों से किंचित भय भी खाता था। उसे हर पल आशंका बनी रहती थी कि कहीं वे उसका भेद जान न लें। वे अनेक बखेड़े खड़े कर सकते हैं जो उसे कँटीले तारों की तरह बींध सकते हैं। उसे कहीं और रहना चाहिए। परिजनों के घेरों से दूर।

लूणिये की शहर की चारदीवारी के बाहर एक कोटड़ी थी। उसमें दो कमरे बने थे। उसने उसे ठीक-ठाक करा लिया। लूणिये को यहाँ कोई कहने-सुनने वाला नहीं था। पीछे हरिजनों की बस्ती थी। वह किन्नी को ले कर वहाँ सुख से रहने लगा।

एक बसा-बसाया पुराना घर सूना हो गया और एक सूना घर बस गया।

पाँच वर्ष गुजर गये। लूणिये ने अपने बेटे का नाम गणेश रख दिया। अप्रत्याशित महादेव ने आकर खबर दी कि तेरी बहू तेरे ज़ेवर नये बनवा कर और उन्हें लेकर आ रही है। लूणिया के चेहरे पर पीड़ादायक अचम्भा तैर उठा। काफ़ी मुश्किलों से उसके मुँह से निकला, ''सच?''

''हाँ लूणिया।'' उसने विश्वास से कहा।

लूणिया एक बार बारूद की तरह फट पड़ा, ''महादेव, उन कमीनों को कह दो कि वे अपनी बेटी और गहनों, दोनों को रख लें।'' वह सहसा मुर्दा हो गया। उसने सिर झुका लिया। फिर संयत होकर बोला, ''महादेव, अभी सब ठीक-ठाक चल रहा है। मैं उसे भूल चुका हूँ। सारा जीवन लाइन पर है।''

''देखो लूणिया, वे लोग तेरी शर्त पूरी कर रहे हैं, अब तो तुझे उसे रखना ही पड़ेगा। वह तेरी ब्याहता है वरना सारे शहर में तेरा अपयश फैल जाएगा। समाज की पंचायत भी बैठ सकती है।''

परन्तु लूणिये ने मन-ही-मन पथरीला निर्णय लिया कि वह दीवली को अब नहीं रखेगा। लेकिन क्या वह अपने रिश्तेदारों व समाज के भूचाल को सह पायेगा? हे गणेश भगवान! तू ही कोई चक्र चला।

जब किन्नी को यह पता चला तो वह तो टूट-सी गयी। उसे अपने आस-पास के एक-एक क्षण डरे हुए लगे। गर्मियों का मौसम था। अतः उसमें दोनों तरह की तपिश जाग गयी थी—भीतर की भी और बाहर की भी। अत्यन्त ही व्यवस्थित और मधुरता से चल रहा जीवन उसे रेगिस्तान बनता नज़र आया। भविष्य को धूल के नीचे-नीचे दबते हुए वह देखने लगी। शायद उसे अपने जुड़ाव और अपनी ममता से विलग होना पड़ेगा। इन पाँच बरसों में उसने बेहद मनभावन जीवन जिया है। उसकी सपनीली इच्छाएँ पूरी हुई हैं।

वह एक स्थिर और सन्तुष्ट जीवन जी रही है। उसके सारे भटकाव बन्द हो गये हैं। फिर उसने भाग्य और भगवान के भरोसे ही सब कुछ छोड़ तो दिया। उसका

साहस इस सन्दर्भ में संवाद करने तक का नहीं हुआ।

जो होना है, जिसकी आशंका अन्तस में उत्पन्न होती है, वह कई बार सच में परिणत हो जाता है।

ब्राह्मण समाज के सात-आठ आदमी जिसमें उसके मामा-मामी भी थे, वे उसकी बहू दीवली को लेकर आये। सारे ज़ेवर उसके सामने रख कर मामा ने कहा, ''ये अपने नये ज़ेवर ले और अपनी बहू को रख। तेरा ससुर तो इन गहनों को वापस नहीं दे सका, पर तेरे सालों ने बीस की जगह इक्कीस तोले के ज़ेवर बनवा कर दिये हैं।''

लूणिया क्या कहे? उसे गले में कुछ फँसा-फँसा सा लगा। शब्द प्रस्फुटित होने को तैयार नहीं हुए। वह तड़प रहा था।

उसके बड़े साले ने हाथ जोड़ कर विनम्र शब्दों से कहा, ''बहनोई जी, बाप की गलती की सज़ा हमारी बहन ने काफ़ी भोग ली। अब झगड़े को ख़त्म कीजिए और हमारी बहन को इज़्ज़त से रखिये। सब जानते हैं कि बेटी किसी भी राजा-रंक के घर में नहीं रहती। उसे दरवाज़े से बाहर करना ही पड़ता है।''

क्या जवाब देता लूणिया! उसकी पत्नी दीवली ओढ़ने में लिपटी, घूँघट काढ़े एक कोने में बैठी थी। न जाने कितने छींटे उसने उसके रंग और स्वभाव पर उछाले थे। यहाँ तक कि उसे नामर्द तक कहा था। वही अपना कुछ जोबन गुमा कर फिर से घर बसाने आयी है। पर वचनों की बात और समाज की शक्ति के सामने वह क्या करता! लूणिये ने कठिनता से कहा, ''ठीक है, आप जाइये।''

वे सब चले गये तो उसकी पत्नी ने उठ कर तीखे स्वर में कहा, ''मैं यहाँ नहीं रहूँगी। आपने मुझे सिर्फ ज़ेवरों के लिए त्यागा था जबकि मेरा उसमें कोई कसूर नहीं था। आपने बाप का दण्ड बेटी को दिया। इससे एक बात तो साफ होती है कि आपको मुझसे न कोई लगाव था और न कोई प्रेम...मैं प्रेमहीन सम्बन्धों को क्यों जीऊँ? आप एकदम सुखी-सन्तुष्ट और शान्ति का जीवन जी रहे हैं अन्यथा आप मुझे भूले-बिसरे याद ज़रूर करते। जब स्त्री का स्वाद पुरुष और पुरुष का स्वाद स्त्री चख लेती है तो फिर दोनों एक-दूसरे के बिना नहीं रह सकते। मैं जानती हूँ किन्नी आपकी क्या है। आप सच-सच कहिये कि उससे आपका क्या सम्बन्ध है?''

''यह मेरे बच्चे की धाय माँ है और मेरे घर पर काम करती है।'' उसने झूठ बोला।

''आप सफ़ेद झूठ बोल रहे हैं। सफ़ेद ही नहीं, काला झूठ जिसका कोई आधार नहीं होता है। यह असहाय और भयानक झूठ है। यह आत्मा तक को दूषित कर देता है। क्या मैं किन्नी से मिल सकती हूँ?''

''वह तो चली गयी। बेचारी डर गयी थी।''

''जो सच्ची है, वह भागती नहीं। सामना करती है। वह आपकी लुगाई है।

आपके बेटे की धाय माँ भी। मैं आप जैसे लम्पट पर थूकती हूँ। मैंने आपकी कितनी इज़्ज़त की है, पर आप मक्कार और लुगाईखोर हैं। मैं मिनखोरी नहीं हूँ। केवल पेट भरने के लिए आपके पास नहीं रहूँगी। मेरे हाथों-पाँवों और शरीर में बड़ी ताक़त है। मेहनत-मज़दूरी करके पेट भर लूँगी।" वह नागिन की तरह फुंकारी, फिर तपाक् से राम-राम कहा और बाहर निकल गयी।

लूणिया हतप्रभ रह गया। कुछ अन्तराल के बाद उसने यंत्रवत् ज़ेवरों की गठरी उठाई और उन्हें देखता रहा। एक वाक्य उसके ज़ेहन में उछल कर मुँह पर चिपका कि वह उसके मुँह पर थूक कर चली गयी।

पर उसने देखा कि किन्नी गयी नहीं। वह उसकी विवाहिता को ले कर आ रही है। वह निष्प्राण सी हो गयी। किन्नी ने उसे ठहरी-ठहरी उदास नज़रों से देखा। पीड़ा की परत थी उसके मुख पर। वह व्यथित स्वर में दीवली से बोली, "इस घर से मैं जाऊँगी, आप नहीं। आप इनकी ब्याहता हैं। सात फेरे खा कर इस आँगन में आयी हैं। इस तोरणद्वार को लाँघा है। इस घर की एक-एक दीवार को पहली बार अधिकार से छुआ है।"

दीवली ने उसकी ओर दर्द से देखा। बोली, "कुछ हुआ था, वह थोड़े समय के लिए और बाद में जो भी हुआ, बरसों के लिए। कई बरसों तक बरसात न हो, तब बरसाती नदी सूख जाती है। उसमें झाड़-झंखड़ उग जाते हैं। कई बार वह अपनी मूल आदतें तक भूल जाती है। किन्नी! तेरे-मेरे और इस लूणिये के बारे में जितने सच हैं, मैं उन्हें जानती हूँ। हालाँकि इसका नाम जुबान पर लाते में हिचकती हूँ। पर जब नाते तड़क-तड़क सूत की तरह टूट जाते हैं तो फिर कोई बाधा नहीं। तुझे ही यहाँ रहना है। मेरा इनसे मन फट गया है और मैं उसमें टाँके नहीं लगा सकती। अपने को वापस उस स्थिति में नहीं ला सकती। जहाँ तक मेरा अन्दाज़ है, यह बच्चा भी तुम दोनों का ही है। मैं कहाँ बीच में फँसूँगी? छिः!"

किन्नी उसे सवाल भरी नज़र से जाते हुए देखती रही। फिर उसका मन सघन व्यथा से भर आया और वह झरझर आँसू बहाने लगी।

लूणिये ने उसे अपने सीने से लगा कर सान्त्वना दी कि सब ठीक रहेगा। फिर उसने प्रार्थना-मुद्रा में कहा, "हे गणेश भगवान! मैं नहीं जानता कि यह अच्छा हुआ है या बुरा। पर अब जो हो गया, उसमें गड़बड़ी मत करना। मैं तेरे को ग्यारह रुपयों का प्रसाद चढ़ाऊँगा।"

और उसने यन्त्रवत् हाथ जोड़ दिये।

अस्तित्व का विद्रोह

सूखे रेतीले समन्दर की स्वर्णिम और तपती रेत को स्पर्श करती और उत्तरी चट्टानों को हल्का अहसास कराती, ऊँचे और आमकद के मकानों चूमती हवाओं ने मन्त्री अमरितलाल की सरकारी कोठी की खिड़कियों को दस्तक दी। पर्दे हिले। विचारमग्न मंत्री को अहसास हुआ कि बाहर भीषण गर्मी है।

वर्षों से हुक्म की तामील करने वाले आतंकित बँधुआ नौकर हरदास को विषाक्त स्वर में उसने पुकारा। उसे निरर्थक गालियाँ देते हुए, खिड़कियाँ बन्द करके एयरकंडीशनर शुरू करने को कहा। वे बुदबुदाये कि हरदास बरसों से काम करने पर भी बिना कहे, कुछ भी नहीं करता है।

हरदास ने बिना बोले, यान्त्रिक मानव की तरह सारी खिड़कियाँ बन्द कर दीं और ए. सी. को शुरू कर दिया। एकाएक बिजली गुल हो गयी और ए. सी. व पंखे बन्द। गर्मी उमस और घुटन।

मंत्री जी तड़प उठे। चिल्ला पड़े, "हरदास!...साला, सुनता नहीं। बहरा हो गया क्या?"

"आपने पुकारा ही कहाँ था सर?" हरदास ने हाथ जोड़ कर कहा।

मंत्रीजी झल्ला पड़े, "हरामज़ादे! ज़रा भी अक्ल से काम नहीं लेता? बिजली चली गयी है तो जेनरेटर क्यों नहीं चलाता?"

हरदास कमरे से बाहर निकला। वह मन-ही-मन तिलमिला रहा था कि यह मंत्री क्या, प्रधानमंत्री भी बन जाये तो भी मवाली की ज़बान नहीं छोड़ेगा। बोलने के पहले साला, हरामज़ादा, कमीने, सूअर कहेगा ही।

उसने नीचे आ कर जेनरेटर चालू किया। भड़भड़ाहट की आवाज़ के साथ आसपास की शान्ति को निगलता हुआ शक्तिशाली जेनरेटर चल पड़ा।

हरदास ने एक बार अपने हाथों को हवा में उछाला। फिर 'आक् थू' करके खँखार उगला। मानो वह अपनी धुआँ उगल रहा हो। मन-ही-मन बोला, "यह गुण्डा, कसाई, मेरे देखते-देखते मंत्री बन गया और मैं अपने किशोरावस्था के साथी इसी मंत्री के हुक्म का गुलाम।"

हरदास का अपना कोई अस्तित्व नहीं रह गया। वह कितना ही सोचे-समझे पर मालिक के हुक्म के सामने वह मिट्टी का माधो बन जाता है। यदि मालिक उसे किसी के क़त्ल का हुक्म दे दे तो वह उसका क़त्ल भी कर सकता है।...वह उसके मज़ाक पर नाच-गा सकता है। बन्दर की तरह उछल-कूद कर सकता है। एकदम डरा हुआ गुलाम और बँधुआ आदमी।

हरदास स्टूल पर बैठा हुआ बाग़ में काम करते हुए बाग़वान को देख रहा था। सोच रहा था कि कई बार मालिक की बातें उसके जिस्म पर अदृश्य घाव कर देती हैं। चारा भी कोई नहीं था।

कार के हार्न ने उसे चौंकाया। उसने देखा कि 'वीरा' मैडम आयी है। शनिवार की दोपहर वह तीन बजे बिना नागा किये हुए बराबर आती थी। उसे बन्दूकधारी चौकीदार शिवसिंह भी पहचानता था। उसने दरवाज़ा खोला। कार आकर रुकी। खूबसूरत वीरा उतरी। सदा की तरह निरर्थक प्रश्न किया, "सर हैं?" हरदास जानता था कि तपती दुपहरी की तरह यह तपती हुई आती है और जब वह बाहर निकलती है तब उसके चारों ओर अजीब से ठण्डेपन का घेराव रहता है जिसे केवल हरदास ही महसूस कर सकता है।

शनिवार-रविवार के दिन फ़ोन भी हरदास को ही अटेण्ड करने होते थे। कारण था कि इन दो दिनों में प्रायः ऑफिशियली कोई कर्मचारी यहाँ नहीं रहता था। केवल आपातस्थिति को छोड़ कर हरदास को हर आने वाले फ़ोन का एक ही उत्तर देना पड़ता था, "साहब घर में नहीं हैं।"

ख़ास आदमियों के लिए अलग फोन था जिसकी घण्टी केवल साहब को ही सुनायी पड़ती थी।

वीरा घण्टे भर के बाद चली गयी। हरदास ने उसे अर्थ भरी नज़र से देखा। पल भर में उसकी नज़र ने उसके जिस्म को कई कोणों से देख लिया। उसे महसूस हुआ कि उसके जिस्म पर कई चगदें उभरे होंगे। वीरा ने भी सायास उसे निरपेक्ष भाव से देखा और वह कार में बैठ कर चली गयी। उसके जाते ही वह कर्त्तव्यनिष्ठ व्यक्ति की तरह फ़ोन करने वालों की लिस्ट ले कर मंत्रीजी के पास गया। दरवाज़े पर खड़े होकर पूछा, "क्या मैं अन्दर आ सकता हूँ?"

"अरे! आओ आओ हरदास! तू धड़ल्ले से आ सकता है। तुझसे मेरा क्या छुपा है?" वे बेशर्मी से हँस रहे थे।

"नहीं सर, यह शिष्टता के बाहर है।"

मंत्रीजी ने वह लिस्ट ली। देखी। फिर उसे कूड़े में फेंकने के लिए कह दिया।

मंत्री जी ने उसे चाय लाने के लिए कहा।

हरदास चला गया। चाय पहुँचा कर वह कमरे के आगे के बरामदे में अपनी सुरक्षित सीट पर बैठ गया—मुर्दा-सा। वह जीवित मुर्दा ही तो है। आत्महीन शरीर

को यान्त्रिक पुतले की तरह चलाने वाला। वह जब-जब अपने बारे में सोचता है, तब-तब विचलित होकर नसवार की डिबिया निकाल कर बार-बार सूँघता है। उसके नाक के छेदों के नीचे तम्बाकू के हलके दाग़ से हो गये। इस नशे से उसे राहत मिलती है। फिर भी वह अपने स्वामी मंत्री के बारे में कई बार सोचने लगता है। सोचता रहता है। कितनी शुभ-अशुभ रंगीन-संगीन और असह्य घटनाएँ उसके स्मृति फलक पर उभरने लगती हैं। पूरे पच्चीस बरस इस मंत्री के बच्चे 'अमरित' के साथ उसने बिताये हैं। तब से, जब यह सड़क पर काग़ज़ बीनता रहता था।...सूरज की बिखरती किरणों के साथ उसके काग़ज़ समेटने का काम शुरू होता था और नगर की सड़ाँध भरी गलियों व कूड़ा करकट के ढेरों में से अमरित काग़ज़ बीनता था। किशोर होते-होते वह भू-माफिया जसवन्त के गुट में शामिल हो गया। धीरे-धीरे अपनी क्रूरता और बीहड़ जंगलीपन के कारण वह शीघ्र ही जसवन्त का बायाँ हाथ हो गया। उसका अपना अलग किराये का घर हो गया। उसने तुरन्त एक सुन्दर मांसल युवती को घर में डाल लिया। एक विशेष बात थी कि उसका चेहरा अजीब से अन्धकार युक्त प्रभाव से झिलमिलाता था। हरदास उससे मिलता रहता था।

बायाँ हाथ होने के बाद भी अमरित को जसवन्त अपना गुलाम समझता था। उसे ज़रा-सी भी अवज्ञा सहन नहीं होती थी। उसकी अवज्ञा का मतलब था—सरे आम छुरे के प्रहार जैसा तीक्ष्ण अपमान।

एक दिन किसी कार्य में चूक होने पर जसवन्त ने सबके सामने अपने बायें हाथ अमरित पर गालियाँ और अनादर के तीखे चाकुओं से प्रहार पर प्रहार किये। फलस्वरूप अमरित ने दासता का चोगा उतार फेंका और भीषण क्रोध-प्रतिशोध की अग्नि में दहक उठा। उसके भीतर की अग्नि जब बाहर आयी तो इतनी भीषणतम हो गयी कि जसवंत का घर लंका-दहन की तरह जल कर भस्म हो गया।

अमरित पावर के हिसाब से तो जसवंत बन गया पर वह स्वभाव के हिसाब से जसवंत नहीं बना। उसमें भीषण पाशविक क्रूरता थी पर वह आदमी को चालाकी से अपने उपयोग में लेता था। वह इतना लचीला था कि अपने आदमियों के लिए दया, क्षमा, उदारता और ज़रूरतों का पूरक भी था। अब झुग्गी-झोंपड़ी वालों में तुरन्त लोकप्रिय हो गया। उसे सब अपना नेता मानने लगे।

उसने ज़मीनों पर नाजायज़ कब्जा करने का एक नायाब तरीका ईजाद किया। वह अपने आदमियों को रातोंरात भूमि पर बसा देता था या फिर धीरे-धीरे। फिर उनके लिए राशन-पानी की व्यवस्था करा देता। जब ज़मीन के पट्टे बन जाते तो उसे ऊँची कीमतों में बेच कर उन्हीं लोगों को कहीं और बसा देता था।

आदमी स्कूलों-कॉलेजों से ज़्यादा ज़िन्दगी की ठोकरों से सीखता है। ज़िन्दगी सम्पूर्ण शिक्षक होती है।

समय की सच्चाइयों को समझ कर अपने को शक्तिमान बनाने के लिए उसने

नगरपालिका का चुनाव लड़ा। पार्षद बन गया। तब भी हरदास उसकी गुड लिस्ट में था। जब हरदास ने अपने पुराने मित्र अमरित को नगरपालिका में नौकरी लगवाने के लिए कहा तो उसने उसे फ़ख्र से कहा कि वह तो जीवन भर उसके साथ ही रहेगा। उसका सहायक बन कर। उसने हरदास को अपने घर में रख लिया। पार्षद बनने के बाद पहली स्त्री को भगा दिया और एक सुन्दर और समझदार स्वजातीय युवती से विवाह भी कर लिया और हो गया—दो बेटों का बाप। बाद में अमरित एम. एल. ए. मेकर बन गया। उसकी इच्छा के बिना कोई भी उसके एरिया से विजयी नहीं हो सकता था।

धन बढ़ने लगा और शक्ति भी। उसने अच्छा-सा मकान खरीद लिया। जब उसे अपनी शक्ति पर कल्पनातीत अटूट विश्वास हो गया तो वह स्वयं एम. एल. ए. बनने के लिए निर्दलीय खड़ा हो गया और विजयी हो गया। तब सत्ताधारी पार्टी के बहुमत में तीन विधायक कम रह गये। अवसर सुनहरा था। अमरित ने साँठगाँठ की और सत्ताधारी पार्टी के मुख्यमंत्री दलनप्रसाद की पार्टी में तीन विधायकों के साथ शामिल हो गया। सभी ने उसकी अद्‌भुत जोड़-तोड़ की क्षमता का लोहा माना।

एक बार मुख्यमंत्री जी ने उसके समक्ष उन दो विधायकों को लेकर अपनी परेशानी और विवशता जाहिर की तो अमरित ने उनसे कहा, "ये विधायक दरअसल मांस के टुकड़े चाहते हैं। जो कोई कुछ माँगे, उसे टुकड़े के रूप में डाल दीजिए। किसी को एजेंसी, लायसेंस, परमिट, ज़मीन का टुकड़ा...ये सब लोग भूखे-नंगे हैं। इनकी जेबें इतनी बड़ी हैं कि बेशुमार धन डालने पर भी नहीं भरती हैं परन्तु कुछ तो भरनी ही पड़ेंगी।"

हरदास सोचता रहता था कि कितना चालाक हो गया है यह मवाली। अपनी तिकड़म व सूझ-बूझ से वह दूसरी बार विजयी बन मंत्री बन गया। आ गया सरकारी कोठी में। हरदास एक बात सदा मार्क करता था कि वह अनेक गोरखधंधों के बीच 'स्त्री' को नहीं भूलता था।...बहुत नाटकीय हो गया था अमरित। एकदम अभिनय प्रवीण।

अमरित हरदास को अपना ख़ास आदमी भी कहता था साथ ही चेतावनी भी देता था, "मुझे विश्वासघात, हुक्म उदूली और बेईमानी से भयंकर चिढ़ है। भीखम ने विश्वासघात किया तो उसे क्या फल मिला? बेमौत मारा गया। तुझे भी तो कुछ बातें याद रखनी चाहिए। तू अनाथ है, मेरे साथ काग़ज़ चुगता था। मैं अपनी तेज़ अक्ल से इस स्थिति में पहुँच गया और तू आज भी मेरे साथ है। सब सुख दिये हैं मैंने। रहने को जगह, एक ख़ूबसूरत बीवी और मेरे सबसे नज़दीकी होने का सुख।...और तुम जैसे गँवार आदमी को और क्या चाहिए? बस, वफ़ादार बने रहो। कुत्ते से भी ज़्यादा।"

हरदास का बाहरी शरीर सुन्न था पर वह भीतर से उबल रहा था, "स्त्री सुख?

स्त्री तेरी जूठन है। तू मुझे जूठन ही खिलाता है। तूने मेरे जीवन को जूठन कर दिया है। मैं क्यों नहीं तेरे अन्याय की रस्सियाँ काट पाता? हे ईश्वर! मुझे शक्ति दे।''

''अब तुम्हें मरने तक मेरे पास ही रहना है। तू मेरा अपना है न?'' उसने अपने गले की ज़ंजीर निकाल कर देते हुए कहा, ''ले, यह ज़ंजीर पहन ले, सोने की है। कम-से-कम पन्द्रह हज़ार की।''

उसने सिर झुका कर ज़ंजीर ली और मन-ही-मन कहा, 'है तो ज़ंजीर ही।'

अब भी वह खोया हुआ था।

घण्टी की आवाज हुई। उसकी चुटकी में नसावर थी। उसने सुड़क सुड़क दो-तीन बार सूँघा और मंत्री जी की ओर लपका।

सिर झुका कर बोला, ''जी सर।''

''सुनो, हम आज रात भर के लिए अपने घर जा रहे हैं। हमें वहाँ फोन मत करना। यदि मुख्यमंत्री जी का भी फोन आ जाये तो कह देना कि वे व्यक्तिगत काम से शहर से बाहर गये हैं।''

''जी सर!''

''और कोठी के भीतर किसी को...।''

''समझ गया सर।'' उसने सरकस के भालू की तरह सिर हिलाया।

मंत्री जी यदा-कदा अपनी पत्नी के पास जाते थे। कभी दो दिनों बाद और कभी तीन-चार दिनों के बाद। वे अपनी पत्नी को अपने राजनैतिक और व्यक्तिगत जीवन से दूर रखते थे। वे उसे ख़ुश रखने के लिए खूब सुविधाओं में रखते थे। उसके लिए ख़ूब गहने बनवा दिये थे। हर इच्छा की पूर्ति करते थे। उसके प्रति अत्यन्त ही कोमल व प्रेमिल रहते थे। हाँ, यदि उसने कभी मंत्रीजी से दायरे के बाहर सवाल कर लिया तो उन्हें बाघ बनते देर नहीं लगती थी। उसने कई बार उन्हें खूँखार होते देखा है। तब उसका रोम-रोम काँप उठता था। इसलिए वह केवल सीधी-सादी पतिव्रता ही बन कर रह गयी थी। उसके दो बच्चे भी हो गये थे। उसने अत्यन्त सामान्य पत्नी की तरह अपने से समझौता कर लिया। यह सोच लिया कि उसे क्या पड़ी है कि वे क्या करते है? उसे तो सारे सुख हैं।

मंत्री जी के जाने के बाद हरदास ने उनके आदेश के अनुसार सब कुछ कर लिया।

फिर वह अपने क्वार्टर में आ गया जहाँ उसकी पत्नी बैठी-बैठी सिलाई कर रही थी। दीना ने उसे देखा तो मुस्करायी। बोली, ''चाय बनाऊँ?''

''पी चुका हूँ।''

''पर मुझे आपके साथ चाय पीना बहुत अच्छा लगता है।''

''फिर बना ले।''

दीना चाय बनाने लगी। बहुत ही सुन्दर थी दीना। गठा बदन। बड़ी-बड़ी

आँखें। बस, हरदास की विवाहिता बनने के पूर्व पन्द्रह दिन मंत्री जी ने उसे कहीं रखा था। यह असह्य सच जानते हुए भी हरदास उसके बारे में नहीं सोचता था। यदि वे विचार आते तो वह सिर को ज़ोर का झटका देकर निकाल देता था। यही कारण था कि सारे क्रिया-कलापों व आत्मीयता के बीच उनमें विचित्र-सा अजनबीपन रहता था। कई बार दोनों को सहसा अहसास होता था कि वे एक-दूसरे से अनजान बन गये हैं। तब सब कुछ यांत्रिक-सा लगता था। यहाँ तक बिस्तर पर सोना भी अनिवार्य लगता था, न कि परमानन्द का अहसास लेने हेतु।

चाय पीते-पीते दीना ने कहा, "साहब अपने घर गये हैं, इसलिए तुम भी घर पर ही रहोगे आज रात?"

वह चुप रहा।

"मैं हलुवा-पूड़ी और साग बनाऊँगी। यह खाना तुम्हें बहुत पसन्द है न?"

"हाँ, तेरे हाथ की हर चीज़ मुझे बहुत अच्छी लगती है।" उसके स्वर का खोखलापन खनक उठा।

दीना ने रात को हलुवा-पूड़ी-साग बनाया। दोनों साथ-साथ खाने बैठे। दोनों अपनी-अपनी स्थितियों तथा मामलों पर ऐसे बातचीत कर रहे थे मानो वे दोनों अपनी दीनता पर विलाप कर रहे हों। जब दोनों खाना खा कर बिस्तर पर सोये तो न जाने हरदास को क्यों गाना गाने की इच्छा हुई। वह एक लोकगीत गुनगुनाने लगा। गुनगुनाने क्या, बुदबुदाने लगा।

"तुम गीत गा रहे हो?"

"हाँ! एक पुराना गीत न जाने क्यों याद आ गया? दरअसल अपनी इस कोठरी में आने के बाद ही मुझे इस बात का भान होता है कि मैं भी आदमी हूँ।"

"मुझे भी गीत सुनाओ। मेरा भी मन सुनना चाहता है।"

हरदास लोकगीत गाने लगा—

"...मेरे हृदय में प्रेम का सागर है,
जो हुक्मों की तपिश से सूख गया है।
मैं भी आदमी हूँ।
पर आतंकों से उसे यंत्र बना दिया गया है
ओ प्रियतमा!
हमें खोल से निकलना चाहिए, निकलना चाहिए।..."

उसने उसके अधरों को चूमा और कहा, "कितना अच्छा, सच्चा और साहस का गीत है। क्या हम कभी भी अपनी 'खोल' से निकलेंगे? हमारी स्थिति तो बँधुआ मज़दूरों से भी गयी-गुज़री है।"

"भगवान जाने।" दीना ने कहा और उसे अपनी बाँहों में भर लिया, "मैं तो तेरा हर जगह साथ दे सकती हूँ। सुख में-दुख में।" उसकी जकड़न छोटी हो गयी।

दूसरी सुबह मंत्री जी लौट आये।

हरदास ने उन्हें झुक कर नमस्कार किया। रविवार था, पर, उन्हें अपनी पार्टी की एक विशेष बैठक में भाग लेने के लिए जाना था। उन्होंने सदा की तरह हरदास को हिदायत दी कि, ''यदि नर बहादुर का फोन आये तो उसे कह देना कि उसका काम हो जाएगा।''

''जी सर!'' उसने एक पल रुक कर कहा, ''सर! यदि आप माफ़ करें तो एक अर्ज़ करूँ?''

''कर।''

''मेरी पत्नी दीना हरिद्वार जाकर गंगा नहाना चाहती है।''

''वह पागल है। जवानी में गंगा नहाना शुभ नहीं होता। जब उम्र ढल जाएगी तब तुम दोनों को सब तीर्थ करवा दूँगा। हरदास! तू एक बात कान खोल कर सुन ले और अच्छी तरह समझ ले कि तेरा और तेरी पत्नी का सारा संसार इस समय यह कोठी है। कोठी के बाहर न तू है और न तेरी पत्नी। समझे?'' मंत्री जी का स्वर ज़हरीला था। वे गुर्राकर चले गये।

वह मन-ही-मन चिंघाड़ पड़ा, ''मैं इस कोठी से कभी-न-कभी ज़रूर बाहर जाऊँगा।...ज़रूर जाऊँगा।...मैं एक दिन इस कैद से बाहर निकलूँगा और आज़ाद हो जाऊँगा।''

पर बाहर से वह महान सन्त की तरह शान्त रहा। वह अपनी चिरपरिचित कुर्सी में धँस कर जल्दी-जल्दी नसावर सूँघने लगा मानो वह आन्तरिक उत्तेजना की तीव्रता से ग्रस्त हो गया हो। वह अपने में डूबा रहा। सोच रहा था, वह नपुंसक हो गया है। वह तो आतंकग्रस्त दासता की नागपाश में अटूट रूप से बँध गया है।...इस साँप के विषदंश सह रहा है। अवश्य ही एक दिन ये विषदंश सहते-सहते वह 'विष-पुरुष' हो जाएगा।...दास...गुलाम...परतन्त्र। ये शब्द उसके चारों ओर बवण्डर की तरह घूमते रहे।

हरदास सचमुच मंत्रीजी के समक्ष निवीर्य हो जाता था। नितान्त अशक्त और आतंकित, जैसे उसके समक्ष कोई प्रेतात्मा खड़ी हो। मानव रक्त पीने वाला ड्रेकूला।

उसका अस्तित्व स्वतन्त्र होने के लिए तिलमिलाता था। कई बार उसकी देह का असली मनुष्य बाहर निकल कर उसके दास की देह को देखता था जिसका अपना कोई वजूद नहीं था। उसे अपनी ही देह पर तरस आता था। वह निर्णय कर लेता था कि अब वह वापस इस देह में प्रवेश नहीं करेगा।

''हरदास!'' मंत्री जी का स्वर उसके पास बन्दर की तरह लपकता हुआ आया।

वह तुरन्त अपनी गुलाम की देह में प्रवेश कर गया।

वह लपक कर मंत्रीजी के सम्मुख गया। सिर झुका कर बोला, ''जी सर!''

''आज रात दो मंत्री और तीन उद्योगपति आयेंगे। मैडम उर्मिला भी आयेंगी।...

महफ़िल की समूची व्यवस्था तुझे ही करनी है।"

"जी सर!"

आधी रात तक पार्टी चलती रही। सभी तरह के सामूहिक भोज हुए।

सब चले गये, उर्मिला भी। सबके चेहरों पर सहजता थी जैसे कुछ भी अनहोना नहीं हुआ।

मंत्री जी ने पार्टी के बाद हरदास को दो ब्रीफकेस दिये। आदेश दिया कि इन्हें सँभाल कर रख दे। कल ठेकेदार मकसूद भाई को देने हैं।

उसने ऐसा ही किया। उन्हें निचले तहख़ाने में रख आया। फिर जब वह अपनी कोठरी में गया तो उसकी पत्नी अँधियारी नींद में खो चुकी थी। सन्नाटा आहिस्ता-आहिस्ता साँस ले रहा था। उसने भीतर जाकर दीना को चंचेड़ा। वह उठ गयी। वह अपने साथ बची-खुची भोजन सामग्री लाया था। दोनों साथ-साथ खाने लगे। वे सब कुछ करते रहते थे पर मुर्दापन उन दोनों पर छाया रहता था। कँटीले क्षण उन्हें घेरे रहते थे।

वे जीवन जीते नहीं थे, ढोते थे। कभी खुशी भी आती तो वह भी यंत्रणादायक। कोई अर्थ नहीं था उनके लिए आदमी होने का। दोनों अनजान अपनों की तरह सो गये—फिर एक-दूसरे में समा गये। आख़िर दीन-दुनिया से अलग होने का उसके पास एक ही तो उपाय था।

विधानसभा की बैठक के समाप्त होने पर मंत्री जी कहीं उद्घाटन करने चले गये। इस देश के मन्त्रियों, भले ही वे केन्द्र के हों या प्रदेशों के, उनके प्रमुख काम उद्घाटन, विमोचन, शिलान्यास, भाषण चाटण और तबादले करना ही है। इसके अलावा सियावर रामचन्द्र की जय।

जब साँझ रात में विलीन हुई तब वे आये। कार से उतरे। एक सुन्दर किशोरी उनके साथ थी। उसने उनका सिर झुका कर स्वागत किया और मन-ही-मन कहा कि छिः छिः! यह कैसा कुत्ता है? भीतर के दुर्दान्त संघर्ष को दबाते हुए वह प्रसन्न लग रहा था और एलर्ट खड़ा था।

"पीने का सामान और भोजन कमरे में रख दो।" मंत्रीजी ऊपर चले गये।

हरदास को सारी व्यवस्थाएँ करनी थीं कि अचानक लाइट गुल हो गयी। जेनरेटर शुरू करने के बाद रोशनी आयी।

पर वह लड़की अचानक भूतनी की तरह अँधेरे में गायब हो गयी। "वह कहाँ गयी?" यह वाक्य चन्द क्षणों में सर्वत्र फैल गया। मंत्री जी यह सुनते ही पागलों की तरह चीखने-चिल्लाने लगे। वे क्या कह रहे थे, किसी के समझ में नहीं आ रहा था क्योंकि वे एक वाक्य पर दूसरा वाक्य उगल रहे थे।

थक गये सारे के सारे नौकर उस लड़की को ढूँढ़ते-ढूँढ़ते। फिर एक ही अनुमान

समझ में आया कि वह इस पेड़ के सहारे बाहर कूद गयी।

चौकीदार ने टार्च लेकर उधर देखा तो उस लड़की के पाँवों के चिह्न गीली ज़मीन पर दिखायी दिये।

हरदास अपराधी की तरह सिर झुकाए मंत्री जी के कमरे में खड़ा था। सूखे पत्ते की तरह काँप रहा था और मंत्री जी आग बबूला ही नहीं, स्वयं आग बने हुए, जबड़ा खींचते हुए चीख़ रहे थे कि आज वे इन सब नौकरों को जिन्दा जलवा देंगे। उन्होंने कोने में रखी बेंत सबसे पहले हरदास पर बरसानी शुरू की, "कमीने, कुत्ते, हरामजादे...लड़की भाग गयी और तू हाथ-पर-हाथ धरे बैठा रहा...आज मैं तेरी इस लापरवाही पर चमड़ी उधेड़ दूँगा। वह मेरी इज़्ज़त मिट्टी में मिला सकती है। मेरा कैरियर ख़राब कर सकती है पागल।"

वह कुछ कहना चाहता था, पर मंत्रीजी अवसर नहीं दे रहे थे। गन्दी गालियाँ बक रहे थे। बेंतों की मार से उसके कपड़ों में से लहू झलकने लगा। वह क्रन्दन कर रहा था। फर्श पर हाथ-पाँव पटक-पटक कर अपने को दोषहीन बता रहा था। लेकिन कामासक्ति की अतृप्ति से त्रस्त व क्रोधित मंत्रीजी इतने वाचाल और दुर्दान्त कसाई बन गये कि उन्होंने मारना बन्द ही नहीं किया। उनका अपराधी, हत्यारा और पाशविक दरिन्दा जाग्रत हो गया था। गालियाँ समाप्त हो गयी थीं पर बेंतें बरस रही थीं। मंत्रीजी मारते हुए हाँफने लगे थे।

अप्रत्याशित पीड़ा की चरम सीमा पर हरदास ने उछल कर बेंत छीन ली और वह उसी निर्दयता से मंत्रीजी पर बेंतें बरसाने लगा। मंत्रीजी चीखते हुए जब उस पर झपटे तो उसने उन्हें ज़मीन पर पटक दिया और मारता गया...मारता गया।

"मैं आदमी हूँ!...आदमी!!" वह यह वाक्य अपनी पूरी शक्ति से दोहराता रहा और बेंतें बरसाता रहा। वह बेंतें बरसाता रहा और वाक्य दोहराता रहा...न जाने कब तक? शायद उसका यह क्रम कालातीत हो?

शायद यह आदमी के भीतर के सोये अस्तित्व का विद्रोही रूप हो।

स्वर्ण नदी रेत की

बाहर नख़्लिस्तान हो और भीतर सूखा मरुस्थल तो नख़्लिस्तान की सारी हरियाली व्यर्थ हो जाती है। उसके फूलों की खुशबू और ऊँचे-घने वृक्षों की छाया तात्पर्यहीन लगती है।

पुनीता की यही सच्चाई थी कि इसके बाहर नख़्लिस्तान था और भीतर सूखा मरुस्थल। वस्तुतः अपने जीवन के अन्तिम छोर पर आते-आते उसे अपने भीतरी सूखेपन का एहसास हुआ।

ज़रूरत के अनुसार पूरी सुविधाएँ थीं उसके पास। छोटा-सा बँगला, कार, बैंक-बैलेन्स और महिलाओं के कई संगठनों के पदाधिकारी होने के कारण बड़ी जान-पहचान। यहाँ तक कि किसी-किसी आयोजन में मन्त्री और मुख्यमन्त्री तक आते थे और वे भी उसके सार्वजनिक कार्यों की प्रशंसा करते थे। तब पुनीता के अन्तस में न जाने कितने खुशियों के फूल खिल जाते थे। उसकी बुढ़ाती आकृति पर सूर्य की दीप्ति निखर आती थी।

सच तो यह है कि वह भी इस अफ़रातफ़री में अपने हृदय की सच्चाई को भुलाये बैठी थी। फिर भी घटाओं के बीच बिजली की तरह उसकी भीतरी सच्चाई कई बार चमक उठती थी।

उस दिन महिला जागृति मंच की कार्यकारिणी की बैठक थी उसी के बँगले में। पुनीता ने सदस्याओं की खातिरदारी की मोहक व्यवस्था की थी। उसकी दोनों नौकरानियाँ भी इसी काम में लगी हुई थीं।

सुबह नौ बजे का समय था। सदस्याएँ भी समृद्ध ही थीं। तीन तो अपनी कारों में आयीं और चार थ्री व्हीलरों में।

आज पहली बार बैठक पुनीता के बँगले में हो रही थी। कारण भी स्पष्ट था कि पन्द्रह दिन पहले उसे बुख़ार आ गया था। उसमें थोड़ी कमज़ोरी थी। मन बुझा-बुझा सा था।

पुनीता ने दरवाज़े पर उनका मुस्करा कर स्वागत किया, ''वैलकम-वैलकम...। आइये...पधारिये।''

उन्होंने भी ज़रा सिर झुका कर, मुस्करा कर उसके स्वागत का उत्तर दिया।

सुमुखी ने गर्वित भाव से कहा, "हम टाइम की पक्की हैं न? ठीक नौ बजे हैं।"

"यह पाबन्दी प्रगति के लिए बड़ी फ़ायदेमन्द होती है। फिर आप आई.ए.एस. अधिकारी की धर्मपत्नी हैं न?" पुनीता ने उसके अहम् को स्पर्श किया। सुमुखी के पाउडर सने चेहरे पर काफ़ी सन्तोष पसर गया, एक चमक के रूप में।

लेकिन सविता मीणा जो डी. एस. पी. की पत्नी थी। उसने तपाक से सुमुखी की ओर देख कर कहा, "मैडम! आपके पतिदेव तो कभी भी टाइम पर नहीं पहुँचते। सिवाय मन्त्रियों के हुजूर में हाज़िर होने के अलावा।"

वातावरण कटुता की ओर बढ़ता कि वे सब ड्राइंग-रूम में पहुँच गयीं जहाँ दो सोफ़े लगे थे। सबके बैठने के बाद पुनीता ने उन पर दृष्टिपात करते हुए पूछा, "पहले चाय-नाश्ता किया जाये या बीच में?"

नीता वर्मा ने कहा, "दोनों साथ-साथ हो जायें। समय ज़ाया नहीं होगा।" कई स्वर तैरे, "हाँ-हाँ, यही ठीक रहेगा।"

चन्द ही क्षणों में कार्यक्रम शुरू हो गया। वे सब सार्थक और समसामयिक समस्या पर गोष्ठी करना चाहती थीं। जब पुनीता ने सुझाव रखा कि अनाथाश्रम में जो बच्चों के साथ अन्याय हुआ है, उनका जो दैहिक शोषण हुआ है, उसके विरुद्ध आम लोगों को जगाना होगा।

इस पर मिसेज मीणा ने साफ़ विरोध किया कि "इस मामले में उसका देवर भी जुड़ा हुआ है, अतः यह मामला छोड़ दिया जाये।"

तब पुनीता ने तर्क दिया कि इस तरह तो हर किसी का कोई-न-कोई परिजन ऐसे मामलों में जुड़ा होगा, इसका मतलब तो साफ हुआ कि हम किसी भी अन्यायपूर्ण घटना का विरोध न करें?

मिसेज सरोज जिसका पति बैंक की शाखा का मैनेजर था, ने अपने हाथों के नये कंगनों को हिलाते हुए कहा, "हम सब प्रतिष्ठित अधिकारियों की धर्मपत्नियाँ हैं। हमें ऐसे पचड़ों में न पड़ कर महिलाओं में साक्षरता की अलख जगानी चाहिए।"

विवाद बढ़ता गया। उलझता गया। तीखा और तल्ख़ होता गया। एक ओर रह गयी, पुनीता और एक ओर दूसरी महिलाएँ। उन्होंने उसका तर्कों से घेराव कर लिया। उसके चारों ओर असहमति की दीवार खड़ी कर दी।

अन्त में लाचार होकर पुनीता ने चीख़ते हुए कहा, "यदि हमें सत्य की लड़ाइयाँ ही नहीं लड़नी हैं, तो मैं इस्तीफ़ा देती हूँ।"

सबने एक साथ कहा कि ठीक है, ठीक है।

कार्यक्रम का मजा किरकिरा हो गया। जहाँ अभी विभिन्न स्वरों का जाल फैला हुआ था, वहाँ गहरा मौन पसर गया। उसकी नौकरानियाँ सहमी-सहमी और ठहरी-ठहरी-सी खड़ी थीं।

"यह सामान हटा दो। आज खाना मत बनाना। इसी से काम चला लेंगे।" उसका संकेत मेज पर फैली भोजन सामग्री की ओर था।

पुनीता उठ कर अपने शयनकक्ष में चली गयी। वहाँ से उसने अपनी नौकरानी संगी को आदेश दिया कि वह उसे डिस्टर्ब न करें। फ़ोन भी आये तो कह देना कि वह सो रही है।

शयनकक्ष में हर वस्तु जैसे गूँगी थी। सिर्फ दीवार घड़ी की टिकटिक सुनायी पड़ रही थी। मानो उसके भीतर गूँगेपन का मरुस्थल फैल गया हो।...एकान्त के शब्दहीन झरने प्रवाहित होने लगे हो। पीड़ाओं की कँटीली बाड़ें उसके चारों ओर लगी हों।

वह अपने बाहरी सावनी-भादों के मौसमी खुशनुमा नज़ारों के खोखलेपन को देख कर मुस्करायी। मन-ही-मन बुदबुदायी कि कोई सावनी आनन्द नहीं। भीतर तो न ख़त्म होने वाला सूखा-ही-सूखा है। सब सुख है दुनिया की नज़र में, पर कहाँ है कोई ऐसा सुख, जो आत्मा के गहरे तक स्पर्श करता हो? थके-अधपके सपनों की सृष्टि को सुघड़ बनाये।

लोग भूल जाते हैं बड़ी-से-बड़ी घटनाओं को। कौन इस भागमभागी युग में दूसरे के अतीत को याद रखता है? स्वयं घर वाले भी भूल जाते हैं अपने घर की बड़ी से-बड़ी सुखद-दुखद घटनाओं को। पुनीता का एकमात्र बेटा अशेष जिस पर उसने सारे भविष्य के सपने, आशाएँ और महत्वाकांक्षाएँ टिका रखी थीं, अमरीका जाकर बस गया। वहाँ किसी गुज़राती लड़की से शादी कर ली और जैसे माँ से नाता ही तोड़ लिया हो। शादी की सूचना तक नहीं दी और पुनीता को झूठ बोलना पड़ा कि फ़ोन तो आया था, पर वह उस समय नहीं जा सकी क्योंकि वह स्वयं ही व्यस्त थी। उसने अपनी प्रतिष्ठा और अहम की रक्षा के लिए यह भी झूठ बोला था कि उसने तो टिकट भी भेज दिये थे। वे भी आने-जाने के।

वह झूठ-पर-झूठ बोलती गयी। झूठ के कितने ही अँधेरे के टुकड़े उसके चारों ओर छोटी-छोटी किरचों के रूप में फैलते गये, जिन पर पाँव रखते हुए पुनीता को डर लगने लगा। आज जिस सत्य की लड़ाई का उसने उद्घोष किया, वह कितना दिखावटी था। कहाँ सत्य का सामना किया था उसने?

एकान्त के ख़ामोश क्षणों में उसका भीतरी कोलाहल तीव्रतर हो जाता था। उसे एहसास होता था कि झूठ के लबादे एक पर एक उसके बदन को ढँकते जा रहे हैं। दूसरे लोग उसके जीवन को बसन्त समझते हैं पर वह तो हर साल पतझड़ के बिखरे पत्तों की तरह बिखरती जा रही है। कई बार वह पसरी चाँदनी में अपने जीवन के अँधेरे टुकड़ों को देखती थी।

क्या करे पुनीता? उसने तो दिगन्त से लव मैरिज की थी। घर वालों के विरुद्ध अपनी मनचाही शादी। अपने मनपसन्द और प्यार करने वाले से शादी। उन दिनों की मधुर कल्पनाओं में वह खोई रहती थी। उसकी और दिगन्त की हर घड़ी इच्छा

रहती थी कि उत्तेजित क्षणों में खोए रहें। एक विशेष बात यह थी कि दोनों सर्विस में थे। दिगन्त बैंक में था और वह सरकारी गर्ल्स कॉलेज में शिक्षिका। यही कारण था कि वे शादी करके हनीमून के लिए शिमला चले गये। वर्षा की फुहारों से भरा मौसम था और नहाये वृक्ष उसे मोहक लगते थे। कई-कई बार ज़ोरदार बारिश होती थी। पुनीता का मन वर्षा में भीगने को चाहता था, पर दिगन्त तो कमरे के बाहर जाना ही पसन्द नहीं करता था।

हनीमून मनाने के दौरान पुनीता को यह एहसास हुआ कि दिगन्त देह मन्दिर की घण्टा-ध्वनियाँ अधिक गुंजरित करता है और आत्मा के कगारों का स्पर्श करना ही नहीं चाहता। उसे यह भी लगा कि वह जिन्हें शौक़ कहता है, वस्तुतः वे उसकी आदतें हैं जैसे कि ड्रिंक करना। लेकिन वह ख़ामोश थी, प्रसन्न रहने का अभिनय करती थी। जो लबादे ओढ़ लिए थे, उन्हें उतारना नहीं चाहती थी।

हनीमून मना कर जब वे लौटे तो पुनीता की कितनी ही सहेलियों और दिगन्त के मित्रों ने कई प्रश्न किये, पर उन दोनों ने एक-दूसरे की तहे दिल से प्रशंसा की और सांकेतिक भाषा में साबित करने की कोशिश की कि उन्होंने स्वर्गीय आनन्द उठाया है।

उन्होंने अपने मित्रों को पार्टी भी दी और उस पार्टी में वे दोनों भारी से भारी वाक्य उछालते रहे। दिगन्त कहता, "ऐसी पत्नी पाकर मैं धन्य हो गया।" पुनीता कहती, "ऐसा पति तो पूर्व जन्मों के पुण्यों से ही मिलता है।" ऐसी प्रशंसाएँ, जैसे कोई भक्त अपने ईश्वर की करता है। समय सरकता जा रहा था। दोनों ने यह प्रमाणित कर दिया कि उनका जोड़ा दुनिया का सबसे बेहतरीन जोड़ा है। लेकिन हकीकत कुछ और ही थी। दिगन्त रोजाना ड्रिंक करके आता और पुनीता के विरोध पर कभी-कभी चाँटा भी मार देता। वह उससे प्रेम नहीं, ज़ोर-ज़बरदस्ती करता। उसे लगने लगा कि वह निष्ठुर है, गिद्ध है, सूअर है। उसकी इच्छा के विरुद्ध कुछ भी करना, उसके ट्रेडिशनल पति को जाग्रत करना है। उसका पति भी अपनी पत्नी पर पूर्ण एकाधिकार रखने वाला है।

लेकिन दूसरों के समक्ष, वही सबसे सुखी व सन्तुष्ट जोड़ा।

दोनों ही इस पाखण्डपूर्ण और मिथ्या नाटक में प्रवीण थे। यह उनकी विवशता भी थी कि अपने आनन्ददायक सफल जीवन की प्रशंसा करते अघाते नहीं थे। यदि ऐसा न करें तो उनके वर्तमान के सत्य की हत्या ही समझो।

बाहर से आलीशान, अनेक रँगों से रंगी इमारत और भीतर से खोखलापन। घर के भीतर और दोनों के बीच ज़हरीले सम्बन्ध गहरे होते जा रहे थे। शरीर की नजदीकियों के अतिरिक्त मन की दूरियाँ बढ़ती जा रही थीं।

पुनीता के पाँव भारी हो गये। वह अस्वस्थ-सी रहने लगी। उसे आराम करने को कहा गया। घर में नौकरानी थी। दिगन्त सारी औपचारिकताएँ निभाता रहा। जब पुनीता ने दिगन्त को बताया कि वह इस संकटकाल में अपनी माँ को बुलाना चाहती है। तब उसने साफ़ मना करते हुए कहा, "उस बूढ़ी खूसट को? मैडम! वह तो स्वयं बीमार रहती है।"

"वह एकदम स्वस्थ है। अभी भी उसमें इतनी काम करने की क्षमता है।"

"अपनी छोटी बहिन...।"

"मेरे घर से कोई नहीं आएगा। ओह! मैं तो भूल गयी थी कि वे सब नाराज़ हैं, पर तुम अपनी बहिन को बुला लो।"

कोई नहीं आया। अलबत्ता एक नौकरानी और रख ली गयी।

पहली सन्तान पुत्र हुई। प्रसवकाल की छुट्टियों में पुनीता ने पूर्ण विश्राम किया। माँ बनने के बाद स्त्री पर एक पवित्र लावण्य दीप्त हो जाता है। पुनीता भी बहुत सुन्दर लगने लगी। नामकरण पर शानदार भोज भी हुआ।

उसमें पुनीता और दिगन्त के ख़ास परिचित और परिवार वाले आये। यहाँ यह बात बता दूँ कि पुनीता के घर वाले नहीं आये। उनकी तो सारी इज़्ज़त मिट्टी में मिल गयी थी। ब्राह्मण कन्या और कायस्थ वर। बहुत समझाया था उन्होंने पुनीता को, पर प्रेम अन्धा होता है, कुछ नहीं देखता। पुनीता को जाति, धर्म और परिवार की मर्यादाओं की जगह केवल दिगन्त का प्यार दिखायी दिया। सम्बन्ध टूटे फिर वे जुड़े नहीं। पुनीता पीहर के मामले में निपट अकेली थी।

भोज का कार्यक्रम शानदार ढंग से हो गया। वह और दिगन्त अपने दाम्पत्य-जीवन की खुशियों को रबर की तरह खींच-खींच कर बता रहे थे। आगन्तुक मेहमानों को विश्वास हो गया कि इस जोड़े से ज़्यादा आनन्दमय कोई नहीं है। ये लव-बर्ड्स हैं

उसके प्रसवकाल के दौरान दिगन्त एक उन्नीस वर्षीय नौकरानी और ले आया था, जो उसके घर में ही रहती थी। बहुत काम करती थी। श्यामवर्णी थी वह। नाम भी था—श्यामा। नाक-नक्श और आँखें अत्यन्त सामान्य पर देह, देह अजन्ता क भित्ति-स्त्री। उसने देखते-देखते घर की सारी जिम्मेदारियाँ सँभाल लीं। दूसरी नौकरानी को हटा दिया गया। श्यामा उन दोनों की अनुपस्थिति में अकेली घर में रहती थी और बच्चे को गहरी ममता देती थी।

लेकिन एक दिन पुनीता ने दिगन्त और श्यामा को आपत्तिजनक स्थिति में देख लिया और चन्द दिनों बाद उसने आधी रात को उन दोनों को रंगे हाथों पकड़ लिया। दोनों में भयंकर झगड़ा हुआ। पुनीता ने श्यामा पर लातों की बरखा कर दी। वह उत्तेजना में अन्धी हो गयी। मर्द मर्द होता है। दिगन्त ने उसको चाँटा मार दिया और चेतावनी दी कि वह जो चाहे करेगा, उसे रोकने-टोकने का कोई अधिकार नहीं। उसे जो करना है, कर ले।

उसने विस्फारित नेत्रों से देख कर शाब्दिक विरोध तो किया, पर वह खुल कर कुछ भी नहीं कर सकी। जिनके दाम्पत्य जीवन की सफलता के ढिंढोरे पिट चुके थे, जिस पति को वह अपने परिचितों के समक्ष सत्यवान कह चुकी थी, वह इस गन्दे-घिनौने सच को कैसे फ़ाश करे? वह कैसे कहे कि उसका पति लुगाईखोर है। वह रो कर, तड़प कर और तिलमिलाकर रह गयी। और श्यामा? वह तो भयहीन, भावहीन, शर्महीन थी। उस पर अच्छी बातों और उपदेशों का कोई असर नहीं होता था। अपने से कटी हुई वह बस दिगन्त के हुक्म को मानती थी। पुनीता बस, झुँझला कर रह जाती थी।

क्या करे? बच्चा जैसे ही आठ साल का हुआ, उसे हॉस्टल भेज दिया गया। दिगन्त अपनी स्वेच्छाचारिता में कोई अवरोध नहीं चाहता था। वह वासना का कीड़ा था। बाहर से अत्यन्त ही प्रभावशाली व्यवहार रखने वाला अन्दर से कितने सड़े दलदल लिये हुए था, कल्पना नहीं की जा सकती। धीरे-धीरे पुनीता को मालूम हुआ कि उसका अनेक स्त्रियों से सम्पर्क हैं। इस मामले में उसका कोई उत्तर नहीं।

उसे लगता था कि उसका बेटा अशेष उनसे अजनबी बनता जा रहा है। वह केवल गर्मियों की छुट्टियों में घर आता था और दिगन्त उसे कहीं और भगाने की चेष्टा करता था। उसने दिगन्त को बताया कि हमारा बेटा हम से नहीं, अपने-आप से अजनबी हो रहा है। वह अपने व्यवहार से बताता रहता है कि वह अकेला है। उसका कोई नहीं है। वह दिन भर अपने में खोया रहता है। उसकी पढ़ाकू प्रवृत्ति और गहरी लजानी आँखों में हमें लेकर प्रश्नों के सैलाब तैरते रहते हैं। वह उन दोनों से इतना कम बोलता था कि पुनीता के हृदय में दुःख कई छोटे-मोटे तारों की तरह झिलमिलाने लगते थे।

फिर भी पुनीता पाखण्ड के लबादों पर लबादे ओढ़ती रहती थी। वह पूर्ववत अपने बेटे और पति की तारीफ़ों के पुल बाँधती रहती थी। उसके अन्तस का खोखलापन बढ़ता जा रहा था, पर ऊपरी ताम-झाम की चमक और तेज़ हो रही थी।

वह पति को किसी भी उपाय से सीधे रास्ते पर नहीं ला पायी। हार गयी। इस बार गर्मियों की छुट्टियों में उसने दिगन्त के सामने प्रस्ताव रखा कि वे बेटे को लेकर चारों धाम की यात्रा करें। दिगन्त ने साफ़ मना कर दिया कि वह इस बार बाहर नहीं जाएगा। जब अशेष आया तो उसने शान्त स्वर में मना कर दिया कि वह आप दोनों के साथ कुछ भी एनज्वॉय नहीं कर सकता। उसके सपाट उत्तर ने बाहरी उमस को गहरा कर दिया।

नहीं बना पायी वह अपनी मर्ज़ी का प्रोग्राम। नहीं कर पायी राज़ी अपने बेटे को। उसके रूखड़ व्यवहार से वह टूट गयी और उसके अन्तःकरण में कई तरेड़ें जन्म गयीं। बेटा अपने बाप और उससे रुपये लेकर दक्षिण की ओर चला गया, पति हरिद्वार। पुनीता को मालूम पड़ा कि दिगन्त के साथ कोई स्त्री थी। लगभग पन्द्रह दिनों

के बाद दैनिक समाचार-पत्र में उसके पति का चित्र छपा। नीचे खबर में लिखा था कि नहाते समय उनका पाँव फिसल गया और डूबने से उनकी मृत्यु हो गयी।...वह विधवा हो गयी। पति का दाह-संस्कार क़ानूनी कार्रवाई के बाद शानदार ढंग से किया गया, पर बेटा मुखाग्नि नहीं दे पाया। उसका तो पता ही नहीं चला कि वह कहाँ है। पहली बार उसकी झूठ में छेद हुआ पर उसने अत्यन्त निपुणता से उस छेद को सी लिया। सतहीपन को गहराई तक कब तक पहुँचाया जा सकता है?

जब बेटा अशेष अमरीका जाने के लिए हठ करने लगा, तो उसने नम आँखें करके कहा, "बेटा! यहाँ क्या कमी है? तुमने सॉफ्टवेयर की अच्छी तालीम ली है। यहीं कहीं सैट हो जाओ न?"

उसने माँ को जलती आँखों से देखा और कठोर मुद्रा बना ली। उसकी आँखों से गुस्से का लावा पिघल रहा था। जबड़े खींचता हुआ वह कटु स्वर में बोला, "मैं माँ-बाप के बीच में अकेला ही रहा हूँ। जानता ही नहीं माँ की ममता और पिता का स्नेह क्या होता है? माँ! मुझे रुपये दो। मैं अपना इरादा नहीं बदलूँगा। यदि तुमने ऐसा नहीं किया तो किसी भी दुर्घटना की तुम जिम्मेदार होगी।" पुनीता डर गयी। परास्त हो गयी। लेकिन बेटे की फेयरवेल पार्टी उसने बड़े शानदार ढंग से दी। पुनीता बड़ी ही खुश। लोगों की बधाइयों का ताँता। वह गर्व से जवाब देती रही। सभी ने उसे भाग्यशाली बताया।

प्रस्थान के समय वह खूब रोई। सचमुच की रोई। इसलिए नहीं रोई कि उसका एकमात्र बेटा जा रहा है, बल्कि वह अपनी दीनता और गहन दुःख के लिए रोई कि वह इतनी समृद्धि की मालकिन होकर भी कितनी दरिद्र और खाली है। उसके पास जैसे कुछ है ही नहीं। फिर भी उसे जीना तो है ही। अपने सारे झूठों व आवरणों को सही ठहराने के संकल्पों को लिए इसे जीना ही है। वह इतनी अक्षम और दुर्बल थी कि अपने अतीत के बदन से एक भी कपड़ा नहीं हटा सकती थी।

अपना बँगला, समृद्धि और बैंक बैलेन्स का बोझ—सब कुछ निरर्थक। सेवानिवृत्त होने के बाद भी उसने अपने पाखण्ड को बनाये रखा और व्यस्त रहने के लिए अपने को अनेक संस्थाओं और संगठनों से जोड़ लिया। लेकिन आज जो कुछ हुआ उसने उसमें विरक्ति भर दी। वह वितृष्णा से आहत हो गयी। उसे लगा कि सब लोग सच को नहीं, स्वार्थ को जीते हैं।

वह अकेले में चीख़-चीख़ कर पागलों की तरह प्रलाप करना चाहती थी और बताना चाहती थी अपने भीतर के सच को। पर वह वैसा साहस नहीं जुटा पायी। मन-मसोस कर रह गयी। नहीं उतार पायेगी वह अपने सुनहरे लबादों को। वह ऊपर से स्वर्ण नदी यानी सोनलिया नदी लगती है पर भीतर से बियाबान सूखा मरुस्थल, रेत का समन्दर।

अम्बिया

शक्ल साधारण, रंग तवे का उलटा पासा। बाल ज़्यादा बड़े नहीं, पर चुटिया गो-पद मार्का। आँखें बड़ी-बड़ी और आकर्षक, पर, होठ और अगले चार दाँतों के ऊपरी हिस्से पर पीलापन। जब वह हँसता था तब उसके दाँतों का पीलापन दूसरे को अरुचिकर लगता था और कोई पूछ लेता, "अम्बिया, तेरे दाँतों से लगता है तू मंजन नहीं करता।"

वह तपाक से उत्तर देता, "मंजन तो मैं अब हर रोज़ करता हूँ। पर ये दाँत तो बचपन में ही ख़राब हो गये थे। पहले कहाँ मंजन और ब्रश होते थे। हम या तो कोयले के टुकड़े से दाँत साफ़ करते थे या फिर बेकलू (टीबों की धूल) को हथेली पर लेकर फटकारा देते थे और उसके सारे कंकर निकाल कर उससे दाँत माँजते थे। ऐसे में दाँत मैले नहीं होंगे, तो क्या मोतियों जैसे चमकेंगे?"

अम्बिया कुँवारा था। न उसके माँ थी और न बाप। माँ का देहावसान हो गया और बाप जीवण, माँ की किसी बात से भयंकर रूप से आहत होकर संन्यासी बन गया। एक बार जो वह घर छोड़ कर गया तो आज तक नहीं लौटा। जो लोग बद्रीनाथ, हरिद्वार और ऋषिकेश जाकर लौटते थे, वे प्रामाणिक रूप से कहते थे, "हमने जीवण को देखा था, उसे पकड़ना चाहा, पर वह साधुओं की भीड़ में खो गया।" कोई कहता, "जीवण को मैं पहचान गया था, पर वह तो अपने को सर्वदानन्द बताता था। बातों से बहुत ऊँचा-नीचा किया, पर वह तो एक ही रट लगाता रहा कि मैं जीवण नहीं हूँ।"

कई बार आदमी को हर आदमी वही लगता है, जिसकी उसे तलाश होती है। अम्बिये की माँ जो पैसे-पैसे के लिए हर समय हाय-तौबा मचाया करती थी, मरी तो उसके सन्दूक में तैंतीस हज़ार रुपये नकद निकले और कुछ गहने भी। अम्बिया हैरान था कि उसकी माँ के पास इतना रुपया था और उसने हवा भी नहीं लगने दी।

रीत के अनुसार उसने अपनी माँ के पीछे दस दिनों तक खिचड़ा और बारहवें दिन 'औसर' (मृत्यु भोज) किया। अपनी माँ के पीछे उसने जिस उदारता से खर्च किया, उससे उसे समाज से काफ़ी सम्मान और स्नेह प्राप्त हुआ।

अम्बिया हिन्दी, अंग्रेज़ी मामूली रूप से जानता था, पर वह देशी शिक्षा 'बाणिका' खूब अच्छी तरह जानता था। वह 'बाबूजी आज अजमेर गये' को 'बाबूजी आज अजमेर गये' ही पढ़ता था। कभी भी यह नहीं पढ़ता कि 'बाबूजी आज मर गये' क्योंकि बाणिका भाषा में मात्रा लगती ही नहीं थी। बस, यही उसकी आजीविका का आधार था। अम्बिया को जर्दा खाने की आदत थी और तालाब में तैरने की। यह कहानी तब की है जब अम्बिया सेठ के दानखाते में बहियों की नकल करने के पद पर काम करता था और नौ सौ रुपये साल के कमाता था। अचानक वह माँ के नाम से चिढ़ने लगा। उसे अपशब्द कहने लगा। इस परिवर्तन से उसके मित्र व जाति-भाई अचम्भित थे कि एकाएक अम्बिया को क्या हो गया।

जब उसके ख़ास मित्र रंगा ठाकुर ने माँ की निन्दा के कारण को पूछा, तो वह थोड़ी देर चुप रहा और फिर चन्द क्षणों में उसकी आँखें नम हो गयीं। फिर भरे गले से बोला, ''पहले सौगन्ध खाओ कि मैं जो कहूँगा, वह किसी को नहीं बताओगे।''

रंगा ठाकुर ने भैंरूजी की सौगन्ध खायी, तो अम्बिये ने बताया, ''मैं सदैव सोचता था कि आख़िर मेरे भाई जी (पिताजी) ने संन्यास क्यों लिया? वे तो मूलचन्द कन्दोई के यहाँ मिठाई बनाते थे। दाल-रोटी जितना कमा लेते थे। कुछ रुपये इकट्ठा भी करते थे। पता चला कि एक बार की बात है कि मेरे पिताजी अपने सेठ की टूटी हुई सोने की ज़ंजीर को लेकर सुनार के घर की ओर चले। कन्दोई बाज़ार और रांगड़ी चौक के बीच वह ज़ंजीर कहीं गिर गयी। मेरे पिताजी घबरा गये और सारी बात सेठ को आकर सच-सच बता दी। सेठ मूलचन्द कन्दोई ने सोचा कि महाराज झूठ बोल रहा है। उसने तेज़ स्वर में कहा, ''तीन सौ रुपये की सांकल है। या तो रुपये लाकर दो यां फिर जेल जाओ।''

उस समय पुलिस के नाम से आम आदमी को दहशत होती थी। पिताजी का तो ख़ून सूख गया। उसने माँ से तीन सौ रुपये माँगे। उनके हज़ार बार कहने पर भी मेरी माँ ने रुपये नहीं दिये। वह एकदम झूठ बोल गयी कि उसने सारे रुपये अपने भाई को उधार दे दिये हैं और अब वह देने से मना कर रहा है। पर अब मुझे लगता है कि मेरी माँ अजीब क्रूर व मक्कार स्वभाव की थी। टस से मस नहीं हुई कि पिताजी किसी संकट में पड़ जाएँगे। मैं तो तब बहुत छोटा था। मुझे तो कुछ पता भी नहीं लगा और न मुझे किसी ने बताया।

मेरे पिता के हाथ जोड़ने, गिड़गिड़ाने और आँसू तक टपकाने पर भी वह नहीं पिघली। पिताजी हताशा और पुलिस के भय से न जाने उस दिन कहाँ चले गये, इसका पता मुझे आज तक नहीं चला। कई दिनों तक कुओं, खाइयों, तालाबों, बावड़ियों, कुण्डों में उनकी खोज होती रही। फिर सब हार कर बैठ गये। बाद में लोगों की बातों से पता चला कि वे संन्यासी हो गये और माँ सारे जीवन इसी वाक्य को रटती रही कि उसके पास एक पैसा भी नहीं है और उसके मरने के बाद तीस हज़ार

रुपये मिले। बताओ, ऐसी माँ को कैसे अपने दिल में बिठाऊँ? मेरे पिताजी को लेकर वह आँसू ढलकाया करती थी। बताओ, वह कितनी झूठी और पाखण्डी थी। एक बात और बताऊँ, उसने मेरे ब्याह कराने की कोई चेष्टा नहीं की। हरदम सोचती रहती थी कि उसका पैसा ख़र्च हो जाएगा। मेरी सगाई के लिए वह लड़की वालों के यहाँ 'माँगा' करने कभी गयी ही नहीं। फिर मेरी शादी कैसे होती? पच्चीस बरस का हो गया हूँ अभी तक कुँवारा बैठा हूँ, लुगाई की मन में किसे नहीं आती?"

रंगा ठाकुर के चेले ने भाँग छान ली थी। उसे लोटा पकड़ा दिया। ठाकुर ने पूछा, "दो-चार घूँट लेगा?"

अम्बिये ने नहीं में सिर हिला दिया।

उसने लोटे को ज़मीन पर रख कर उसमें उँगली डाल कर चारों दिशाओं में उछाला। फिर बोला, "बम-बम भोले शंकर काँटा लगे न कंकर, जो पिये शिव की भाँग उसकी पूरी हो सब माँग...बम-बम भोले।" ठाकुर ने गटागट भाँग पी ली।

फिर उसने अम्बिये से कहा, "तेरा ब्याह हो सकता है भायला।"

"कैसे?"

"रिणी गाँव में पुरोहितों के घरों में दो छोरियाँ हैं। है कोई तेरह से सोलह साल की।"

अम्बिया ने व्यग्रता से कहा, "उनसे बात कर न।"

"छोटी छोरी के पाँच और बड़ी छोरी के तीन हज़ार नकद रुपये माँग रहे हैं। और ब्याह का ख़र्च तुझे ही उठाना पड़ेगा। यदि तू कहे तो बात करूँ। हाँ, यदि मामला जम जाये, तो सवा सेर भाँग घुटवा देना। मिठाई खिला देना।"

"अरे घुटवा दूँगा...घुटवा दूँगा।" उसके शब्द-शब्द में उत्साह था।

"ठीक है, मैं तुम्हें भी अपने साथ ले जाऊँगा। तेरे सामने ही बात करूँगा! भायला मेरे लिए एक रुपया भी बीच में खाना बिष्टा के बराबर है।"

"ठीक है। मैं कल आ जाऊँगा।"

ठाकुर मुस्कुरा दिया।

उस दिन अम्बिये की ख़ुशी का कोई ठिकाना नहीं था। उसे पहली बार अहसास हुआ कि उसका अपना कोई तो है। उस रात वह घोड़े बेच कर नहीं सो पाया। बार-बार उसकी आँख खुल जाती थी और उसे अहसास होता था कि उसके पसवाड़े उसकी बीनणी सो रही है। विचित्र ढंग से वह रोमांचित हो जाता था और तकिये को अपनी छाती पर रखकर भींच लेता था। बार-बार उसके बदन में सिहरन और मुचमुची-सी दौड़ जाती थी। उसे जागते हुए भी सपने आने लगे थे।

आख़िर आदमी का स्वभाव ही तो है कि वह जो कुछ जीवन में नहीं कर सकता,

वह कल्पनाओं में कर लेता है।

जैसे-तैसे उसने रात गुज़ारी।

"रंगा ठाकुर की जय," अम्बिये ने नाटकीयता से कहा।

आरती रख कर रंगा ठाकुर ने कहा, "आ भायला, रात वाले काम के लिए आया हूँ। उम्र किसी का लिहाज़ नहीं करती, बढ़ती रहती है। पच्चीस-छब्बीस बरस तो चले गये। यदि अब ब्याह नहीं होगा, तब ब्याह से क्या मतलब है?"

रंगा ठाकुर ने उसके कन्धे पर हाथ रख कर कहा, "जी छोटा मत कर। तेरा ब्याह हो जाएगा। इसी बसन्त पंचमी को बैंड बाजा बजवा दूँगा।"

अम्बिया की आकृति पर जैसे सूरज चमक उठा।

फिर दोनों रिणी गाँव गये। एक पुरोहित परिवार में दो लड़कियाँ थीं। एक उन्नीस साल की और एक बारह साल की। उन्नीस साल वाली लड़की श्यामवर्णी थी और बारह साल वाली गोरी चिट्टी। दोनों काके-बाबे की बेटियाँ थीं। बारह साल वाली के छह हज़ार और विवाह का खर्च और बड़ी वाली के तीन हज़ार और विवाह का खर्च।

रंगा ठाकुर ने गम्भीर होकर कहा, "देख लो। जो पसन्द है, उसके रुपये गिन दो। हाँ, मेरा विचार है कि छोटी वाली ही ठीक रहेगी। बहुत फूटरी है।"

अम्बिया सोचकर बोला, "ठाकुर! यह छोटी सांचेली बहुत फूटरी है पर मेरी और इसकी उम्र में बहुत फ़र्क़ है। तुम तो जानते हो कि नत्थूसर दरवाजे के बाहर एक सोनार रहता था, जो दैत्य-सा काला-कलूटा और उसकी बहू गोरीगट्ट और परी-सी थी। उसकी बहू ज़रा भी पराये मर्द से हँस-बोल लेती है, प्यार से देख लेती है, तो उसका खसम वहम से अधमरा हो जाता है। हालाँकि उसकी बहू में कोई खोट नहीं, पर वह उसकी हर बात और ताक-झाँक पर वहम करता है। इसी वहम-वहम में उसने अपना जीवन ज़हर कर लिया। वह अपने को तो सताता था, साथ ही पत्नी को मारता-पीटता था। दूसरा, इतनी कम उम्र वाली लड़की से विवाह करके मैं संकट ही मोल लूँगा। जोड़ी बराबर की होनी चाहिए और फ़र्क़ कम-से-कम दो-पाँच सालों का हो। ठाकुर! यह तो ऐसी बीनणी होगी, जिसे मैं गोद में लेकर घूम सकता हूँ। नहीं भायला, इसे देख कर तो लगता है कि जैसे यह कोई बच्ची है। बड़ी ही ठीक रहेगी। जोड़ी अच्छी रहेगी। वह भी काली और मैं भी काला। हाँ, एक बात और है—शादी इन्हें बीकानेर ही आकर करनी होगी। वहाँ अपने घर-परिवार, जात-बिरादरी और भायले जो हैं।"

सब बातें तय हो गयीं। तब ठाकुर ने अम्बिया से रास्ते में कहा, "ईश्वर सब जोड़े स्वर्ग में ही बना देता है—जन्म के साथ। बेमाता ही लेख लिख देती है। अपने इधर कोई कुँवारी लड़की मरी है। नहीं-नहीं। कुँवारे लड़के ही मरते हैं और उसका प्रमाण है कि श्मशानों के पास व घरों में उनकी याद में अलग-अलग नाड़े (पक्की

चौरस कुण्डी) बना देते हैं, जिनमें गर्मी में पानी डाला जाता है। घरों के नाड़ों की सदैव पूजा होती है।''

''यदि तू मेरी मदद नहीं करता, तो मेरा नाड़ा ही बनता,'' अम्बिये ने उदासी से कहा।

''बसन्त पंचमी को न्यौता देना मुझे मत भूलना। कई बार भायला, नज़र के नीचे की चीज़ दिखाई नहीं देती,'' रंगा ठाकुर मुस्कराया।

उसने उसको आदर भाव से देख कर कहा, ''भायला! तूने मेरे वंश का ताला खोला है। नहीं तो...। मैं तेरे पाँव धोकर पीऊँ तो भी कम है।''

''नहीं यार, हमें तो एक किलो भाँग और एक किलो रबड़ी मँगवा देना।''

उसने स्वीकृति दे दी।

अम्बिये का विवाह फागली से हो गया। पाँच-छह हज़ार रुपये खर्च हो गये। उनमें से दो हज़ार रुपये उसके सेठ ने दिये।

टीके की रात यानी सुहागरात को अम्बिये ने छत पर बिछे बिस्तर पर अपनी बहू को सोने की अँगूठी पहनाई।

''यह मेरी बनाई हुई अँगूठी है।''

बहू ने पहन ली। संवादहीन थी वह सुहागरात।

''क्या कोई हमारे चौक से किसी बच्ची को उठा कर ले जाएगा? क्या यह जनखों का चौक है कि कोई भी हमारी मूँछ का चावल ले जाये?''

देखते-देखते पन्द्रह-बीस मिनख इकट्ठे हो गये। लाठियाँ भी ले लीं। वे लपक कर वहाँ पहुँचे।

मघिया शेर की तरह गरज रहा था। अम्बिया ने उसके नज़दीक जाकर ललकारा, ''मघिया, तेरी यह गुण्डागर्दी यहाँ नहीं चलेगी। ये मेरे चौक की लाठियाँ तुम सबका कचूमर निकाल देंगी।''

मघिया नाज़ुक स्थिति को समझ गया। उसने अम्बिया को चेतावनी दी, ''तीसमार खाँ बन कर आया है? एक दिन तेरी तीसमारखाँई निकाल दूँगा। मेरे हाथ से तू ज़िन्दा नहीं बचेगा।''

अम्बिया ने भौंहे चढ़ा कर कहा, ''तेरी छत पर कितनी खालें मारे हुए मिनखों की सूख रही हैं, उन्हें ज़रा लाकर बता। तेरा भला इसी में है कि तू जिस रास्ते आया है, उसी रास्ते वापस लौट जा।''

मघिया ने देख लिया कि आज उसकी दाल नहीं गलेगी। वह अपने साथियों

के साथ लौट गया।

अम्बिया और उसके साथियों ने जब ससुर को पूछा, तो उन्होंने बताया कि मधिया अपने मामा के बेटे के लिए जमनड़ी को माँगा था और अपनी बुआ की बेटी को मेरे भतीजे राजन को देने का वादा किया था। यह एक तरह का सट्टा था पर मधिये के मामा का बेटा तो लंगड़ा है। उसके दाएँ पाँव में पोलियो है। साथ ही उसको दमे की बीमारी है। तब हमने यह सौदा रद्द कर दिया। बस, यह गुंडई पर उतर आया।

अम्बिये ने सोच कर कहा, "ठीक है, आप कुछ दिनों के लिए जमनड़ी को मेरे घर छोड़ दें।"

"यह ठीक रहेगा", उसके ससुर ने कहा, "उस लूंगाड़ का क्या भरोसा। हरामी दस-पाँच लठैत लेकर आ जाये और गाँव से छोकरी उठा कर ज़बरदस्ती ब्याह करा दे। फेरे खाने के बाद तो वे उतरते नहीं।"

"यदि ऐसा हो गया तो छोरी काली धार डूब जाएगी।"

"मैं ऐसा नहीं होने दूँगा। यह तो मेरी बच्ची जैसी है। इस पर हुआ कोई ज़ुल्म मैं कैसे बरदाश्त कर सकता हूँ?"

सबने महसूस किया कि अम्बिये की आकृति पर वात्सल्य के भाव हैं।

अम्बिया अपनी पत्नी से सन्तुष्ट था। काम से लौटते ही वह घर में घुस जाता था और फिर काम पर जाता, तभी घर से बाहर निकलता था। इससे उसके मित्र उसे घर-घुसरा कहने लगे। कोई-कोई मज़ाक की अति करता हुआ कहता, "बहू के घाघरे का ढेरा (जूँ) बन गया है।" पर उसे परवाह नहीं थी। वह तो अपनी लुगाई के लाड़ कोड में लीन रहता था। साथ ही, अपनी छोटी साली जमनड़ी को घर के भीतर ही रखता था। क्योंकि उसे नालायक व कपटी मधिये पर कोई भरोसा नहीं था। फागली भले ही रूप की रम्भा न हो, पर स्वभाव की वह बहुत ही सुन्दर थी। गुणी बहू थी। बहुत ही हिसाब से गृहस्थी की गाड़ी चलाती थी। रंग काला था, पर उसके भीतर संवेदनशीलता का जो उजास था, वह उसके श्यामवर्णी रंग में दमकता था। एक बार अम्बिया अपनी ससुराल जाकर भी आया। जब फागली ने अपने माँ-बाप व परिवार वालों से कहा, "मैं तो घणी ही सौरी-सुखी हूँ। आपका जँवाई मुझे दूध के कुल्ले कराता है।"

परिवार वालों के चेहरे पर सन्तुष्टि के भाव पसर गये। बेची हुई बेटी की इतनी इज़्ज़त देख कर माँ तो विगलित हो गयी। काँटे की तरह चुभनशील बात मुँह पर आ ही गयी, "लाडी! सच कहती है कि बेटी के रुपये लेते हुए बड़ा दुःख और लाज से सिर झुकता है, पर न लें तो अपने घर के बेटे कैसे दोपाये से चौपाये बनें। पैसा

तेरा लिया और तेरे भाई सुखदेव का दे दिया। या फिर छोरी के बदले छोरी दे देते हैं। हम लोगों की यही व्यवस्था है। जबकि कन्या दान धर्म से करना चाहिए, पैसा लेकर नहीं।''

फागली ने कहा, ''माँ! इसमें तेरा क्या दोष?''

जल्दी आया, तो वह हतप्रभ रह गया। मघिया और उसके तीन साथी उसके पड़ोसी की लड़की पानकी को घसीट कर ले जा रहे थे। पानकी जमनड़ी की भायली थी और उससे दो साल बड़ी थी। वह चिल्ला रही थी। ''बचाओ...बचाओ... माँ-माँ...बापू...बापू!''

अम्बिये ने मघिये से गुस्से में पूछा, ''इस छोकरी को क्यों ले जा रहा है।''

''हम इसे जमनड़ी की जगह ले जा रहे हैं। इस पानकी की माँ ने जमनड़ी को कहीं छुपा दिया है। तू जमनड़ी को ला दे और इसे ले जा।''

''अभी लाता हूँ।'' वह कूदता हुआ भीतर गया और अपने पिता के ज़माने का लोहे का खुरपा निकाल कर ले आया। फागली ने उसे पकड़ा, पर वह कड़ाही में छौंक की तरह छुंकार कर बोला, ''मैं इस दुष्ट की गुंडई ख़त्म करके रहूँगा। छोड़ मुझे...।'' उसने फागली को धक्का दे दिया और बाहर आ गया। उसके अन्तस में जैसे आज आग की लपटें उठ रही थीं। वह गुस्से में सब कुछ भूल गया। रोष से लिपटे क्षणों ने उसको घेर कर धुआँ-फुआँ बना दिया। वह बाज की तरह मघिये पर झपटा, ''देख कमीने, तेरा भला इसी में है कि तू अन्याय करना छोड़ दे। जन्म-मरण तो ईश्वर के हाथ में है, पर तू सिर से मत चल, नहीं तो तेरी मौत मेरे निमित्त हो जाएगी।''

''ओ फन्ने खाँ! तू जननड़ी को ला दे। हमारे सौदे के बीच में तू मत आ। वर्ना हम...।''

''तू ऐसे नहीं मानेगा। मैं तुझे दिन में तारे दिखा दूँगा। गोली का जाया नहीं हूँ।''

''अपनी गीदड़ भभकियाँ रहने दे'', मघिया का दोस्त चिल्लाया।

मघिया जैसे ही आगे बढ़ने लगा कि उसने अपने खुरपे का प्रहार उसके साथी के कन्धे पर किया। खुरपा भारी था। उसका साथी तड़प उठा। पानकी उसकी गिरफ़्त से छूट गयी। अम्बिये ने कहा, ''भाग जा पानकी, भाग।''

मघिये ने उसे पकड़ना चाहा, पर अम्बिये के सिर पर तो जैसे भूत सवार था। उसने ज़ोर का प्रहार मघिये के सिर पर कर दिया। उसका खोपड़ा खुल गया। सिर बताशे की तरह फूट गया। लहू के फव्वारे छूटे। तभी उसके साथी ने रामपुरी चाकू अम्बिये के पेट में घुसेड़ दिया। दूसरे साथी ने बेंत में से तेज धार की गुप्ती (एक हथियार) उसकी गर्दन पर मारी। गर्दन आधा इंच तक कट गयी। दूसरे साथी ने फिर चाकू मारा।

अम्बिया कच्ची दीवार की तरह ढह गया। वे दोनों भाग गये। कोहराम! भीड़!! मघिया और अम्बिया, दोनों अचेत हो गये। एक सयाने बुजुर्ग ने नाड़ी देख कर कहा, "मिट्टी हो गये हैं दोनों।"

करुण-क्रन्दन! थानेदार ने पंचनामा भरा। पोस्टमार्टम के बाद शव उनके परिवार वालों को सौंप दिये गये। फागली का रुदन असहाय था, मानो समस्त धरती की वेदना के आँसू उसमें समा गये हों।

श्मशान घाट पर लोगों ने अम्बिये के साहस, त्याग और श्रेष्ठ कर्म के लिए उसे महानायक तक कहा। दूसरे की बेटी के लिए जीवन को होम देना तो ईश्वर का ही काम हो सकता है। उसका तो मोक्ष हो गया।

"जो चले गये वे वापस नहीं आते।" फागली ने भी रो-धोकर धैर्य धारण कर लिया। वह पीहर नहीं गयी। आस-पास की औरतें उसके पास निरन्तर आती रहती थीं और वे उसके दुःख में हिस्सेदार बनती थीं। उसके अकेलेपन को मिटाती थीं।

मगर कुदरत के खेल निराले हैं। तीसरे महीने मालूम हुआ कि फागली के पाँव भारी हैं। फिर तो उसके सहयोग के लिए हज़ारों हाथ तैयार हो गये। पानकी की नब्बे बरस की परदादी गबरा को जब यह पता चला, तो वह लकड़ी टेकते हुए फागली के पास आयी। उसके सिर पर हाथ रखकर बोली, "बींनणी! अम्बिया फिर तेरे पेट में आ गया—तेरे बेटे के रूप में। सच, भैंरूबाबा तुझ पर बहुत दयालु हैं। मैं कष्ट के समय हर घड़ी तेरे पास रहूँगी।" फागली उससे लिपट कर फूट-फूट कर रो पड़ी।

कालकी गोरकी

जीवन कहानियों व उपन्यासों से ज़्यादा विचित्र और रहस्यमय होता है। मैंने जब बुज़ुर्गवार करीम काका से यह कहानी सुनी, तो विस्मित हो गया एक पल के लिए। दो बहनों की कथा, कालकी और गोरकी की कथा। दोनों ख़ूबसूरत थीं। उनकी ख़ूबसूरती रंग-रूप से नहीं जुड़ी है। उसका सम्बन्ध आकर्षक नाक-नक्श, सुगठित बदन, बड़ी-बड़ी आँखों और मोतियों की तरह धवल दाँतों से है। यदि उनमें रंगों का अन्तर नहीं होता, तो उन्हें पहचानना बड़ी टेढ़ी खीर हो जाता।

एक और चौंकाने वाली बात थी कि दोनों जुड़वाँ थीं। कौन पहले हुई और कौन कुछ क्षण बाद में, यह तो वह अनपढ़ दाई भी नहीं बता सकती थी। वह तो उस कठिन परिस्थिति में घबरा ही गयी थी। अपने इस पेशे में तो माहिर थी, पर थी एकदम निरक्षर। फिर भी वे दोनों बहनें समय-समय पर एक-दूसरे से बड़ी हो जाती थीं।

छोटा-सा गाँव, तीन सौ साढ़े तीन सौ घरों का। कुछ पक्के घर और कुछ कच्चे। अधिकांश राजपूत जाति के लोग थे। पन्द्रह ब्राह्मणों के, दस-बारह मुसलमानों के, चन्द धोबी, नाई, रंगरेज़, पिंजारे और लुहारों आदि के। चन्द घर बनियों के भी थे, जो लगभग सूने रहते थे। उनके मर्द लोग असम-बंगाल में रहते थे और स्त्रियाँ घरों में। राजपूत या तो खेतिहर किसान थे या फिर फ़ौज में। गाँव में इस कहानी के समय बिजली नहीं थी। लोग लालटेन जलाते थे या फिर ज़रूरत पड़ने पर दीया। हाँ, बनियों की घरेलू ज़रूरतों की तीन दुकानें भी थीं। जब बन्ने सिंह के घर में एक साथ पहली बार दो बेटियाँ हुईं तो अड़ोसी-पड़ोसी उदास हो गये। एक साथ दो हाँडियों का फूटना लोगों को चिन्ताजनक लगा। नीमकी तो एकदम उदास हो गयी। उसने मासवे के बाद बन्ने सिंह से कहा, "हमारे भाग बहुत ख़राब हैं। ईश्वर एक छोरा दे देता तो उसके घर में क्या कमी हो जाती?"

बन्ने सिंह ने उसे सन्तोष देने के लिए ज़रा हँस कर कहा, "अरी भागवान! क्यूँ मुंडो उतारै है? अपने घर में तो लक्ष्मी और काली एक साथ जन्म गयीं।"

उसके कथन के खोखलेपन ने नीमकी को सन्तुष्ट नहीं किया।

"आप मुझे बहला रहे हैं।" उसने बुझे स्वर में कहा।

"नहीं-नहीं," बन्ने सिंह ने उसको गहरे अपनेपन से देख कर कहा, "ऐसी बात नहीं है। जो भाग्य में लिखा होता है, वही होता है। फिर हमारी उम्र ही क्या है? बच्चे तो पैदा करना हम जब तक बन्द नहीं करेंगे, तब तक होते ही रहेंगे। इस मामले में ऊपर वाले की इस भूमि पर बड़ी कृपा है।" अन्त में वह मुस्करा पड़ा।

हालाँकि नीमकी की छातियाँ भारी थीं। दूध भी काफ़ी था। पर दो बच्चियों को सँभालना कठिन था। फिर खेतीबाड़ी, दो गायें—ये सब भी तो अच्छी तरह चलाना था। उस मौक़े पर बन्ने सिंह एक माह की छुट्टी लेकर घर रहा था, पर बाद में उसे फ़ौजी ठिकाने पर जाना पड़ा। लाचार होकर उसने खेत को अधिया पर अपने मित्र ठाकुर पवन सिंह को दे दिया और कानिये नाई की बहू सतूड़ी को घर के काम पर रख लिया। सतूड़ी बाँझ थी। वह ममता की प्यासी थी। अतः खुशी-खुशी इस काम में लग गयी।

निश्चिंत होकर बन्ने सिंह अपनी ड्यूटी पर चला गया। बीच-बीच में आता-जाता रहता था। अपने परिवार और खेती-बाड़ी को सँभाल लेता था। बन्ने सिंह अपनी बेटियों को बहुत लाड़-प्यार करता था। मज़ाक में कहता था कि काली है न, यह माँ पर गयी है। गोरी को वह हमेशा अपने पर बताता था। बन्ने सिंह कभी-कभी जिज्ञासु की तरह पूछता, "एक बात बता गोरकी की माँ, क्या ये एक साथ हगती-मूतती, रोती-हँसती हैं? एक साथ सोती हैं और एक साथ जागती हैं।"

वह हँस कर कहती, "क्या बुद्धुओं जैसी बातें करते हैं! ये कुछ भी एक साथ नहीं करतीं।"

"मैंने तो ऐसा ही सुना है।"

"सुनने और देखने में चार उँगलियों का फ़र्क़ होता है मेरे ढोलाजी। प्रत्यक्ष को क्या प्रमाण? सब गप्प है। ये कुछ भी एक साथ नहीं करतीं। यहाँ तक कि दूध भी नहीं पीतीं।"

बन्ने सिंह जब-जब भी आता, तब-तब बच्चियों की सार-सँभाल की हिदायत दे जाता था। इस तरह पाँच बरस बीत गये। इस बार बन्ने सिंह ने आ कर कहा, "गोरकी की माँ, छोरियाँ पाँच बरस की हो गयी हैं। अब इन्हें स्कूल में दाखिला दिला देना चाहिए। अब समय बदल गया है। अँगूठा-छाप छोरियों के नाते-रिश्ते भी मुश्किल से होते हैं। रंग-रूप से ज़्यादा तो गुण की पूजा होती है।"

"आप ठीक कहते हैं। पर...?"

"देखो गोरकी की माँ! मैं जब भी आता हूँ, तू मुझे उदास नज़र आती है। क्या बात है?" बन्ने सिंह गम्भीर हो गया।

"सच कहूँ, भगवान हमें दो छोरियों की जगह अगर एक छोरा दे देता तो कितना अच्छा होता। पाँच बरस हो गये हैं, लगता है जैसे कोख के बूँदड़ लग गया है।"

"नहीं, गोरकी की माँ, नहीं। जब भगवान देने पर उतारू होता है, तो छप्पर फाड़ कर भी दे देता है। अभी उम्र ही क्या है जो चिन्ता करें? तू दोनों छोरियों पर ध्यान दे। इन्हें पाठशाला में भर्ती करा दे। इन्हें इस बात का अहसास करा कि ये क्षत्रिय किसान सैनिक की बेटियाँ हैं। हल से लेकर तलवार तक चलाने की शिक्षा हमें देनी है इन्हें।"

दोनों बेटियों को पाठशाला में भर्ती करा दिया। पर नीमकी बिना बेटे के उदास रहती थी। उसे हर समय यही चिन्ता रहती थी कि कहीं उसके बेटा नहीं हुआ तो? बिना बेटे के तो इहलोक-परलोक, दोनों बिगड़ जाते हैं। कौन हमारी अर्थी को कन्धा देगा, कौन कारज करेगा, कौन औसर-मौसर करेगा? सब कुछ ही गड़बड़ा जाएगा। वह गाँव के देवी-दर्शन करने मन्दिर हर रोज़ जाती थी। विनती करती थी कि देवी माँ उसे एक बेटा दे दे। लेकिन देवी माँ ने भी उसकी अन्तस की पवित्र और शुद्ध प्रार्थना पर ध्यान नहीं दिया। वह बार-बार अपनी चिन्ता को अपने पति के समक्ष बयान करती थी, तो बन्ने सिंह उसे समझा देता था कि विधि के सामने किसका ज़ोर चलता है। भगवान के भरोसे से वह उसे सान्त्वना देता व सन्तुष्ट करता था। पर स्त्री-जाति की सर्वोत्कृष्ट इच्छा बेटे की होती ही है। इसी ऊहापोह में दस बरस बीत गये।

कालकी और गोरकी किशोरावस्था में प्रवेश करने लगीं। दोनों काफी हृष्ट-पुष्ट और आकर्षक लगने लगी थीं। चंचल और बहुत बातूनी। बात-बात पर परायी पीर में पड़ने वाली। लड़ाकू स्वभाव की। हर प्रश्न का तड़ाक् से उत्तर देने वाली। कामेरी इतनी कि सुबह उठ कर दोनों बहनें घटोतियाँ चलाने लगती थीं। सारा ग्वार दल देती थीं। माँ को और नाइन काकी सतूड़ी को गेहूँ पीसने के लिए चक्की चलाने में मदद करती थीं। तलवार-बन्दूक चला लेती थीं।

एक बात और थी कि इस गाँव में औसतन रैयत के हिसाब से विधवाएँ ज़्यादा थीं। आज भी और कई पीढ़ियों से जब आजीविका के कोई साधन न हों तो आदमी इस पापी पेट के लिए क्या करे? खेती भी तो रामभरोसे थी। इसलिए न केवल राजपूत ही, बल्कि ब्राह्मण परिवार भी सेना में भर्ती हो जाते थे। एक दिन अचानक उन्हें दुःखद सूचना मिली कि बन्ने सिंह जैसलमेर में घुसपैठियों से लड़ता-लड़ता शहीद हो गया। उसने तीन घुसपैठियों को मार गिराया। गाँव भर में शोक छा गया। आन्तरिक ख़ुशी तो केवल ठाकुर पवन सिंह को थी। वह अत्यन्त अभिनय-प्रवीण था। अत्यन्त ही असरदार नाटकीय संवाद बोलता था। उसके शब्द-शब्द में बन्ने सिंह के घर-परिवार और बच्चों के प्रति अगाध स्नेह टपकता था। चिता पर उसने ख़ूब घड़ियाली आँसू भी बहाये। दुःख के दिन लम्बे और रातें पहाड़ हो जाती हैं, पर मनुष्य उसे भी किसी तरह सह लेता है। सब कुछ सह लिया नीमकी, कालकी और गोरकी ने। औसर (मृत्यु भोज) के बाद धीरे-धीरे सब सामान्य होने लगे। कालकी-गोरकी

फिर स्कूल जाने लगीं। समय का सत्य बदलता जा रहा है। शब्द अपने मूल्य खोते जा रहे हैं। नैतिकता, धर्म, कर्त्तव्य, मित्रता और व्यवहार की परिभाषाएँ ही बदल गयी हैं।

बन्ने सिंह की मृत्यु के चार साल बाद एक दिन ठाकुर पवन सिंह कुछ काग़ज़ात लेकर आया। उसने नीमकी से विनम्रता से कहा, "ठकुराणी जी! इन काग़ज़ों पर अँगूठा लगा दीजिए।"

"क्यों?"

"अपने खेत में कुआँ खुदवाने के लिए सरकार से कर्ज़ लेना है।"

नीमकी ने पवन सिंह की आँखों में देखा। वह नहीं पढ़ पायी आँखों की भाषा। भीतर के सच को जानने के लिए असीम ज्ञान की ज़रूरत पड़ती है। वह अँगूठा लगाने के लिए तत्पर हो गयी। तभी कालकी और गोरकी आ गयीं।

"काका! पां लागी।" दोनों ने एक साथ हाथ जोड़े।

"जीती रहो लाड़लियो।"

"काका सा, कैसे आना हुआ?" कालकी ने पूछा।

सारी बात बता कर ठाकुर ने कहा, "इस इलाके में हर तीसरे साल बरखा की जगह अकाल पड़ता है।"

कालकी ने कुछ पल सोचा। फिर कहा, "काका सा, आप हमें ये काग़ज़ दे दीजिए। मैं मास्टर जी को दिखवा कर, माँ से अँगूठा लगवा कर आपको दे दूँगी।"

"मास्टरजी को क्यों दिखाएँगी? क्या मेरा भरोसा नहीं है?" गम्भीरता से पवन सिंह बोला।

"काका सा, हमारे बापू ने हमें अपनी माँ की ज़िम्मेदारी सौंपी है। पहले हम पढ़ेंगी, फिर मास्टरजी को दिखाएँगी।"

ठाकुर एकदम आवेश में आ गया। घृणा से बोला, "उस विधर्मी को उस मुसलमान हबीब को? क्या उसका भरोसा मेरे भरोसे से बेसी है?"

"काका सा, भरोसे की क्या बात है? जब काग़ज़ सही है तो इसमें आपको क्या तकलीफ़ है? आपका भरोसा तो बढ़ेगा ही।"

गोरकी ने कालकी की बात का समर्थन किया।

"भाड़ में जाओ तुम दोनों! मैं तो ठाकुर सा को दिये वचनों को निभा रहा हूँ और तुम दोनों मुझ पर ही विश्वासघात का इल्ज़ाम लगा रही हो?"

इस बार नीमकी ने अपनी ज़ुबान खोली, "ठाकुर सा, मेरी छोरियाँ ठीक कहती हैं। जो उन्हें अच्छा लगेगा, वे उसे ही करेंगी। आप को इसमें एतराज़ क्या है? मास्टर जी को दिखा कर मुझसे अँगूठा लगवा कर काग़ज़ आपको पहुँचा देंगी।"

ठाकुर काग़ज़ात को फाड़ कर धुआँफुआँ हुआ बाहर आ गया।

कालकी ने गर्दन को बायीं ओर लटका कर कहा, "माँ! मुझे इसकी नीयत में खोट लग रहा है।"

गोरकी ने कहा, "मास्टरजी कह रहे थे कि हमें इससे ज़मीन ले कर किसी और को दे देनी चाहिए। पवन सिंह जी की नीयत अच्छी नहीं है।"

नीमकी ने भी उन दोनों की बात का समर्थन किया।

पाँच बरस और बीत गये।

कालकी और गोरकी एकदम युवती लगने लगीं। उन्हें देख कर लगता था जैसे अजन्ता की तराशी हुई मूर्तियाँ हों। उनकी आँखों में जैसे अल्हड़ता की परछाइयाँ तैर रही हों, जैसे उनमें चंचलता झलमल कर रही हो।

ठाकुर पवन से सारे खेत वापस लेना तय हो गया। वह वास्तव में उन्हें हड़पना चाहता था। उसने गिरदावर व पटवारी को रिश्वत दे कर उन्हें अपने नाम कराना चाहा, पर कालकी-गोरकी को पता चल गया। उन्होंने दोनों को धमकी दी कि काग़ज़ों में कुछ भी गड़बड़ी की तो इन रिश्वत के रुपयों का मज़ा उनकी सन्तान ही लेगी। वे शहीद की बेटियाँ हैं। भूख-हड़ताल कर सकती हैं।

वे दोनों डर गये। उधर ठाकुर को बुला कर नीमकी ने शेर की तरह गरजते हुए कहा, "ठाकुर सा, मैं किसी जाटणी की जायी तो नहीं हूँ, ठकुराणी हूँ। मर्यादा में रही हूँ। पर मैं नीमकी हूँ। और नीम कितना कड़वा होता है, वह आप जानते हैं। भलाई इसी में है कि जिस आव-आदर से हमने आपको ये खेत दिये थे, उसी तरह वापस कर दीजिए।"

"यदि नहीं करूँ तो?"

"तो बन्दूक और तलवारें हमारे घर में भी हैं।"

"पर उन्हें चलायेगा कौन?"

बड़ी नाटकीयता से दोनों बहनों ने प्रवेश किया। गोरकी ने कहा, "हम हैं ना ठाकुर सा, हमने सब मालूम कर लिया है आप जो काग़ज़ माँ से अँगूठा लगाने के लिए लाये थे, वे हमारे खेत हड़प जाने के ही थे। गिरदावर और तहसीलदार को भी रिश्वत दे कर आपने हमारे खेतों को हड़प जाना चाहा, पर वे भी हमारी धमकियों से डर गये। आख़िर हम भी तो शहीद की बेटियाँ हैं।"

कालकी ने चेतावनी-भरे स्वर में कहा, "कल से हमारे खेत में पाँव मत रखना। अपने आदमियों से कह देना कि वे उधर देखें नहीं, वरना नतीजा बहुत बुरा होगा। जो विश्वासघात करता है, वह भी अपने मृत सम्बन्धी के साथ, उसे तो नरक में भी जगह नहीं मिलती।"

ठाकुर पवन घबरा गया। उसे लगा कि उसका बन्ने सिंह के खेत की ओर जाना उचित नहीं है। वह शहीद है। उसके प्रति जनमानस व सरकार की सहानुभूति है और ये दोनों छोरियाँ शेरनियाँ हैं।

ठाकुर पवन ने हार मान ली।

राजा रावण के घर में भी बेटी नहीं खटाई (रही)। मर्मज्ञ व विद्वान राजा जनक

को भी सीता का स्वयंवर रचाना पड़ा। अब तो कालकी और गोरकी के अंग-अंग फटने लगे थे। नीमकी उन्हें देख-देख कर चिन्ता में पड़ने लगी। सोचने लगी कि सारी जवानी इन पर ही आ गयी क्या? गोरी तो गोरी, काली भी बादलों के बीच बिजली-सी चमकने लगी है।

नीमकी ने उनके मामा को बुलाया।

अचानक जगत सिंह मामा को देख कर दोनों बहनें चौंक पड़ीं, गोरकी ने पूछा, ''मामा सा, आप अचानक कैसे आये? सब राजी-खुशी तो हैं?''

उसने ज़रा कन्धे उचका कर कहा, ''बहन ने बुलाया और भाई आ गया।''

दरअसल मामा उन दोनों की शादी के बारे में बात करने आया था। नीमकी के लिए तो अब ये दोनों बेटियाँ घर से विदा करने लायक हो गयी थीं। जब वे दोनों काम में लग गयीं तो नीमकी ने कहा, ''भा सा, अब जल्दी-से-जल्दी इनके लिए चोखे छोरे ढूँढ़िये। आजकल तो इनके लक्षण देख कर डर लगने लगा है।''

''लक्षण देख कर, क्या कह रही है बाई सा? जो भी शहर आता है, इनकी प्रशंसा ही करता है।''

''बात यह नहीं है। असल बात यह है कि अगर अब इनके ब्याह नहीं हुए तो ये छोरियाँ स्वभाव, लक्षणों और बर्ताव से छोरे हो जाएँगी। सारे लक्षण छोरे वाले आते जा रहे हैं। खेत में काम करना, बन्दूक चलाना, तलवारें लड़ाना और कोई भी अकड़े या हमें नुकसान पहुँचाना चाहे, तो ये आपे से बाहर हो कर लड़ने को तैयार हो जाती हैं। किसी को कोई कष्ट हो या किसी कमज़ोर को कोई सताता हो, बस, ये लड़ने-मरने पर उतारू हो जाती हैं। भा सा, खेती-बाड़ी भी अच्छी करती हैं। मज़दूर रख लेती हैं। जिस नाइन ने इन्हें पाला था, वह बीमार रहती है, उसकी भी बराबर देखभाल करती हैं।''

''हुँ!'' मामा ने सोच कर कहा, ''ये दोनों कभी इस बात से दुःखी और उदास नहीं होतीं कि इनके भाई नहीं है।''

''नहीं। मुझे लगता है कि ये दोनों कई मामलों में पागल हैं। राखी का त्योहार आता है तो दोनों एक-दूसरे के राखी बाँध देती हैं। भाईदूज पर दोनों एक-दूसरे के टीका लगाती हैं। धर्मभाइयों पर इनका ज़रा भी विश्वास नहीं है। बड़ी विचित्र हैं दोनों। भा सा! अब जल्दी-से-जल्दी इन्हें फेरे दिला कर विदा कीजिए।''

''लड़के मेरे ध्यान में कई हैं। मैं जाँच-पड़ताल करूँगा।''

तभी कालकी ने पूछा, ''कहाँ हैं वे लड़के?''

''इस भोम पर। आख़िर तुम्हें डोली में बिठा कर विदा तो करना ही है ना।''

उसी समय गोरकी भी आ गयी। उसने मामा की बातें सुन लीं थीं। उसने मामा के पाँवों को दबाते हुए कहा, ''मामा सा, छोरियों की शादी तो करनी होगी। पर एक बात का ध्यान रखिएगा कि हम दोनों को एक ही घर में दें। हम दोनों एक-दूसरे

से दूर नहीं रह सकतीं। एक दूजे से अलग रहने की हम सोच भी नहीं सकतीं।''

कालकी ने नयन मटका कर कहा, ''हाँ मामा सा, हमारी यह शर्त है कि हमें एक ही परिवार में दें।''

मामा ने विस्मय से आँखें तरेर कर कहा, ''तुम दोनों तो बड़ी बेशर्म हो गयी हो।''

''हम शर्म के पीछे एक-दूसरे से अलग होना नहीं चाहतीं! मामा सा! यदि ऐसा करेंगे तो हम चँवरी से उठकर भाग जाएँगी।''

मामा ने उन्हें आश्वस्त किया, ''चोखो-चोखो, मैं तुम दोनों को एक ही घर में दूँगा।''

नीमकी ने अपने भाई को समझाया, ''भा सा, छोरे सीधे-सादे और समझदार हों। ये छोरियाँ बाप के लाड़-प्यार में बिगड़ गयी हैं। बात-बात में उलझ पड़ती हैं। कड़वी बोलती हैं।''

''बाई, तू ज़रा भी चिन्ता न कर।''

कालकी ने मामा की ओर गम्भीरता से देख कर कहा, ''लोभी-लालची हमें नहीं चाहिए। विवाह में रीत का रायता करेंगे।''

''छोरियो! ज़्यादा बोलणा अच्छा नहीं है।'' मामा ने उन्हें आश्वस्त किया, ''मैं तुम दोनों का दुश्मन तो नहीं हूँ, मामा हूँ।''

मामा विवाह सम्बन्धी और दहेज-दायजे की सारी बातें समझ कर चला गया।

उसके तीसरे दिन अल्ताफ़ ऊँट-गाड़े वाले के घर पर उनकी बेटी के ससुराल वाले लाठियाँ लेकर चढ़ आये। वे अपनी बहू कुलसुम को ले जाना चाहते थे और कुलसुम जाना नहीं चाहती थी। तीन साल में उस बेचारी को दस बार ले गये और मारपीट कर वापस भेज दिया। कभी कुछ माँग करते, कभी कुछ। अल्ताफ़ ने बेटी को भेजना ही बन्द कर दिया। कहीं वे दुष्टजन कुलसुम को जान से ही न मार दें, यह भय था उसे। आज वे उसे ज़बरदस्ती लेने आ गये। कुलसुम का भाई हुसैन भागा-भागा आया और कालकी-गोरकी को स्थिति बतायी। वे दोनों वहाँ पहुँच गयीं।

गोरकी ने उन्हें कहा, ''ये लाठियों का डर जनखों को दिखाना। यह सैनिकों का गाँव है। जिन पाँव से आये हो, उन्हीं पाँव से लौट जाओ। हमारी एक पुकार पर गाँव से लाठियाँ और बन्दूकें निकल आएँगी।''

कालकी ने उग्र स्वर में कहा, ''बेसी है तो कुलसुम को तलाक़ दे दो। इस फूटरीफरी छोरी के लिए कितने ही बींद (दूल्हे) मिल जायेंगे। चुपचाप रास्ता नापो।'' गाँव में यह ख़बर फैलते ही उनके यहाँ काम करने वाले राम-लक्ष्मण चन्द जवानों को लेकर आ गये।

वे लोग सिर नीचा करके चले गये।

घर में घुसते ही माँ नीमकी ने कहा, "तुम दोनों दूसरे की लाय (आग) में क्यों कूदती रहती हो?"

"माँ!" कालकी ने तलवार रख कर कहा, "हम ठकुराणियाँ हैं। अन्याय-अत्याचार नहीं देख सकतीं। हमारे बापू सदा कहते थे कि असली राजपूत वह है जो न अन्याय करे और न अन्याय सहे।"

"मैं तुम दोनों को नहीं समझा सकती।"

मामा ने दो सगे भाइयों की जगह काके-बाबे के दो भाई कालकी-गोरकी के लिए तय कर दिये। मध्यम श्रेणी का परिवार था। दोनों खाते-पीते परिवार थे। दोनों के घरों की दीवारें एक ही थीं।

शादी का दिन बसन्त पंचमी तय हुआ। विवाह की तैयारियाँ शुरू हो गयीं। गाँव वालों का भरपूर सहयोग था। मंगल गीतों से गाँव गुंजित हो गया। मांगलिक कार्य भी बड़ी निष्ठा से होने लगे। राजस्थान की एक विशेषता है कि विवाह के हर कार्य का एक गीत होता है जो भावनाओं की गहनता से लबरेज़ होता है।

बारात आ गयी। पैट्रोमैक्स इधर-उधर जल रहे थे। दो-चार स्थानों पर मशालें भी रोशन थीं।

जब दुल्हनों को विवाह-मण्डप में लाया गया तो सुगबुगाहट शुरू हो गयी। वह सुगबुगाहट शब्दों का भेष पहनने लगी। शब्द स्पष्ट भी हो गये। समस्या चुभनशील काँटों की तरह मुखर-प्रखर हो गयी। दोनों बींदों (दूल्हों) में तकरार शुरू हो गयी। दोनों का हठ था कि वे गोरी लड़की से ही विवाह करेंगे।

एक ने कहा, "मैं किसी भी हालत में काली से ब्याह नहीं करूँगा। यह तो कोयले-सी काली है।"

दूसरे ने झल्ला कर कहा, "तो कोयले से मैं अपनी अँगीठी जलाऊँगा क्या? नहीं-नहीं, मैं कालकी से कभी भी शादी नहीं करूँगा।"

लोगों ने और माइतों ने उन्हें समझाया, पर दोनों छोरे अपनी-अपनी ज़िद पर अड़े रहे। आख़िर वे नहीं समझे तो गोरकी और कालकी उनके सामने आयीं। वे क्रोधित थीं और उनकी आँखों में से गुस्सा बरस रहा था।

गोरकी ने कहा, "क्या काली छोरियों के गाँव अलग बसते हैं? क्या काली छोरियाँ कुँवारी ही मरती हैं? इस गाँव में अनेक काली लुगाइयाँ हैं और सब विवाहिता हैं। कान खोल कर सुन लीजिए और आप अपनी बारात लेकर वापस चले जाइए। हम ऐसे लड़कों से ब्याह नहीं करेंगी जो रंग-रूप की जगह लड़की के गुण नहीं देखते। जाइए, अपना काला मुँह लेकर जाइए।"

कालकी ने चीख़ कर कहा, "ये निठल्ले खुद अपनी शक्ल नहीं देखते। एक तो हनुमान जी-सा लगता है। जाइए-जाइए। हम इनसे शादी नहीं करेंगी।"

भयंकर सन्नाटा पसर गया। लोग सकते में आ गये। गोरकी ने घर में से बन्दूक लाकर कहा, "आप सीधे-सीधे चले जाइए। कैसे मिनख हैं आप! टीके में पाँच की जगह ग्यारह हज़ार रुपयों की माँग के पीछे अड़ गये। अब काली-कोरी का झगड़ा ले बैठे। यह सब अपने घर पर ही तय करके यहाँ आना था। इन बींद राजाओं को तो काँच (दर्पण) में इनके थोबड़े दिखा कर बताना था कि ये कितने गोरे और सुन्दर हैं। जाइए...जाइए! थू है आपकी राजपूताई पर! लानत है आपकी ठकुराई पर, जिनके बेटे हुक्म में नहीं हैं। जाइए, वरना ठीक नहीं रहेगा। हाँ, हमारे टीके के रुपये लौटा दीजिए।"

बारातें लौटने लगीं। लौटती बारातों को देख कर दोनों बहनों की आँखों में आँसू आ गये। नीमकी को लगा कि उसकी इज़्ज़त मटियामेट हो गयी है। वह रोने लगी। रोते-रोते बोली, "सब कुछ नष्ट हो गया...ढेर सारा पैसा भी मिट्टी हो गया।"

गत चन्द दिनों में नीमकी के देखे हुए सारे सपने बिखर गये। उनका एक-एक दृश्य मज़ाक बन गया। गोरकी तो सिसक पड़ी। मामा ने लज्जा से सिर झुकाते हुए कहा, "इन आज के छोरों को न जाने क्या हो गया है? हमने तो कभी छोरी देखी ही नहीं। बस, खानदान देखते थे हमारे माईत। पगड़ी उछल गयी।"

उसी पल झमण सिंह आया। उसने हाथ जोड़ कर विनती की, "ठकुराणी जी, यदि आपको कोई एतराज़ न हो तो मेरे दो भतीजे हैं राम-लक्ष्मण।छोरियाँ और आप जानती हैं उन्हें। दोनों कुँवारे हैं। आप राठौड़ हैं और हम शेखावत। मेरे भतीजे बहुत कामेरे हैं। सूधे हैं, कोई ऐब नहीं है। पर हैं बिना माँ-बाप के ग़रीब। कोई काली-गोरी का प्रश्न नहीं है।"

कालकी और गोरकी ने इन संवादों को सुना। दोनों की आँखें जो उत्तेजना, क्रोध व अपमान के कारण गीली हो गयी थीं, उन्हें पोंछा।

कालकी ने दृढ़ स्वर में कहा, "हम इनसे ब्याह करने को तैयार हैं। इनके पास धन भले ही न हो, पर इनके हाड़ सोने के हैं। ये भी तो शहीद के बेटे हैं। सच्चे हैं, हमारी इज़्ज़त करते हैं।"

नीमकी ने अपने भाई की ओर देखा।

मामा ने कहा, "बाई सा, कुलीन कुटुम्ब के हैं ये दोनों। कालकी और गोरकी इन्हें जानती हैं। फिर तुम्हारी दोनों बेटियाँ तुम्हारे पास ही रहेंगी। एक ही गाँव में हेला मारने के सागे आ जाएँगी।"

मामा उन दोनों छोरों के पास गया। कन्धे पर हाथ रख कर पूछा, "क्यों कालकी, गोरकी...?"

बीच में ही बड़ा लड़का राम सिंह बोला, "ठाकुर सा, मैं राम हूँ और यह लक्ष्मण। लक्ष्मण राम का हुक्म कैसे टाल सकता है? लक्ष्मण ही गोरकी को ब्याहेगा।"

"नहीं भाई सा, आप...।"

"राम का हुक्म है।"

देखते-देखते ढोली फिर से ढोल बजाने लगे। लुगाइयाँ विवाह के गीत गाने लगीं। मन्त्रोच्चारण होने लगा। जो बाग उजड़ने वाला था, उसमें फिर से बसन्त आ गया। दोनों बहनें साथ-साथ विवाहित हो गयीं। करीम काका ने बताया, "दोनों बहनों के दो-दो बच्चे हो गये। कालकी के दो बेटियाँ और गोरकी के दो बेटे। दोनों बहनें प्रसन्न थीं। पर स्वभाव में ज़रा-सा भी बदलाव नहीं आया। वही साहस, वही दबंगपन और वड़ी लड़ाकू प्रवृत्ति। गाँव में कोई भी संकट आये तो कालकी-गोरकी मर-मिटने को तैयार। साथ में राम-लक्ष्मण भी। मुझे भी लगा कि वास्तव में जीवन अनेकों रहस्यों को छुपाये हुए है। विचित्र है यह उपन्यासों व कहानियों की दुनिया से।"

कुछ कमी ज़रूर है

"नहीं, ऐसा नहीं हो सकता।"

"हो गया, नानीजी, हो गया। मामीजी ने उपेन्द्र मास्टर से ब्याह कर लिया।"

मुनकी ने अविश्वास में नकारात्मक सिर हिलाते हुए कहा, "क्यों मेरी गाय-सी सीधी बींनणी (बहू) को बदनाम कर रहे हो? अरे! वह तो नौकरी से आ कर हमेशा सरजूबाई सन्त के आश्रम जाती है। मोटा खाती है और मोटा पहनती है।"

"सुनिये नानीजी!" उसके नाती किसन ने शान्त स्वर में कहा, "मैं झूठ नहीं बोलता। मैंने कल शाम इन आँखों से उन्हें सजे-सँवरे देखा है। हाथों में चूड़ियाँ, ललाट पर बिन्दिया, कानों में झुमके, नाक में हीरे का तिणखा (काँटा), लाल साड़ी...।"

उसकी नानी मुनकी भड़क उठी। हवा में हाथ उछालती हुई बोली, "अरे कालजीबिया! (काली जुबान वाला) मेरी सीधी-भली बींनणी पर कीचड़ उछालते हुए तुझे शर्म नहीं आती?"

उसने विनम्रता से कहा, "नानीजी, मुझे क्या पड़ी कि मैं मामीजी के बारे में उलटी-पुलटी बातें करूँ? आँखों से देखी है, कैसे झूठ होगी?"

"अरे, तेरे जैसे मक्कार इस कहावत को भी झूठी कर देंगे।"

तभी मुनकी सास की सब से छोटी बहन गीता आयी। वह अपना ओढ़ना एक ओर फेंकती हुई रोने जैसे स्वर में बोली, "बड़ी बाई! हम कालीधार डूब गये। कहीं मुँह दिखाने लायक नहीं रहे। बींनणी ने हमारे चेहरे पर कालिख पोत दी।"

"हुआ क्या?" उसने तुनक कर पूछा।

"बींनणी ने उपेन्द्र मास्टर से ब्याह कर लिया।"

मुनकी ने ज़ोर से ललाट पर हाथ मार कर कहा, "हाय, हम डूब गये। अरे! उस निरभागी के लिए हमने क्या नहीं किया?" और वह रोने लगी। रोते-रोते उसने अपनी बहू सरबती को इतना कोसा, इतनी गालियाँ निकालीं, इतनी दुराशीषें दीं कि कोई उन्हें गिन नहीं सकता।

बहुत पुराना कुलीन घराना। बीकानेर शहर में पीढ़ियों से राजघराने की रोटियाँ खाने वाले। अब इस घराने के तीनों युवक सरकारी नौकरी पर हैं। शहर में इस घराने की ऊँची प्रतिष्ठा है किन्तु न जाने कौन-सा देवता इनसे रुष्ट था कि कई पीढ़ियों से घर का एक-न-एक सदस्य अकाल मृत्यु का ग्रास बनता जा रहा था।

गत पाँच वर्ष पूर्व उनका एकदम जवान बेटा फूलचन्द रामदेवजी के मेले में पैदल यात्रियों के साथ जा रहा था। वह लोक देवता रामदेवजी के दर्शन करने हर वर्ष पैदल जाता था। उसे जब सरकारी नौकरी नहीं मिली थी तब उसने इक्कीस फेरियों की बोलवाँ बोली थी। दसवीं फेरी की यात्रा में वह एक ट्रक की चपेट में आ गया और बेचारे के दो टुकड़े हो गये। अत्यन्त वीभत्स मृत्यु पायी उस रामदेव के भक्त ने। अंगों की विकृति देखते नहीं बनती थी। ट्रक का अगला और पिछला पहिया उस पर से होकर निकल गया था।

सारे शहर में हाहाकार मच गया। जिसको जो साधन मिला, वह दुर्घटनास्थल की ओर भागा। डी. एस. पी. और उस इलाके के थानेदार भी तुरन्त घटनास्थल पर पहुँच गये। पंचनामा भरा गया। उस खण्डित लाश का क्या पोस्टमार्टम होता? औपचारिकता पूरी करके लाश स्वजनों को दे दी गयी।

लाश का अन्तिम संस्कार करने के लिए भीड़ पहले से ही जमा थी। झटपट धार्मिक क्रियाएँ सम्पन्न हो गयीं। लाश को अर्थी पर डाला और श्मशान घाट ले जाने लगे।

सरबती अथाह दुख से विक्षिप्त-सी थी। उसने अपने को सँभालते हुए रोते-रोते प्रार्थना की, "मुझे उनका दर्शन करने दीजिए। एक बार चेहरा देखने दीजिए।"

किस मुख का दर्शन करायें शोक में डूबे लोग? मुख तो बुरी तरह कुचला जा चुका था। एकदम भयानक। वह बार-बार प्रार्थनाएँ करती रही पर अर्थी को आँगन से उठा लिया गया। उसके रुदन से घर की दीवारें काँप उठीं।

लगभग एक माह के भीतर सब कुछ शान्त और सामान्य होने लगा। कुलीन विप्र घराना था। घर के बड़े बुजुर्ग इसी बात पर अड़े रहे कि बींनणी को घर में रखा जाये। जैसे और विधवाएँ रहती आयी हैं, वैसे ही। दाल-रोटी और कपड़े-लत्ते की कोई कमी नहीं है। लेकिन युवा वर्ग का मत था कि बींनणी की उसके पति की जगह नौकरी लगवा दी जाये। समय का क्या भरोसा! आज अच्छा है तो कल बुरा भी हो सकता है। और फिर अभी उम्र भी क्या है? केवल इक्कीस बरस।

वृद्धों और युवाओं में बहस होने लगी, पर कोई निर्णय नहीं निकला। अन्त में तय हुआ कि बींनणी को ही पूछ लिया जाये। आख़िर सरबती को पूछा गया तो उसने बुझे स्वर में डरते-डरते कहा, "घर में बैठी-बैठी मैं क्या करूँगी? पहले तो चक्की मूसल का काम था। अब कुछ विशेष काम भी तो नहीं है। ऐसी हालत में नौकरी करना ही अच्छा रहेगा।"

सास ने झट्-से आशंका व्यक्त की, ''बींनणी, ज़माना बहुत ख़राब है। तुम जवान हो, खूबसूरत हो।''

''खुद भला तो जग भला।'' उसने घूँघट निकाले हुए कहा।

आख़िर उसे शिक्षा विभाग में चपरासिन की नौकरी मिल गयी। उसका पति भी उसी विभाग में क्लर्क था।

सरबती अपने काम से काम रखती थी और उसने निश्चय कर लिया था कि वह पढ़ाई करेगी। वह पढ़ने लगी। उसने बारहवीं कक्षा उत्तीर्ण की और क्लर्क बन गयी।

''मैं अपने उद्देश्य की पूर्ति में सफल हो गयी उपेन्द्र। इसमें तुमने जो श्रम, मदद और मार्गदर्शन किया उसके लिए मैं तुम्हारा आभार मानती हूँ।''

''इसकी कोई ज़रूरत नहीं है।'' उपेन्द्र ने उसके सुन्दर मुखड़े पर अपनी दृष्टि जमा कर कहा, ''सच तो यह है कि कोई भी किसी की मदद यूँ ही नहीं करता। सबका कोई-न-कोई स्वार्थ होता है।''

''क्या मतलब?''

''तुम नहीं जानतीं कि मैं कुँवारा हूँ।''

सरबती ने उसकी ओर तपाक् से देखा। वह विचित्र आशंकाजनित भय से त्रस्त होकर तीर की तरह निकल गयी। उसकी साड़ी के पल्लू की सरसराहट उसे अब भी महसूस हो रही थी।

तीन दिनों तक वह चुप रही, जैसे उन दोनों के बीच अजनबीपन जनम गया हो। उपेन्द्र को भी लगा कि उससे कोई गलती हो गयी है। लेकिन ऐसी चुभनेवाली बात तो उसने नहीं की थी। सरबती भी ऊब गयी। जाने क्यों उपेन्द्र से चन्द क्षण बातचीत करके वह अपने को ताज़ा महसूस करती थी।

आख़िर पहल उपेन्द्र ने ही की। उसने पूछा, ''क्या मैंने कोई ग़लत बात कह दी तुम्हें?''

सरबती चुप रही।

उपेन्द्र ने ज़रा भावुकता वश कहा, ''मेरी ज़रा भी मंशा तुम्हें तकलीफ़ पहुँचाने की नहीं थी। किसी को ठेस पहुँचाना मेरी आदत ही नहीं है। आख़िर तुमने ऐसा कौन-सा अपराध किया है कि तुम सहज ढंग से जी भी नहीं पा रहीं। पुरुष के लिए स्त्री और स्त्री के लिए पुरुष एक पूर्णता है।''

''लेकिन मेरा कुलीन घराना...उनकी दी हुई सारी सुख-सुविधाएँ। उन्होंने मेरे पति के सारे पैसे मेरे नाम कर रखे हैं। वे मुझे आश्रम भेजते हैं। उपेन्द्र! मैंने कभी भी कुछ ग़लत नहीं किया। पर कल जब मेरी सास और ननदों ने मुझे मेरे लम्बे, घने काले बालों को हरिद्वार जा कर कटवाने के लिए कहा तो अच्छा नहीं लगा। उनका तर्क था कि यह विधवा का धर्म है। वे मुझे समझाने लगे कि उसे श्रृंगार करने

का हक़ नहीं है क्योंकि उसकी सुन्दरता बढ़ती ही जा रही है।"

"तब तुमने क्या कहा?"

उसने गहरी निश्वास ली, "मैंने उन्हें साफ़-साफ़ मना कर दिया। वे सब क्षण भर के लिए पत्थर के हो गये।"

मेरी सास ने अत्यन्त अपनेपन से कोमल स्वर में कहा, "बींनणी! हम सब जो कुछ भी कह रहे हैं, तुम्हारे भले के लिए कह रहे हैं। विधवा जितनी सादगी से रहेगी। उसका इहलोक-परलोक, दोनों सुधरेगा।"

मैंने उन्हें समझाते हुए कहा, "माँ जी, मैं नौकरी करती हूँ और मुझे अपने उस दफ़्तर के समाज में उठना-बैठना पड़ता है। क्या आपको मुझ पर विश्वास नहीं? क्या मैंने आज तक आपको कोई बदनामी दिलायी है?"

"नहीं बींनणी, नहीं। मैं तुम्हें दूध की धुली हुई समझती हूँ। इसलिए हम सब तुम्हारा ध्यान रखते हैं।" मुनकी सास ने कहा, "तुम अकेली हो न। अपने देवर के बेटे को गोद क्यों नहीं ले लेतीं?"

अत्यन्त अप्रत्याशित और विचित्र प्रश्न था। मैं हतप्रभ रह गयी। सोचा कि अकेलापन क्या बच्चे से कट जाएगा? मैं ऐसा नहीं समझती। स्त्री की उम्र अपने अनुसार भी बहुत कुछ चाहती है।

मेरे ध्यान को भंग करके उन्होंने कहा, "इसमें सोचना क्या है? जिस बच्चे में अपने ख़ून की लगवाड़ हो उसे ही गोद लेना चाहिए।"

मैंने कहा, "मैं सोचूँगी।"

मेरी सास बिगड़ गयी, "तू क्या सोचेगी? तेरा भला-बुरा हम सोचेंगे। तू वही करेगी, जो हम चाहेंगे। गोद के काग़ज़ बनवा देती हूँ। तू दस्तख़त कर देना।"

मुझे लगा कि मैं किसी चट्टान के नीचे खड़ी हूँ और उसका एक टुकड़ा टूट कर मेरी ओर आ रहा है और मैं उससे बचने के लिए खिसक गयी हूँ। मुझे लगा कि ये सब लोग मुझे इसलिए सुख-सुविधाएँ दे रहे हैं कि इस घर की चारदीवारी के बाहर मेरा अस्तित्व न रहे। वे मेरे जीवन को अर्थहीन करना चाहते हैं।

"देखो, वे लोग अपनी कुलीनता के अभिमान को सुरक्षित रखना चाहते हैं और उस अभिमान को चोट पहुँचाना हमारा कर्त्तव्य है।" उपेन्द्र ने कहा।

सरबती ने उपेन्द्र की ओर देख कर कहा, "तुम ठीक कहते हो। देह, मन भी कई बार बोझिल हो जाते हैं।"

"अपने भीतर की तमाम सच्चाइयों को नकारना भी आत्मछल नहीं सरबती! मैं तुमसे प्रेम करता हूँ। चाहता हूँ कि तुमसे विवाह करूँ।"

सरबती ने उसकी ओर उदास निगाहों से देखा, फिर घर आ गयी।

घर अब उसे भुतहा-सा लगने लगा। हालाँकि वह काफ़ी सचेत थी। उपेन्द्र से भी भेंटवार्ता काफ़ी सजगता से करती थी। उसकी सास बहुत चालाक थी। वह मन

से नाराज़ थी और ऊपर से अपने व्यवहार में अधिक अपनत्व और बोली में अधिक मिठास ला रही थी। लेकिन सरबती को इतने पर भी एक अभाव-सा महसूस होता था। वह अक्सर सोचा करती थी कि क्यों कुछ भी अच्छा नहीं लगता? रात को नींद उचटने पर उसे दुबारा क्यों नहीं नींद आती? जब वह नहाती है तो अबोधता से अपने नग्न अंगों को क्यों छोटे से शीशे में उतारती रहती है? क्यों वह अपने अंगों को व्यर्थ ही मल-मल कर धोती रहती है? क्यों...क्यों...क्यों?

प्रश्न चुभते रहते थे उसके मन में। लेकिन एक दिन गोद के काग़ज़ात उस की स्वीकृति के बिना आ गये तो वह आश्चर्यचकित रह गयी। काग़ज़ात के साथ उसे लगा कि घर के तमाम सदस्यों ने उसका घेराव कर लिया है। उनकी मुद्राओं से लग रहा था कि वे आक्रामक हैं।

सास ने उसके सिर पर हाथ फेर कर कहा, ''लाडो! गोद के काग़ज़ आ गये हैं दस्तख़त कर दे। हमारे घर का यही फुटराया (रीत) है। इस बच्चे को पढ़ा-लिखा और होशियार बना। ले, दस्तख़त कर दे।''

मैंने लाज-लिहाज़ को तिलांजलि दे कर तड़प कर कहा, ''मैंने आप सबको मना किया था। अभी मेरी उम्र ही क्या है? क्यों लूँ मैं ये सब बोझ?''

उसके देवर ने कहा, ''माँ! तुम इसे इतनी मूर्ख और पागल मत समझो। इस के मन में कुछ और है।''

''नहीं रे बेटा।'' सास ने उसकी खुशामद की, ''यह तो सीधी-सादी औरत है। अरे, इसके घरवाले ने इसे सदा सम्मान दिया है। उसकी एक-एक चीज़ इसको दे दी है। पति का मिला हुआ पैसा और शादी पर दिये हुए ज़ेवर। इसको क्या कमी है? जिसको कोई कमी नहीं, वह तो धर्म-कर्म पर ही चलेगी। वह तो घर-परिवार को ही चाहेगी।'' सास का स्वर ज़्यादा कोमल और गुड़ लिपटा हो गया। ''बींनणी! कर दे दस्तख़त। इसमें हर्ज ही क्या है? आख़िर तू कुत्ता-बिल्ली तो गोद नहीं ले रही। इसी घर का बच्चा गोद ले रही है न!''

सरबती ने झुँझला कर कहा, ''मैंने कहा न, मैं यह सब अभी नहीं करूँगी।'' आप लोग घेरा तोड़िये। क्या मुझे मारेंगे?'' अन्त में उसका स्वर चीख़ने जैसा हो गया और उसकी आकृति पर कठोरता पसर गयी।

पता नहीं उसकी आवाज में क्या था कि सब लोग सहमे-सहमे से हट गये। वह रो पड़ी और रोते-रोते अपने कमरे में चली गयी।

उसकी सबसे बड़ी ननद गोमती उसके पास आयी। उसने सरबती को पानी पिलाया। कहा, ''क्या अभी और क्या बाद में? देखो भौजाई, घर में सुख-शान्ति और प्रेम रखना तुम्हारा धर्म है। दस्तख़त कर दे। सब राज़ी हो जायेंगे। वैसे तुम्हें कमी भी क्या है?''

सरबती ने चिल्ला कर कहा, ''मुझे दुखी न करो। मुझे अकेला छोड़ दो।''

उसकी ननद असन्तुष्ट-सी, बड़बड़ाती हुई चली गयी।

वह अँधेरे में बैठी थी। कड़ाके की ठण्ड थी। खिड़कियाँ भी बन्द थीं। उस के हृदय में विचित्र-सी उलझन और उदासीनता थी। अपरिभाषित ऊब भी थी। पिछले कई दिनों से वह इस सवाल से बेहद परेशान थी कि उसको क्या कमी है। जब कभी भी वह इस प्रश्न का उत्तर ढूँढ़ती तो उसे अपना धणी (पति) याद हो आता। उसके साथ गुज़ारे उत्तेजक और मोहक स्पर्श याद हो आते। मधुर चुम्बन और आलिंगन उसको घेरने लगते। वह उल्लास से घिर जाती। उसके इर्द-गिर्द एक सुख पिघलने लगता। वह लम्बे समय तक उस कल्पना में डूबी रहती। अपने आस पास उन क्षणों की रचना करने लगती जो एक कुलीन विप्र घराने की विधवा के लिए निषिद्ध थे। वह उद्विग्न और विचलित हो जाती। उसकी देह में न जाने कैसे-कैसे शूल-फूल उग आते कि वह बेचैन हो उठती।

वह सुबह उठ कर अपने कामों में लग जाती थी। मन्दिर में जाती, घर के मन्दिर में माला जपती। उसे लगने लगा कि उसके प्रति घर के व्यवहार में बदलाव और रूखापन आता जा रहा है।

एक दिन उसकी बिचली ननद मुलकी किसी शादी में जाने के लिए उसका हार माँग कर ले गयी और वापस आ कर रोते-झींकते उसने बताया कि वह हार खो गया है। इतना कीमती हार यूँ ही नहीं खो जाता। उसे अपनी ननद के नाटक से पता चल गया कि हार खोया नहीं है, इसने हड़प लिया है। जब उसने रोते-रोते कहा कि भौजाई! मैं धीरे-धीरे आपके रुपये चुकता कर दूँगी तो उसके आँसू इस झूठ पर नहीं रुके। ये लोग क्यों उसे परेशान और दुखी कर रहे हैं? जब वह स्कूल जाती तो उपेन्द्र को उदास-उदास और खोया-खोया देखती। सोचती कि एक पति की मृत्यु के बाद उस पर अधिकार जताने वाले कितने पैदा हो गये हैं। वह यह भी मानती थी कि उसमें जीता-जागता, धड़कता दिल है। उसे पुरुष की आवश्यकता है। सब कुछ होते हुए आख़िर उसे किस चीज़ की कमी है?

उपेन्द्र का कहना था, "मेरी कमी सरबती, तुम्हें मेरी कमी है। क्यों अपने से छल कर रही हो? क्यों समय की हत्या करने का प्रयत्न कर रही हो? जो देह का धर्म है, उसे स्वीकार कर लो।"

"देह का धर्म क्या समाज के धर्म से बड़ा है?"

"हाँ सरबती, देह का धर्म सबसे शक्तिशाली होता है। उसने देवों व ऋषिमुनियों की नैतिकता और तप तक को भंग किया है।"

अत्यन्त दूभर परीक्षा से सरबती गुज़रती रही। प्रायः उसे लगता था कि उसे जो कमी लगती है वह शायद उसी की है। लेकिन वह क्या इतना दुस्साहस जुटा पाएगी? उपेन्द्र का कहना ठीक है कि शादी के फेरे होने के बाद वापस नहीं होते।

शादी हो गयी, सो हो गयी गयी। नयी बात नौ दिन खींचा-तानी तेरह दिन।

फिर सब कुछ भुला दिया जाता है। तो...तो?

उसका अपना घर भी एक आत्मीय अजनबियों जैसा हो गया है। वे अब पछताने लगे हैं कि उन्होंने इस विधवा राण्ड के नाम पैसे और ज़ेवर क्यों किये। हालाँकि उसकी सास का ऊपरी प्रेम व बर्ताव बड़ा ही मीठा था। सरबती के मन में तो...तो...तो गहराता रहा।

उपेन्द्र ने उसे साहस दिलाया। उन्होंने अपने दफ़्तर वालों के सामने आर्य समाज मन्दिर में शादी कर ली। शहर में जंगल की आग की तरह यह बात फैल गयी। सरबती के ससुराल वाले कई दिनों तक घृणा उगलते रहे।

कई दिनों बाद किसी ने सरबती की सास से कहा, "बुरा मत मानना, मैं ईश्वर की सौगन्ध खा कर कहती हूँ कि सरबती और उपेन्द्र की जोड़ी राम-सीता सी लग रही है और सरबती केसरिया कपड़ों में तो पूगलगढ़ की पदमण-सी लगती है।"

मुनकी विस्फोट की तरह फटना चाहती थी, पर वह शान्त-स्थिर रही। न जाने अपने बग़ावत करते हुए विचारों के विरुद्ध वह सोच बैठी। आख़िर बींनणी की उम्र ही क्या है? समय पर तो लुगाई को सब कुछ चाहिए। बस, वो सुखी रहे। और टप-टप करके वह आँसू टपकाने लगी।

हाकूजी

सारा मोहल्ला हैरान और चकित था कि आज पहली बार हाकूजी ने ईमानदारी का इज़हार करके दूध वाले को पूरा पैसा बिना हील-हुज्जत के दे दिया। सुबह जैसे ही वे लोटा लेकर जंगल की ओर रवाना हुए तो सबसे पहले ओझिया महाराज ने पूछा, "आज सूरज पश्चिम में कैसे उग गया हाकूजी?"

"क्यों, क्या हुआ?"

"हमने सुना है कि आपने दूध वाले को पूरा पैसा दे दिया?"

"गाँव बसने के पहले सांसी पहुँच जाते हैं...आपको किसने कहा?"

"सफाई करने वाली चूँखली ने।"

हाकूजी ज़रा आगे बढ़ते हुए बोले, "आग मेरे घर में लगी और धुआँ शहर में उठने लगा।"

वास्तव में यह बात जंगल की आग की तरह फैल गयी। शौच से निवृत्त होकर रेत से हाथ-लोटा माँजते हुए नब्बे साल के भैरिया बाबा ने पूछा, "हाकूजी! क्या यह बात सही है?"

"हाँ बाबा, दूध वाले को उसका पैसा इसलिए दे दिया, क्योंकि उसका जवान बेटा बीमार था। मैं उसे देख कर आया था। हल्दी की तरह पीला जर्द हो रहा था। यदि उसे कुछ हो गया तो उसके माँ-बाप का जीवन ख़राब हो जाएगा। बस, घर आ कर सोचने लगा। बहुत उदास हो गया। हँसना-हँसाना जैसे भूल गया। मेरी लुगाई ने पूछा कि क्या आप बीमार हैं? आप नहीं बोलेंगे तो मैं समझूँगी कि आपको कुछ हो गया है।...उसे मैंने बताया कि दूधवाले रमणिये का बेटा सख़्त बीमार है। यदि उसे मैंने अस्सी रुपये नहीं दिये और वह दवा के अभाव में मर गया, तो मुझे गणेश भगवान कभी भी क्षमा नहीं करेंगे।...मेरा मन बहुत ख़राब है। मैं उसे पैसे दूँगा ही।"

"कैसे?"

"मेरा नाम हाकूजी है।...मेरा काम आज तक रुका है? सोहन की टोपी मोहन के सिर पर और मोहन की टोपी सोहन के सिर। इसी फ़न में तो माहिर हूँ ही।" हाकूजी ने हाथों पर लगी मिट्टी को तालियाँ बजा कर साफ़ किया और कहा, "मैं

घर से निकल गया। मेरे पास नकली सोने की भारी ज़ंजीर थी। नकली तो नकली होती है। उसे असली करके कैसे बेचूँ? आप सब जानते हैं कि दिमाग़ तो अपना खूब चलता है। मैंने किसनू को अपना दर्द बताया। किसनू ने कहा कि वह क्या मदद करे? मैंने उसे कहा कि वह गवरली के घर लुगाई बन कर आ जाये। वह तो मनीराम जी की रम्मत में मैरी (स्त्री पात्र) बनता ही। भायलो (मित्रो)! मैं बहुत कपटी, छली, विश्वासघाती और नीयत का खोटा हूँ, पर जब से रमणिये के बेटे को देखा है, तब से खाना-पीना छूट गया है। यदि उसे रुपये नहीं दिये तो वह कालीधार डूब जाएगा। उसके बुढ़ापे की लाठी टूट जाएगी।''...हाकूजी ने पल भर के लिए नीले, साफ़ आकाश की ओर देखा। चन्द चीलें उड़ रही थीं। पल भर नेत्र मूँद कर फिर कहा, ''मैं उस लालची-कंजूस दस-दस और बीस-बीस प्रतिशत ब्याज लेने वाली गवरली के घर गया। घर क्या, मानो कचरे का ढेर हो? बास आ रही थी। एक पल नाक के आगे हाथ दिया। फिर कहा, गवरा काकी, पगै लागूँ।

''आ...हाकू...आ, आज कैसे रास्ता भूल गया? तू तो भूल से ही इधर पाँव नहीं डालता।''

''काकी! तू ठीक कहती है? इधर काम पड़ता ही नहीं। आज गेरिये के यहाँ गया था। उसका ब्याज देने। सोचा कि काकी से भी मिलता चलूँ।''

''चोखो कियो।''

''काकी! राजी-खुशी है न? धन्धा कैसा चल रहा है?''

काकी खायी-खेली औरत थी। हाकूजी को खूब पहचानती थी कि बातों के चक्कर में यह ऐसे मोहता है कि गोबर की तरह कुछ लेकर ही उठता है। सचेत होकर बोली, ''धन्धा कहाँ है हाकू? अब तो लोग काग़ज़ के पुर्जों पर रुपये लेना चाहते हैं, वह मैं नहीं देती।...ज़माना बहुत ख़राब है।''

उसी समय किसनू लुगाई बना हुआ आया। पक्का नौटंकिया था। चाल-ढाल से असली लुगाई लगता था। काचर के बीज ने बोली भी वास्तविक लुगाई की तरिया कर ली थी। मैंने उसकी ओर देख कर पूछा, ''क्या है बाई? कैसे आयी?''

वह चुपचाप खड़ी रही। हाकूजी ने उसे गहरी आत्मीयता से कहा, ''जब मैंने तुम्हें बाई (बहन) कह दिया है, फिर शर्म कैसी? बोल...।''

किसनू ने घूँघट निकाले ही कहा, ''मैं एक ज़ंजीर ब्याज पर अडाणे रखना चाहती हूँ।''

''ज़ंजीर? चाँदी की है या सोने की?''

''सोने की।''

''दिखा!''

किसनू ने ज़ंजीर निकाल कर दिखायी। लगभग चार तोले की ज़ंजीर अर्थात् अड़तालीस ग्राम की।

मैंने झट-से वह ज़ंजीर लेकर कहा, "वाह! क्या ज़ंजीर है।" इसके बाद मैंने काकी को यह विश्वास दिला दिया कि सोने की असली ज़ंजीर है और यह इसलिए असली है क्योंकि यह मनीराम के घर की लुगाई है। मनीराम तो ख़ानदानी व्यापारी है।

थोड़ी देर में मैंने काकी के मन में अपनी बात अच्छी तरह बिठा दी। ज़ंजीर सात-आठ सौ की थी, उसके एवज़ में एक सौ पचास रुपये दिला दिये। कहा न, काकी प्रायः एक रुपये का चार आना देती थी। मेरा काम बन गया। मैंने किसनू को दस रुपये पकड़ाये और दफ़ा किया।

हाकूजी ने अपनी बात ख़त्म करके सब पर दृष्टि डाल कर कहा, "आपको भगवान की सौगन्ध है जो मेरी बात किसी को बतायी तो। काकी को ठगने का पाप तो रमणिये के बेटे को बचाने के लिए किया है। काकी तो धन की सागर है। यदि मैंने परोपकार के लिए कुछ बूँदें निकालीं तो क्या हुआ?"

सब जानते थे कि यह कपट और पाप है। ईश्वर कभी न कभी इसका दण्ड हाकूजी को अवश्य ही देगा।

हाकूजी चलने ही वाले थे कि रामनारायण एण्ड सन्स का मुनीम आ गया। उसने साइकिल से उतर कर हाकूजी से राम-राम की। वह कुछ बोले, इसके पूर्व हाकूजी ने सहज स्वर में कहा, "मुनीमजी! बडोड़े गणेशजी के दर्शन करने आये हैं क्या? बड़ा चमत्कारी देव है। मन की इच्छा पूर्ण करने वाला।"

मुनीम ने साइकिल को पकड़े-पकड़े कहा, "नहीं हाकूजी, मैं तो आपके पास ही आया हूँ।"

"मेरे पास आये हो तो भाई घर आओ। अभी तो मैं घर कुएँ पर स्नान करूँगा। फिर शिव मन्दिर जाकर शिव-पूजन करूँगा। बाद में घर पहुँचूँगा।"

मुनीम ने नाराज़गी का भाव स्वर में ला कर कहा, "मैं तो पैसों के लिए चक्कर निकालते-निकालते थक गया हूँ।"

"क्यों व्यर्थ में चक्कर निकालते हैं? मुनीम जी, पैसों का काम तो पैसों से होगा। आप तो जानते हैं कि मैंने आपके पैसे देने से कभी मना नहीं किया। आते ही पहुँचा दूँगा।" वे एक पल कान खुजला कर बोले, "कभी-कभी कोई वस्तु ऐसी अशुभ घड़ी में आती है कि उसका पेमेंट होता ही नहीं। अब आप अपनी गेहूँ की बोरी को ही ले लीजिए। न मालूम किस मुहूर्त में आपने भेजी थी कि आज तक पैसा चुकता नहीं हुआ।...आप व्यर्थ के चक्कर न निकालें। मेरा भरोसा रखें।" उन्होंने कुछ पल सोच कर कहा, "मुनीम जी! उस अशुभ घड़ी के मुहूर्त को बदलने के लिए एक गेहूँ की बोरी और भेज दीजिए। एक साथ दोनों का पेमेण्ट कर दूँगा।"

मुनीम ने हिंस्र दृष्टि से हाकूजी की ओर देखा। बोल पड़ा, "एक तो डूबे और दूसरे को और रोए।"

मुनीम साइकिल पर चढ़ कर चला गया।

हाकूजी घरोलई कुएँ की ओर स्नान करने चल पड़े।

हाकूजी आम आदमियों से पृथक, विशिष्ट व्यक्ति थे। बचपन में माँ-बाप मर गये। चाचा-चाची ने परवरिश की। बाणिका पाठशाला में पढ़ाई की। बहियों का काम सीखा। तेरह बरस के होते-होते उनका ब्याह हो गया—उनकी चाची की भतीजी से। एक गुण उनमें स्वतः ही विकसित हो गया, सटीक उत्तर देना और बातों से बिलमा कर, रिझा कर दूसरों को राज़ी करना या उनकी बोलती बन्द करना। कमाने में उनका मन नहीं लगता था। तीस-पैंतीस साल विभिन्न बनियों की गद्दियों और दुकानों में काम किया। इस बीच उनके कोई सन्तान नहीं हुई। इसका उन्हें और उनकी पत्नी को दुःख था। पत्नी कभी-कभी रोने लगती, तो वे उसे ढांढस बँधाते और कहते, "राजा दशरथ के भी सन्तान नहीं हुई थी, तब उन्होंने पुत्रयष्टि यज्ञ कराया था, पर भाग्यवान अब वैसे ऋषि-मुनि पण्डित कहाँ हैं जो वैसा शुद्ध सटीक यज्ञ करा सकें।...अरे। अपना बहुत बड़ा परिवार है। किसी को गोद ले लेंगे।"...लेकिन पत्नी इस ग़म में घुलती रही। वह इसका दोष अपने को देती थी। सोचती थी कि वह बाँझ है। बाँझ स्त्री बहुत ही अशुभ होती है।

हाकूजी उसे समझाते थे। कई बार उसे झूठी दिलासा देते थे कि जब वे इक्तालीस साल के होंगे, तब उनके बच्चा होगा। ऐसा ज्योतिषाचार्य पण्डित पूनमचन्द किराडू ने कहा है।

पत्नी बहल जाती थी। यह भी सच है कि हाकूजी बहुत शौकीन थे। दूध की तरह सफ़ेद झक्क धोती, चुनरदार अधी का कुर्ता, सिर पर गोल टोपी। पाँवों में कसीदे की जूती। हृष्ट-पुष्ट।

धीरे-धीरे उनके हाड़ हराम होते गये। खाना और पहनना उनका एक नम्बर का था। बस, उतर गये लोगों को उल्लू बनाने। उनका जीवन-निर्वाह उधार पर अवलम्बित हो गया। लेकिन किसी की यह हिम्मत नहीं कि तकाज़ा करते हुए कोई लाल आँख कर ले या गुर्रा कर बोल ले।

एक बार तेल के व्यापारी दुलीचन्द मानमल का तकाज़िया चोरू उनके घर आया। तब हाकूजी भोजन करके निवृत्त ही हुए थे। पेट पर हाथ फेर जैसे ही डकार ली कि चोरू ने राम-राम की।

हाकूजी ने उसे अजनबी निगाह से देखा। फिर कान खुजला कर पूछा, "कैसे कष्ट किया भाई चोरू?"

"हाकूजी महाराज, तेल के पीपे के रुपये अभी तक नहीं पहुँचे। आपने दस-पन्द्रह दिनों का कहा था।" उसका स्वर काफ़ी विनम्र था।

हाकूजी ने भी अपने स्वर में मिश्री घोल कर कहा, "तुम बिलकुल सही कह रहे हो। पर पैसे का काम पैसे से ही होता है। पैसा पुरुषार्थ से कमाया जाता है, मगर

यदि भाग्य साथ न दे तो पुरुषार्थ पानी में बह जाता है।" उन्होंने अपनी मूँछों वाली आकृति पर गम्भीरता की परत जमा कर कहा, "कई बार आदमी चाह कर भी अपना कौल पूरा नहीं कर सकता। पैसे कई जगह से आये, पर लुगाई की बीमारी में सब स्वाहा हो गये। तू ही सोच, पैसा तो आज नहीं तो कल दे दूँगा पर लुगाई सख़्त बीमार रही। दो-तीन बार तो तुलसी चरणामृत भी दे दिया...खैर, अब जल्दी ही पहुँचा दूँगा।"

चोरू ने उनकी आँखों की ओर देखा। उसे लगा कि सच्चाई दहक रही है। चोरू को एक प्रश्न कचोट रहा था। उसने पूछा, "आप बुरा मत मानियेगा। आप कुछ करते नहीं दिखते हैं फिर पैसे...?"

बीच में ही हाकूजी ठहाका मार कर हँस पड़े। हवा में हाथ उछालते हुए बोले, "अरे पगले! तू तकाज़िया, हाकूजी की लीलाओं को नहीं समझ सकता। हाकूजी की माया को या तो हाकूजी ही जानते हैं या फिर देवों के देव महादेव!...जा चोरू जा...अपने सेठ को कह देना कि जिस दिन प्रभु चाहेगा, उस दिन हिसाब हो जाएगा।"

उसी समय एक व्यक्ति पाँच सौ रुपये लेकर आ गया। हाकूजी को देते हुए कहा, "वैद्यजी का काम हो जाना चाहिए।"

"शत-प्रतिशत हो जाएगा।" आगन्तुक चला गया। चोरू ने रुपयों को लालच भरी दृष्टि से देख कर कहा, "रुपये तो आ गये हैं हाकूजी।"

अपने मोटे होठों पर अर्थ-भरी मुसकान बिखेरते हुए हाकूजी ने कहा, "मेरी मुट्ठी में रुपये ज़रूर हैं पर ये गायों की घास के लिए गौशाला पहुँचाने हैं। यही तो धर्म का काम करता रहता हूँ जिससे मेरी यह गृहस्थी की गाड़ी रिंगचू-रिंगचू चलती रहती है। तू जा...। रुपये पहुँच जायेंगे प्यारे।"

चोरू चला गया।

हाकूजी उन रुपयों को देखते रहे, सोचते रहे। भीतर योजना बनाते रहे।

दूसरे दिन हाकूजी डागों के मोहल्ले में रहने वाली सेठानी जियाजी के पास गये। उन्हें कहा कि वैद्यजी ने साफ़ कह दिया है कि वह सेठानी को एक रुपया भी नहीं देगा, क्योंकि उनके पास जो लिखा-पढ़ी के काग़ज़ात हैं, वे नकली हैं। वह उन्हें काग़ज़ात दे दें ताकि वकील से मालूम कर लें।

सेठानी ने तिजोरी में से काग़ज़ात दे दिये। काग़ज़ वैद्यजी की ज़मीन के गिरवी रखने के थे। तब सेठानी की दो नौकरानियाँ और पानी के घड़े डालने वाला धनिया स्वामी खड़े थे।

हाकूजी ने वे काग़ज़ात वैद्य जी को दे दिये और पाँच सौ रुपये और ले लिए। उन्होंने सेठानी की हवेली की ओर फिर मुँह ही नहीं किया। सेठानी को विश्वास हो गया कि हाकूजी ने उनके साथ कपट किया है। उसने तुरन्त ही अपने घर वालों से

बातें कीं। फिर कचहरी में केस ठोंक दिया। मामला चला। साक्षियाँ पेश हुईं। हाकूजी को दफा चार सौ बीस के अन्तर्गत छह माह की सजा हो गयी। सदैव कपट करने वाला स्वयं कपट के जाल में बन्दी हो गया। उस दिन हाकूजी को लगा कि वे अकेले हैं। उनका अपना कोई नहीं है। हथकड़ियाँ पहने हुए जब वे जा रहे थे, तब एक ने कहा कि, ''हाकूजी, ईश्वर के घर में देर है, अन्धेर नहीं।''

हाकूजी तड़प उठे।

जेल में हाकूजी बस माला फेरते थे।

जब उनकी पत्नी का देहान्त हुआ, तो उन्हें पैरोल पर छुड़ाना चाहा पर उन्होंने मना कर दिया। उस भोली-भाली, पतिव्रता स्त्री को वे कन्धा लगाना नहीं चाहते थे। कहीं उनके पाप, कपट और बेईमानियाँ उसके परलोक को न बिगाड़ दें।

वे शान्त, धैर्यवान और निश्छल बनने लगे। उनके भीतर की दुरात्मा मरने लगी। वे समझने लगे कि स्वर्ग-नर्क यहीं है। जो कोई दुष्टता करता है, उनका ख़मियाज़ा उसे यहीं भुगतना पड़ता है। पहले भी उनकी इज़्ज़त खोखली थी। लोग उनकी मुँह पर तारीफ़ करते थे और पीठ पीछे निन्दा। अब तो वे मुँह दिखाने लायक ही नहीं रहे। वे ईश्वर से शिकायत करने लगे कि उन्हें यह सद्‌बुद्धि पहले क्यों नहीं दी? वे पश्चात्ताप की अग्नि में जलने लगे। कलंकित जीवन की पीड़ाओं का उन्हें एहसास हो रहा था।

सज़ा पूरी होने पर उन्हें मुक्ति मिली। जेल के दरवाज़े पर कोई नहीं आया। यहाँ तक कि उनके परिवार का एक सदस्य भी नहीं। वे मन-ही-मन बुदबुदाये कि सुख के सब साझीदार होते हैं।

उनके बाल, दाढ़ी और मूँछें बढ़ गयी थीं। कुछ पलों के लिए उन्हें पहचानना कठिन था। वे अपने घर आये। परिवार में सतही खुशियाँ थीं। वे सब समझ रहे थे। कष्ट पा रहे थे भीतर से।

उन्हें लगा कि अपने अजनबी हो गये हैं। खाना खा कर उन्होंने तिजोरी खोली। कुछ काग़ज़ात निकाले। चल पड़े।

तीसरे दिन घर वालों को अचानक मालूम हुआ कि हाकूजी ने अपना घर बेच दिया है। नाराज़गी चारों ओर से झपटने लगी। क्रोध, आक्रोश, घृणा और उलाहने आँगन में इकट्ठे हो गये। उन्हें प्रतीत हुआ कि घर बेचना किसी को गवारा नहीं है।

लेकिन उन्होंने किसी की चिन्ता नहीं की। वे कपड़े बदल कर अपने लेनदारों के पास गये। लेनदारों ने उन्हें उपेक्षा और हेय दृष्टि से देखा। पर उन्होंने उन्हें कहा, ''आपका जितना पावना है, ले लीजिए।'' सबके पैसे चुकता कर वे घर न जा कर शहर से दूर स्थित 'संसोलाव' तालाब पर चले गये और एक खण्डहर में संन्यासी हो कर रहने लगे।

यह देश बहुत भोला है, उदार है, क्षमादाता है। साल-डेढ़ साल में उन्होंने हाकूजी के अतीत को भुला दिया और वे उनका सम्मान करने लगे पर हाकूजी तो जैसे अपने-पराये का भेद भूल गये थे।

एक सुबह जब सुनहली धूप नीम-पीपल के वृक्षों के शिखरों को चूम रही थी, तब आसपास के मोर ज़ोर-ज़ोर से हुकारने लगे। दर्शनार्थियों ने आकर देखा कि हाकूजी मर गये हैं। हवा की तरह यह बात फैली। उपस्थित लोगों के नेत्रों में आँसुओं की बाढ़ आ गयी। वे सब अन्तस से उनके लिए प्रार्थनाएँ करने लगे। सबको महसूस हो रहा था कि उनकी मृत देह का चेहरा एक महान सन्त की तरह लग रहा है। उज्ज्वल, निर्दोष और धार्मिक प्रार्थनाओं से भरा।

साँच है प्रेम

रत्तू वापस लौट आया। वह अमानत में ख़यानत करके भाग गया था। वह लगभग पूरी रकम ग्यारह हज़ार रुपये लेकर लौट आया और मेरे दोस्त बसन्त कुमार के समक्ष आत्मसमर्पण करना चाहता था। मैंने उससे कई सवाल किये। उसने जवाब दिये। उसने जो कहानी बतायी, उसने मुझे विवश कर दिया कि मैं उसे लिखूँ, क्योंकि यह कहानी इस समय संवेदनशीलता को उजागर करती है।

आत्मकथा बताते समय रत्तू ने अपराधी की तरह सिर झुका रखा था। उसके चेहरे पर पछतावा था। मेरे मित्र बसन्त कुमार की पॉलिथीन की फैक्ट्री थी। वह घटिया क़िसम के कैरीबैग बनाता था और बाज़ार में सप्लाई करता था। रत्तू उसके मुख्य मिस्त्री गोविन्दा की सिफ़ारिश पर नौकरी लगा था।

रत्तू मेहनती था। ड्यूटी का एकदम पक्का। और ओवर टाइम मिला कर वह डेढ़ हज़ार रुपयों के आसपास कमा लेता था। लेकिन उसकी सूरत पर कभी ख़ुशी नहीं बरसती थी।

चौदह माह बाद जब मिस्त्री गोविन्दा ने एक बार पूछा, ''तुम अच्छा-ख़ासा कमा लेते हो, फिर तुम्हारी दशा इतनी ख़राब क्यों? कहीं तुम जुआ तो नहीं खेलते या सट्टा तो नहीं लगाते?''

रत्तू ने ज़रा-सी जीभ निकाल कर और कान छू कर कहा, ''नहीं गोविन्द भाई मैं तो रूखी-सूखी रोटी और दाल तो ज़रूर खाता हूँ। इसके सिवा तो बीड़ी तक भी नहीं पीता। शराब-बीड़ी—सभी तरह की ऐबों को मैं अब छोड़ चुका हूँ।''

''फिर...?'' गोविन्द ने पूछा।

''सच बताऊँ'', उसकी शर्म से नज़रें झुक गयीं, ''मैं अपराधी वृत्ति का आदमी था। अपने गाँव में बात-बात पर दूसरों से झगड़ पड़ता था। न कोई डर और न कोई झिझक। यदि मुझे हँसली नहीं मिलती तो मैं कभी नहीं सुधरता।''

''हँसली कौन थी?'' गोविन्द ने पूछा।

''हँसली छोटी जाति की लड़की थी। बहुत सुन्दर और दबंग। उसके पिता मर गये थे। माँ थी केवल। काम था सब्ज़ी बेचना। उसकी सब्जियाँ इसलिए भी ज़्यादा

बिकती थीं कि वह हँसमुख थी और कई बार उधारी कर लिया करती थी। लेकिन वसूली भी कठोरता से करती थी। एक तरह से वह मीठी व खट्टी, दोनों तरह की लड़की थी।" रत्तू ने बताया, "पता नहीं, मुझे उससे चुपचाप गहरा लगाव हो गया। फिर मैं सब्ज़ी लेने उसके यहाँ जाने लगा। उससे मज़ाक करने लगा। उसको अपलक निहारने लगा। उसने मेरी कोई परवाह नहीं की।"

मैंने कहा, "वह तेज़ लड़की थी।"

जब मेरी हरकतें बढ़ गयीं तो एक दिन वह बोली, "सुन रत्तू, मैं तेरी नीयत को जानती हूँ। तू जो लप्पर-चप्पर करता है न, वह कुत्ते की भौं-भौं जैसा लगता है। मुझे इधर तेरी आँखों में अजीब-सी चमक नज़र आने लगी है जैसे बिल्ली की आँखों में होती है, पर तुझे एक बात साफ़-साफ़ कह दूँ। हँसली ऐसी-वैसी लड़की नहीं है। सड़क का नलका नहीं है कि कोई भी आता-जाता पानी पी ले। मैं कैसी लड़की हूँ, यह तू हवलदार लालू सिंह को पूछ ले।"

उसके स्वर में तेज तल्ख़ी थी, चेहरे पर गुस्सीली रेखाएँ। वह पुनः उसी कड़वाहट से बोली, "उस वर्दीधारी हवलदार ने हाथ में डण्डा लिये पहले आँख मारी। फिर हाथ पकड़ा। मैंने जानवरों को भगाने वाली लकड़ी को उठाया और कहा, साला पुलिस वाला है या बदमाश? आँख मारता है। मैंने उसे धक्का दिया और शोर मचाया। भीड़ इकट्ठी हो गयी। उसकी बड़ी फ़जीहत हुई। लोगों ने थू-थू की। फिर इधर नहीं आया। मुझे कोई सड़क पर फेंकी हुई रोटी न समझे कि उठाई और खा ली। मुझे रात का फेंका हुआ आटा न जाने कि घर जाकर तवे पर बिछा दिया। इसलिए परेम वरेम की बातें फ़िज़ूल हैं।"

रत्तू ने लम्बी साँस ली साहस करके मुस्करा के कहा, "हँसली, तू गुस्सा थूक। मेरी बात सुन, मुझे तुझसे परेम है। तुझे एक पल भी बिसर नहीं सकता।"

"परेम? तू परेम करेगा? तू परेम नहीं कर सकता। बदमाश परेम नहीं बदमाशी करता है। तू मुझे केवल सब्ज़ी बेचने वाली मत समझ। अरे! यहाँ मैं तरह-तरह की खोपड़ियों से मिलती हूँ। सबके भीतर की खोट नज़र से भाँप लेती हूँ।"

"तू भरोसा क्यों नहीं करती? भगवान की क़सम, मैं तुझसे परेम करता हूँ।"

तभी कोई सब्ज़ी लेने आ गया था। वह उसे सब्ज़ी तोलने लगी। फ़ारिग होकर इस बार वह गम्भीर होकर बोली, "भरोसा और तुझ पर? अरे, जो एक माह में पैंतीस बार झगड़ा करता है, कभी-कभार लड़ाई करके दूसरों के पैसे भी छीन लेता है, वह परेम करेगा?" हँसली एक पल रुक कर बोली, "तू सुन, परेम लाइट सिनेमा घर में 'लैला-मजनूँ' फिल्म लगी है, जाकर देख आ। परेम क्या है, उसका मतलब समझ जाएगा। मजनूँ चोरी-चपारी और गुण्डागिरी थोड़े ही करता था?"

रत्तू ने कहा, "मैं 'लैला-मजनूँ' देख आया हूँ।" उसने हँसली को बताया।

हँसली ने कहा, "परेम में साँच होता है तू सर से पाँव तक झूठा है।"

मुझे पहली बार लगा कि हँसली अनपढ़ भले ही हो, पर वह बुद्धिमान है। भावुक है।

"सौगन खाता हूँ मैं तुम्हारे लिए अपने को बदल लूँगा।" रत्तू ने कहा।

"पहले गाँव में अच्छा आदमी बन। अपनी माँ का पेट भर। उसको मजूरी करवाना छुड़ा, फिर अपने कच्चे झोपड़े को पक्का और अच्छा बना। जीने के लिए भले ही बहुत ज़्यादा नहीं, तो ज़रूरी सामान जुटा। रत्तू! परेम को भूख भी लगती है, तिस भी लगती है, बीमार भी होता है और शादी के बाद वह कोख भी खोलता है।"

वह मानसिक द्वन्द्व और संघर्ष में झूलता रहा। उसका मन भाग-भाग कर हँसली के पास चला जाता था। उसने बहुत संयम रखा, पर मन नहीं मानता। आख़िरी बार हँसली के पास गया। बोला, "हँसली! मैं कमाने के लिए दिल्ली जा रहा हूँ। लौटूँगा तभी, जब तुम्हारी ज़रूरतों को पूरा करने के लायक हो जाऊँगा।"

उस दिन शाम हो गयी थी। हँसली अपना सामान बटोर रही थी। तभी वह पहुँच गया।

वह उठी उसके पास आयी। पहली बार उसकी आँखों में प्यार देखा। उसने उसका हाथ चूम कर कहा, "रत्तू, ईश्वर तेरी मदद करेगा। याद रखना साँच को आँच नहीं।" और मैं दिल्ली आ गया।

वह गोविन्द के कारण इस फैक्ट्री में नौकरी लग गया, क्योंकि वह उसके गाँव का था। डेढ़ हज़ार में पाँच सौ तो माँ को भेज देता, शेष इस महँगी दिल्ली में उस पर लग जाता। उसका शरीर ज़रूर था, पर उसका मन हँसली के चारों ओर घेराव किये रहता था। उदासी, हताशा, उत्तेजना और हँसली को लेकर बुनी हुई कल्पनाएँ, उसे पीड़ित करती रहती थीं। सब कुछ उखड़ा-उखड़ा रहता था और लगता था कि वह हँसली की शर्त कभी भी पूरी नहीं कर सकेगा। साथ ही उसे एक पराजय का अहसास होता कि हँसली क्या समझेगी? सोचती होगी, गया, सो आया ही नहीं। वापस खो गया होगा अपनी गुंडई दुनिया में। तब वह तेज-तर्रार लड़की उसके मुँह पर थूक कर कहेगी, "बस, कर लिया परेम? तू छोटी ज़रूरत को भी पूरा नहीं कर सका। कैसे पालेगा हँसली को?"

रत्तू के भीतरी मर्द की परास्त भावना। हँसली की चुनौती, बेचैनी और व्यग्रता। सबने मिल कर उसे विवश और बाध्य कर दिया। पाँव पसारने के लिए कुटिया भी नहीं बना सका और दो जून रोटी का जुगाड़ नहीं बिठा सका।

जब उसे मालिक ने ग्यारह हज़ार रुपये अनन्त सेल्स में जमा कराने के लिए दिये, तो वह अपनी इसी मानसिकता का शिकार होकर उन रुपयों को लेकर नौ-दो ग्यारह हो गया। भाग तो गया, पर भीतर से एकदम कमज़ोर हो गया। ऐसा लगने लगा कि उसमें दम ही नहीं। रेलगाड़ी के सफ़र में वह उन रुपयों को छाती से चिपटाये हुए शंका-आशंका में झूलता रहा। अपने को हँसली के सामने एक ईमानदार

मर्द की तरह प्रस्तुत करने के लिए तैयार करता रहा। आख़िर सफ़र ख़त्म हुआ। वह घर जाकर नहा-धोकर सीधा हँसली के पास पहुँचा।

हँसली उसे अचानक देख कर फूली नहीं समायी। उसका चेहरा खुशियों से मुखर प्रखर हो गया। दुकान को छोड़ कर उसके पास आयी। अपनेपन से बोली, "तू आ गया रे? सच कहती हूँ कि तू क्या कह गया था कि मुझे सब कुछ फीका-फीका लगने लगा।"

वह बोला, "हँसली, मैंने रात-दिन मेहनत करके और एक-एक पाई जोड़ कर कुछ रुपये इकट्ठे किये हैं। मैं तुझे सोरी-सुखी रखूँगा।"

"कितना कमा कर लाया है।"

"लगभग ग्यारह हज़ार।"

हँसली की आँखें फट गयीं। वह आश्चर्य से बोली, "ग्यारह हज़ार? दो बरसों में इतनी कमाई।...कोई धंधा-वंधा किया था क्या? हाँ, याद आया कि तू तो नौकरी करता था। रत्तू, मेरी क़सम खा कि तू यह ढेर सारा रुपया कमा कर लाया है?"

चोर के पाँव कच्चे होते हैं। न जाने क्यों रत्तू का चेहरा लम्बे अर्से से रोगग्रस्त प्राणी की तरह सफ़ेद पड़ गया। वह हिचकिचाता हुआ बोला, "तू भरोसा क्यों नहीं करती? मैं झूठ नहीं बोलता।"

हँसली में एक अलग-सी अन्वेषण दृष्टि थी। वह उसे घूरती हुई बोली, "मुझे तू सच बोलता नहीं लग रहा है। देख रत्तू! इस चोरी-चपारी और लूट-पाट के फेर में मेरा पिता जेल में सड़-सड़ कर मर गया। भाई पुलिस की गोली से मारा गया। मैं और मेरी माँ ने कितने दुःख उठाये हैं, कितने विपदा के दिन भोगे हैं। यदि हम माँ-बेटी कमज़ोर होतीं न, तो मेरा जोबन कभी का लुट जाता? इसलिए एक बात कान खोल कर सुन ले कि शादी के बाद मुझे यह कभी भी पता चला कि तूने मुझसे झूठ बोला है, तो मैं तेरा ख़ून पी जाऊँगी और खुद कुआँ-खाड कर लूँगी। तुझे मेरी और हनुमान जी की क़सम है कि तू सच-सच बोल।"

हँसली की आँखें भर आयीं। वह भरे गले से पुनः बोली "जिन्दगी भर धूल फाँकी है। दुःख-दुःख-दुःख, अब फिर मैं? तू पत्थर क्यों हो गया है। मेरे सिर पर हाथ रख कर कह कि यह तेरी बूकियों की कमाई है।"

रत्तू के भीतरी आदमी से झूठ बोला नहीं गया। उसने सच-सच बतला दिया। बोला, "हँसली, मेहनत-मजूरी से मेरे जैसा आदमी पेट तो भर सकता है, पर अपनी इच्छाएँ पूरी नहीं कर सकता। आदमी हज़ारों मील पेट भरने ही थोड़े ही जाता है? मैं तेरे बिना सूना हो गया था। जीने का ज़ायक़ा ही बदल गया था। नहीं रह पाया तेरे बिना। एक-एक घड़ी काटना कठिन था। हर रात पूरी तरह सो नहीं पाता था। आख़िर मालिक के ये रुपये लेकर भाग आया।"

"भाग आया तो पीछे पुलिस आ रही होगी। अरे निरभागे! तूने सोचा नहीं, तू

जेल जाएगा और मैं? बहुत बुरा और खोटा काम किया है तूने!''

वह गूँगा हो गया।

हँसली फिर बोली, ''कान खोल कर सुन ले। यदि तू मुझसे फेरे खाना चाहता है, तो ये रुपये वापस दे आ। कम बेसी हो तो मुझसे ले ले, पर ये रुपये लौटा आ। परेम चोरी-चपारी और ज़ारी नहीं करता। तुझको वचन देती हूँ कि मैं तेरी अडीक रखूँगी। इन्तज़ार करूँगी। सोच, जिसका बाप जेलों में चक्की पीसते-पीसते मर गया, भाई गोली का शिकार हो गया, वह निरभागी क्या फिर उस जैसे को अपनी ज़िन्दगी सौंपेगी? उस जैसे को अपना सीरबाली (हिस्सेदार) बनायेगी?''

वह फूट-फूट कर रोने लगी।

रत्तू का अस्तित्व ही हिल गया। उसे लगा कि उसकी रगों का ख़ून किसी ने निचोड़ लिया है। वह सिर झुकाये निस्पन्द-सा खड़ा रहा। फिर उसके सिर पर हाथ रख कर बोला, ''हँसली, मैं वापस़ जा रहा हूँ। सब कुछ लौटा दूँगा, जो भी दण्ड मिलेगा, उसे भोग लूँगा। बस, तू मेरी अडीक रखना। मैं सब कुछ तेरी ख़ातिर ही कर रहा हूँ। मैं सांचेली चोखा आदमी बनना चाहता हूँ।''

उसने फिर हँसली की ओर नहीं देखा। वह लौट आया। गोविन्दा उसे लेकर आया था। उससे सारी बातें सुन कर कहा, ''ये तुम्हारे रुपये वापस ले आया। दो सौ कम हैं, मैं दे दूँगा। मगर मेरी इच्छा है कि इसे तुम माफ़ कर दो। पुलिस केस उठा लो। देखो, तुम्हारी माफ़ी इसे फिर कभी अमानुष नहीं बनने देगी। यह जीने का स्वस्थ व सही मार्ग अपना लेगा।''

रत्तू ने बसन्त के पाँव पकड़ लिए। उससे कुछ कहा नहीं गया, टप-टप आँसू गिराता रहा।

''रत्तू, पाँव छोड़ो'', बसन्त ने कहा।

रत्तू एक अपराधी की तरह सिर झुकाये खड़ा था। बसन्त ने उसे तीन सौ रुपये देकर कहा, ''मैंने तुम्हें माफ़ नहीं किया है, मैंने उस हँसली के कारण तुम्हें माफ किया है जिसने ईमानदारी से तुम्हें सही रास्ते पर चलने को बाध्य किया।''

वह अपने आँसुओं को पोंछ कर निकल गया। चल पड़ा—अपनी मरवण के मरुधर देश के एक गाँव की ओर।

घरौंदा नहीं, घर

लम्बी प्रतीक्षा के बाद सोनलिया रेत से घिरे शहर और उसके आसपास के इलाके में दो दिन पूर्व वर्षा तो हुई पर ऐसी नहीं कि धरती का मन तृप्त हो जाये। हाँ, तपती रेत और धूप की तासीर ज़रूर बदल गयी। वातावरण ख़ुशनुमा हो गया। पेड़-पौधे नहाये-नहाये से लगने लगे। ज़मीन आहिस्ता-आहिस्ता हरा लबादा ओढ़ने लगी।

सरोजा लाली माई के धोरे (टीबे) पर बैठी-बैठी रेत के लहरियेदार चूनरी को देख रही थी। दूर-दूर तक सन्नाटा पसरा था। कहीं-कहीं कोई मुसाफ़िर ऊँट के साथ दिखायी पड़ जाता था।

रेत अब भी गीली थी। उसने रेत के भीतर अपने पाँव धँसा दिये। ठण्डी-ठण्डी कोमल-कोमल रेत। वह उसे उठा-उठा कर अपने घुटनों तक के पाँवों पर गिराने लगी। एक अत्यन्त सुखद अहसास!

क्षितिज के ऊपर गहरे बादल होने की वजह से सूरज छुप गया था और धूप ख़त्म हो गयी थी।

एकाएक सरोजा रेत का घरौंदा बनाने लगी। जब वह छोटी थी, तब भी वह अपनी सहेलियों के साथ-साथ घरौंदा बनाती थी और प्रायः सबसे अच्छा घरौंदा भी वही बनाती थी।

वह घरौंदा बनाती गयी। जब घरौंदा पूरा बन गया तब वह आश्चर्य से उसे देख कर मुस्कुराने लगी। हाय, यह कितना सुन्दर घरौंदा बना है? तीन खिड़दियाँ, एक रसोईघर और सुन्दर चारदीवारी।

वह उसे देखती रही, देखती रही। न जाने कितनी देर मंत्रमुग्ध भाव से। उसका अन्तस धीरे-धीरे अवसाद से भरने लगा। हृदय के समस्त कंगूरों को छूने वाला दुख। कब उसकी आँखों ने गर्म बूँदें बरसायीं, वह नहीं जान सकी।

घरौंदे को अपलक निहारते-निहारते उसने अपने-आपसे प्रश्न किया कि वह क्यों अनजाने में कभी रेत का और कभी ताश के पन्नों का घरौंदा बनाती है। उत्तर भी साफ़ था। उसका घरौंदा तो बना पर उसका स्थायी घर नहीं बना। उसके पास सब कुछ होते हुए भी वह मन से बेघर है। वह सोचती है कि जिनके स्थायी व सुखद

घर बन गये, वे सबसे सुखी हैं—इस पृथ्वी पर। फिर एक स्त्री का घर सचमुच एक मन्दिर होता है।

सरोजा अपने घरौंदे के पास हाथ-पाँव पसार का चित लेट गयी। ठण्डा-ठण्डा रेशमी अहसास। उसके बायें हाथ पर वर्षा के बाद जनमने वाला जंगली जीव ममोलियाँ चढ़ आया। उसका मखमली स्पर्श उसे बहुत सुखद लगने लगा। ऐसा ही मखमली प्रथम स्पर्श था उसके पति का। सुहागरात के मोहक रोमांचक क्षण! शीघ्र ही उसे पता चला कि उसका पति ड्रिंकर है। पति के शराब पीने की आदत और सास-ससुर की लोभी प्रवृत्तियों ने धीरे-धीरे उसके एक-एक आनन्ददायक क्षणों की निर्ममतापूर्वक हत्या करनी शुरू कर दी। जब उसका पति उस पर यदा-कदा हाथ उठाने लगा तो उसने संयम रखा हालाँकि उसका वजूद एकदम तिलमिलाने लगा था। वह शारीरिक रूप से कमज़ोर नहीं थी। जब एक दिन उसका पति शराब के नशे में धुत्त, खाली बोतल तोड़कर उस पर आक्रमण करने लगा तो उसने प्रतिरोध स्वरूप स्टूल उठा ली और कहा कि उसे कुछ अनहोनी करने के लिए लाचार न करो। पत्नी का विद्रोह और रौद्र रूप उसके शराबी पति ने पहली बार देखा था। ऊपर से वह गालियाँ निकालता रहा पर भीतर से वह सहम गया। डर गया। सरोजा ने अपनी आकृति को ताम्रवर्णी बनाते हुए विषाक्त स्वर में कहा, "पूरा एक बरस हो गया है, इस यातना घर की यंत्रणाओं को सहते-सहते! स्त्री का पीहर घर होता है और ससुराल मन्दिर, पर आपने मेरे मन्दिर को नरक बना दिया। हर बात की हद होती है, हद के बाहर कुछ भी नहीं सहा जाता। आप मर्यादा में आ जायें और अपने माँ-बाप को भी समझा दें। मैं अँगूठा छाप नहीं हूँ। बी. कॉम. हूँ।"

उसने नागिन की तरह फुंकारा। फिर वह भावावेश और क्रोध में अन्धी-सी हो गयी। उसने स्पष्ट शब्दों में चीख़-चीख़ कर बताया कि उसके पिता को जो कुछ सेवानिवृत्ति पर मिला था, उसे विवाह पर लगा दिया। इस बीच उसके सास-ससुर भी आ गये। वह उन्हें सम्बोधित करके फिर बोली अब स्कूटर क्या, साइकिल तक की गुंजाइश नहीं है। उसने यह भी बताया कि वह दासी नहीं है, सीमाहीन निरंकुशता वह नहीं सह सकती। पत्नी सदा सहन करती है कि घर का नंगापन बाहर न जाये पर आप तो अन्याय पर अन्याय कर रहे हैं। सुनिये, मैं तीन दिनों की मोहलत देती हूँ, फिर मैं अदालत के दरवाजे खटखटाऊँगी।

उसकी सास ने लड़ाकू मुद्रा में झपटते हुए उसे धमकी दी, "मैं तुम्हें मिट्टी का तेल छिड़क कर जला डालूँगी।"

उसका रहा-सहा धैर्य जाता रहा। उसे महसूस हुआ कि जलाने के पूर्व ही उसके बदन में आग लग गयी है। उसने विषाक्त स्वर में कहा, "सासू माँ! कहीं इतिहास न बदल जाये। आज तक बहुएँ ही जली हैं, कहीं ऐसा न हो अब सास का नम्बर आ जाये। मैं आज ही यह घर छोड़कर जा रही हूँ। अब यहाँ रहना ख़तरे से ख़ाली

नहीं। मैंने पढ़ा है कि कई बार शत्रु अचानक हमला करके अपने विपक्षी को मार डालता है। ध्यान दीजिए, मेरे दहेज का सामान और नकदी मेरे घर पहुँचा दीजिए तो ठीक रहेगा, वर्ना क़ानून तो है ही।''

वह यकायक संवेदनशील हो उठी। उसकी आँखों में प्रार्थनाभरा गीलापन तैर आया। अपने पति के सन्निकट जाकर उसने विगलित स्वर में कहा, ''जब तुम शादी के पहले प्रथम बार मिले थे, तब तुम कितनी भावुकता से प्रेमालाप कर रहे थे और जब तक शादी नहीं हुई तब तक तुम्हारे शब्दों में प्यार का पराग झलकता था। विवाह के बाद एक ही माह में तुम्हारे भीतर दूसरा आदमी जन्म गया। एक शराबी, लालची और माँ-बाप का खिलौना।'' उसने लम्बी साँस लेकर फिर कहा, ''यह कितना सच है कि जब तक मर्द प्रेमी रहता है तब तक कितना अच्छा होता है लेकिन पति बनते ही वह पत्नी को पाँव की जूती समझने लगता है। उस पर हुक्म चलाता रहता है। कभी विनती नहीं करता।'' वह ससुराल को छोड़कर अपने पीहर लौट आयी। पिता बीमार थे। उनके चेहरे की झुर्रियाँ तरेड़ें लगने लगी थीं। माँ का चेहरा खुरदरा-सा हो गया था। दोनों भाई माँ-बाप और इस छोटे से घर में गुज़ारा नहीं कर सके। एक ने दूसरे शहर में तबादला करा लिया। छोटे की बहू ने घर में अशान्ति फैला दी। उसके झगड़ालू वाक्य रात को ही विश्राम लेते थे। वह भी अलग हो गयी। दोनों बेटों के अलग होने पर पिता को आघात लगा। बुढ़ापे की बैसाखियाँ जब टूट जाती हैं तब आदमी हताश हो जाता है। जब सरोजा आयी तब बाप का तन-मन चिथड़ा-चिथड़ा हो गया था। बाप रुक-रुक कर बोला, ''बेटी! राजा रावण के घर में भी बेटी नहीं खटाई। अच्छे-अच्छे धन्ना सेठ भी बेटियों को ससुराल ही भेजते हैं। मैं बीमार और बूढ़ा।''

सरोजा ने विगलित स्वर में कहा, ''पिताजी! पुराने ज़माने की बातें इस समय सन्दर्भ में सही नहीं बैठतीं। मैं उस नरक में रहकर सदा इसी तनाव में जिऊँ कि कब यह मेरी हत्या कर दें, इससे बेहतर तो बर्तन माँज कर रात की सुख की नींद सोऊँ। मैं कुछ करूँगी। ईश्वर मेरी मदद करेगा।'' संयोग से एक बहुत अच्छी बात हुई कि सरोजा बैंक की नौकरी की परीक्षा में पास हो गयी और उसकी नौकरी लग गयी। उसने ईश्वर को धन्यवाद दिया।

एक बेटे की तरह सरोजा ने घर को सँभाल लिया लेकिन पिता ने उसका साथ छोड़ दिया। वे बूढ़े व बीमार थे ही। एक दिन चल बसे। सरोजा आज भी उन बातों को याद करके आहत हो जाती थी कि उसके दोनों भाई पिता की मृत्यु पर रिश्तेदारों की तरह आये और औपचारिकताएँ निभा कर माँ से विदा लेकर चले गये। वे सरोजा के संग ऐसा बर्ताव कर रहे थे जैसे उससे उनका कोई ख़ून का रिश्ता है ही नहीं।

आहिस्ता-आहिस्ता सरोजा अन्तर्मुखी हो गयी। काम से काम। उसके कुलीग भी परेशान थे। एक-दो बार शादी के प्रस्ताव भी आये उसने साफ़ इनकार कर दिया।

एकान्त उसे छुरियाँ भोंकता रहता था। आख़िर वह एक दिन अनाथ आश्रम से एक पाँच साल की बच्ची गोद ले आयी। उसका नामकरण किया—अनामिका। माँ-बेटी का मन बहलने लगा। अच्छा भोजन, कपड़े और अथाह अनुराग के रस से सिंचित होकर अनामिका गुड़िया-सी लगने लगी। बहुत प्यारी बिटिया। पढ़ने में बहुत तेज़। हालाँकि परिवार वालों ने एतराज़ भी किया पर उसने उनको कोरा उत्तर दे दिया। जब जाति-धर्म की बात उसके परिजनों ने उठायी तो उसने कहा कि राजा जनक को भी तो सीता भूमि पर पड़ी मिली थी। उसकी जाति तो किसी ने नहीं पूछी। कर्ण को सारथी ने पाला तो उसे उसकी जाति मिल गयी। जो जिसे पालता है, उसकी जाति ही उसे मिलती है। सबकी बोलती बन्द। एक बार तो उसका पति स्वयं आया था। उसने विनीत स्वर में कहा, "मैं माफ़ी माँगता हूँ, अब तुम्हारे साथ कोई भी ज़्यादती और अन्याय नहीं होगा।" उसके संवाद में उसे नाटकीयता लगी। खोखलेपन का अहसास हुआ। सरोजा ने उसे कहा, "मैं जानती हूँ। सात हज़ार रुपये कमानेवाली मैं दुधारू गाय जो अब हो गयी हूँ। एक बात सुनो, मैं उन विवाहिताओं में नहीं हूँ जो बार-बार ससुराल से निकाली जाती हैं और बार-बार अनुरोधों पर आती हैं। मैं थूक कर नहीं चाटती हूँ, समझे?"

सरोजा अपने में सिमट गयी। बाहर तो केवल अपनी बिटिया के लिए थी। अनामिका ने उसमें नया रंग भर दिया। एक जीवन।

वह अतीत में खोयी रही। सोचते-सोचते वह उदास हो गयी।

बादल कहीं से फट गया था अतः धूप का टुकड़ा उसकी आकृति पर पसर गया। तभी अनामिका ने आकर कहा, "मम्मी-मम्मी, मैं फर्स्ट आयी हूँ, फर्स्ट पोजीशन अपनी क्लास में।"

उसने अनामिका को अपनी बाँहों में भर कर उस पर चुम्बनों की बौछार कर दी, "मेरी प्यारी बच्ची...मेरी लाडली।"

हठात् अनामिका ने कहा "मम्मी, तुमने यह घरौंदा कितना अच्छा बनाया है। मेरे लिए भी एक बना दो न!"

उसने अपनी बेटी को अगाध स्नेह से देखा और स्नेहिल स्वर में कहा "मेरी प्यारी गुड़िया, ऊँची से ऊँची तुम शिक्षा प्राप्त करो। कुछ अलग बन कर बताओ। जीवन में सैट होओ। फिर मैं तेरे लिए घरौंदा नहीं, घर बनाऊँगी ऐसा घर जिसमें प्यार हो, संवेदनशीलता हो, उदारता हो और एक समझ हो।" वह फिर ज़रा रुक कर बोली, "बिटिया! घरौंदे टूटते रहते हैं, पर घर नहीं। जो घर अच्छी तरह बन जाते हैं, वे मन्दिर हो जाते हैं।"

अनामिका माँ के गले लिपट गयी। सरोजा की आँखें गीली हो गयीं।

सच का दायरा

सब कुछ अजनबी लग रहा था और आत्मीय भी। बड़ी दुविधा थी युवती को। वह समझ नहीं पा रही थी कि वह जिस गाँव में कई सालों के बाद आयी है, वह गाँव क्या उसका अपना है? उसे यह सवाल बार-बार कोंच रहा था।

उसने अपना हाथ युवक के हाथ में दे रखा था। दोनों की पकड़ मजबूत थी। वे झूले की तरह हाथों को हिला रहे थे।

युवती ने अनन्त आकाश और हिलते हुए खेजड़े के पेड़ पर दृष्टिपात करते हुए युवक से पूछा, "हम कितने बरसों के बाद गाँव लौट रहे हैं? मुझे तो बरस याद ही नहीं रहते।"

उसने युवती की आँखों में अपनी आँखें डाल दीं जैसे वह युवती को मोहित कर रहा हो। युवती की आँखें भी उसकी आँखों में गड़ गयीं।

युवक अपने होठों पर फीकी मुस्कान लाकर बोला, "पूरे बारह बरस या फिर कई युग। कहते हैं, सतयुग में तपस्वी की रात बारह बरस बाद होती थी। यह भी सुना है, कुम्भकरण छह माह तक सोता था। कदाचित छह माह उसकी एक रात होती होगी।"

"इसलिए मैं तुम्हें कुम्भकरण कहती हूँ।" युवती खिलखिला कर हँस पड़ी। फिर चिड़िया की भाँति चहक कर बोली, "तुम कई बार पन्द्रह घण्टों तक सोते रहते हो। हाँ, बताओ, सचमुच हम एक युग के बाद अपने गाँव जा रहे हैं।"

"पूरे एक युग बाद। मुझे ऐसा ही याद है।"

"क्या तुम्हें एक सदी नहीं लगता?"

"मन्वन्तर। क्या हम देव युग की बातें नहीं कर रहे हैं?" युवक ने हठात् मिट्टी को मुट्ठी में भर कर कहा, "यह हमारी जन्मभूमि की मिट्टी है। क्या हमें इसका चन्दन की तरह टीका नहीं लगाना चाहिए?" युवक जैसे ही टीका लगाने लगा कि युवती ने उसे डर कर रोका, "अरे, यह क्या कर रहे हो? इस मिट्टी में देखो क्या है?"

उसने हथेली को खोला। मिट्टी में कीड़े बिलबिला रहे थे। वह हैरानी से शब्दों

को चबाता हुआ बोला, "अरे! इस शुद्ध मिट्टी में कीड़े?" उसने युवती के आकर्षक चेहरे पर दृष्टि जमा कर फिर कहा, "ओह! यह कितनी पवित्र और औषधयुक्त मिट्टी थी।...तुम्हें याद है न देवी, बचपन में हमारे घुटनों और टखनों में चोट लग जाती तो हम इस मिट्टी को हथेली में ले कर छान कर कंकर साफ़ कर लेते थे और चोट पर लगा लेते थे। चोट ठीक हो जाती थी।"

युवती ने कोई उत्तर नहीं दिया। आगे बढ़ कर रेत के एक टीले पर खड़ी हो गयी और अपने गाँव पर दृष्टिपात करने लगी।

"स्वामी!" युवती ने खुशी में हुमक कर कहा, "गाँव में धुआँ क्यों उठ रहा है?"

"धुआँ!...देवी, गाँव में धुआँ क्यों उठेगा? कई बार मनुष्य को भ्रम हो जाता है और उसे अपने भीतर का धुआँ बाहर दिखायी देता है।"

"मैं भ्रम में नहीं जी रही हूँ।" युवती ने विश्वास से कहा, "तुम आजकल जो भी अभिव्यक्त कर रहे हो, वह दार्शनिक की तरह कर रहे हो स्वामी।" उसने युवक की ओर सप्रश्न देख कर पुनः कहा, "ऊपर टीले पर आकर देखो तो सही। मुझे तो यह गाँव अपना गाँव लगता ही नहीं। हमारा गाँव तो सुन्दर और हरा-भरा था। आस-पास नीम, पीपल, जाल, गूँदियों, आक और फोग उगे हुए थे।...पक्के तालाब के स्वच्छ जल को लोग गंगाजल समझते थे। मुझे तो कुछ भी दिखाई नहीं देता। मुझे तो धुआँ-ही-धुआँ दिखायी देता है। गाँव के चारों दिगन्तों में उजाड़ और बंजर धरती दिखायी दे रही है।"

युवक उसके पास आया। उसके कन्धे पर हाथ रख फिर ज़रा नाराज़गी से टोकते हुए बोला, "देवी! तुम जैसे-जैसे गाँव के नज़दीक आ रही हो, वैसे-वैसे तुम्हारा दृष्टिकोण निराशाजनक होता जा रहा है। इस समय ऐसी बातें न करो जो हमारी खुशियों की खुशबू को कम कर दें। तुम्हें याद रखना चाहिए कि आज हमारी शादी की वर्षगाँठ है और हम अपना यह उत्सव अपने खेत में धान की बालों के बीच मनाने वाले हैं।"

"हाँ-हाँ स्वामी, यह तो मैं बिल्कुल भूल गयी थी। वस्तुतः औरत सदा से वाचाल रही है। वह शान्ति से कोई बात नहीं सोचती।"

"वह वास्तव में वाचाल के साथ उग्र और उग्र के साथ प्रेममयी होती है। कम-से-कम तुम मुझे बिल्कुल ऐसी लगती हो।"

युवती ने उसकी ओर गहराई से देखा। शायद यह उसके भीतर प्रशंसा की प्रतिक्रिया हो।

युवक ने विहँस कर कहा, "जहाँ तक तुम्हारा सवाल है, मैं समझता हूँ कि तुम जिसे ओढ़ लेती हो, उसे कभी नहीं उतारतीं। जिसे हृदय में बसा लेती हो, उसे कभी नहीं निकालतीं। जैसे तुमने मुझे बसा लिया है।"

युवती ने उसके होठों पर अपनी अँगुली रखकर तनिक नटखटपन से कहा,

''तुम्हारे अन्दर भी आम पुरुषों की मूल आदतें हैं। बस, प्रशंसा के पुल पर पुल बाँधते जा रहे हो।''

वे दोनों चलते रहे। गाँव की सीमा के सन्निकट पहुँच कर युवती ने कहा, ''आज गणगौर का त्योहार है न, गाँव में बड़ी हलचल होगी, नृत्य होगा, ढोल-मंजीरों की मीठी धुनों से वातावरण खनकेगा। नगाड़ों की थाप पर घुँघरुओं की झनकार होगी, काँसे की थाली पर स्त्रियों का घूमर नृत्य होगा। गीतों की मधुर लहरियाँ चारों ओर गूँजेंगी।''

उसी पल एक साथ तीन फैक्टरियों के सायरन इतनी तीव्र गति से बजे कि उन्हें महसूस हुआ कि उनके कानों के पर्दे फट जायेंगे।

युवक ने युवती का हाथ मज़बूती से पकड़कर कहा, ''क्या युद्ध छिड़ गया है?'' शहरों में तो सायरन तभी बजते हैं। युवती ने गर्दन को झटका देकर कहा, ''यह भी तो सम्भव है कि युद्ध की आशंका के कारण पूर्व अभ्यास हो रहा हो?''

''यदि ये बार-बार बजे तो त्योहार का तो मज़ा ही किरकिरा हो जाएगा।'' युवक ने तमक कर कहा, ''मैंने तुम्हें पहले ही कहा था कि गाँव मत चलो, वहाँ अब अपनों को पहचानना कठिन होगा।''

वे दोनों गाँव की उन गलियों को पहचानने की कोशिश करने लगे जिन्हें वे कभी छोड़ कर गये थे।

युवक ने युवती को अपने सामने किया। उसके दोनों कन्धों पर हाथ रख कर खोये-खोये से पूछा, ''देवी! सचमुच यह हमारा गाँव है? यह तो एकदम पराया-पराया-सा लग रहा है। बिल्कुल अपरिचित।''

युवती ने अपने बालों पर हाथ फेरकर कहा, ''तुम कई बार नादान बच्चे-सा बन जाते हो, चीज़ को जानते हुए भी उसको न जानने का अभिनय करते हो।'' युवती ने उसकी बगल में हाथ डाल कर ज़रा घसीटते हुए फिर कहा, ''चलो, यही गाँव है हमारा, और अब हमें अपना घर ढूँढ़ना चाहिए क्योंकि हमारे गाँव का औद्योगीकरण हो रहा है। उसकी पहचान बदल रही है।''

दो ट्रक अपनी गड़गड़ाहट से एक के पीछे एक होकर गुज़रे। उन दोनों में ईंटें लदी हुई थीं।...वे इतनी तेज़ी से गुज़र रहे थे कि एक आवारा कुत्ता ट्रक के चक्के के नीचे आ गया। वह इतनी बुरी तरह से कुचल गया कि उसका मांस और ख़ून चारों ओर छितरा गया।

पल भर के लिए उन दोनों ने आँखें मूँद लीं लेकिन ट्रक वालों ने ट्रक नहीं रोके। वे द्रुत गति से भगा ले गये। राहगीरों ने कुछ करुणा भरे शब्द उगले और वे चलते बने।

युवती ने विश्वास से कहा, ''यह हमारा गाँव नहीं हो सकता। स्वामी, तुम्हें याद है न, एक बार एक वाहन से पिल्ला कुचल गया तो लोगों ने वाहन चालक को पकड़

लिया था। कुत्ते के दफ़न करने के पूरे रुपये लिये और दूसरे कुत्तों को रोटियाँ खिलाने के लिए इक्कीस रुपये अलग से लिये थे।"

युवक ने खेद से कहा, "ओह! अब हम अपने घर को नहीं ढूँढ़ सकेंगे? यह गाँव तो मकानों, ईंट-भट्ठों और फैक्टरियों का बियाबान जंगल हो गया है। मैं किसी को अपने घर के बारे में पूछता हूँ। भाई! आप बता सकते हैं कि कृपारामजी शर्मा का घर कहाँ है?"

"अरे, तुम सीताराम हो?...मैं तुम्हें इतने बरसों बाद तुम्हारे ललाट के बायें दाग़ से पहचान गया। उम्र कितनी ही निर्दयी हो कर शक्ल को बदल दे पर निशानों को नहीं बदल सकती। भैया! जैसे ही तुम्हारे माता-पिता मरे, वैसे ही तुम गाँव से गये फिर कभी लौटे ही नहीं। तुम्हारा जहाँ घर था, वहाँ तो फैक्टरी बन गयी है। जर, जोरू और ज़मीन का कोई मालिक न हो तो कोई भी उस पर कब्ज़ा जमा लेता है। अब हमारा गाँव सच्चे अर्थों में गाँव रहा ही नहीं।... कारखाने-ही-कारखाने। भट्टे-ही-भट्ठे अब तो यहाँ दम घुटने लगा है। सारे जंगल काट कर ईंटें बनाने में स्वाहा कर दिये गये हैं। जब तुम दोनों इस गाँव से गये थे तब एकदम जवान थे। अब तो भाई बूढ़े हो गये हो। अच्छा, मैं चला। ज़रूरी काम से जाना है। राम...राम...।"

युवक-युवती बड़ी देर तक स्तब्ध खड़े रहे, जैसे वे मुर्दा हो गये हैं। युवक ने विस्मित होते हुए कहा, "देवी! क्या हमारे भीतर यहाँ से पलायन करते समय जो उम्र थी, वह उसी रूप में आज तक जमी हुई तो नहीं है? वापसी पर क्या हम उन्हीं क्षणों को तो नहीं जीने लगे हैं?"

युवती चौंक पड़ी। तनिक लम्बे स्वर में, अत्यन्त गम्भीर हो कर बोली, "अरे हाँ, हम बूढ़े हो चले हैं। केवल बारह बरस नहीं, कई बारह बरस बीत गये हैं हमें यहाँ से गये हुए। हम भी जीवन संघर्ष में सब कुछ अपना बिसर गये।"

उसने गहन व्यथा और पश्चात्ताप से कहा, "फिर भला कोई चल-अचल वस्तु अपनी मूल शक्ल में कैसे रह सकती है? हमारी शक्लें भी तो पहले जैसी नहीं हैं। फिर गाँव और घर कैसे अपनी शक्लें नहीं बदलेंगे?"

युवक और युवती कुछ क्षणों के लिए समाधिस्थ-से हो गये। कदाचित वे अब यथार्थ के दायरे में आ गये थे। सत्य अब उनके सामने अपने मूल रूप में खड़ा था।

पर्दा, जीवन और सच

सिनेमा हॉल में अँधेरा हुआ।

पिक्चर शुरू हो गयी। नाम था—प्यार के लिए। लांग शॉट।

कैमरा कश्मीर की बर्फ़ीली वादियों पर पैन होता है। प्रकृति का अद्भुत आकर्षक सौन्दर्य। नयनाभिराम पहाड़ और घाटियाँ। ऊँचे-ऊँचे देवदार के वृक्ष। प्रायः हिस्सा बर्फ़ से ढका-ढका।

उस बर्फ़ीले रास्ते में दौड़ते और खिलखिलाते हीरो-हीरोइन।

कैमरे में लगा ज़ूम लैंस दूर की चीज़ को धीरे-धीरे नज़दीक लाता है।

मीडियम शॉट।

हीरो-हीरोइन के चेहरे साफ़ होते हैं। वे हाँफ रहे हैं। एक-दूसरे पर लगभग अशक्त होकर गिर गये हैं।

क्लोज़-अप!

अब हीरो-हीरोइन की स्थितियाँ स्पष्ट हो जाती हैं। दोनों एक-दूसरे को आन्तरिक भावुकता से देख रहे हैं। मुझे भी लगा कि प्यार का समन्दर लहरा रहा है—उन दोनों की आँखों में।

हीरो ने संवाद बोला, ''रवीना, तुम्हारा प्यार मुझे सागर से भी गहरा लगता है। उस प्यार में सूरज की तपिश और चन्द्रमा की शीतलता का अहसास होता है।''

''मुझे भी लगता है कि तुम्हारा प्यार एक झरना है। कलकल गीत गाता हुआ झरना, शलभ।''

वह उसे उठा कर बर्फ़ पर गिरता है।

तेज़ संगीत।

लांग शॉट।

वातावरण 'दो गाना' का हो जाता है।

गाना शुरू भी हो जाता है—

''दिया दिलबर तुझे दिल दिया

लिया दिलरूबा तेरा दिल लिया...।"

मैंने फिल्म देखते-देखते सोचा कि कितना बेहूदा गाना है। शॉट पल-पल में बदल रहे हैं। निर्देशक का भरपूर प्रयास है कि हीरोइन के अंगों को किस तरह अधिक से अधिक उत्तेजक रूप में दिखाएँ। बर्फ़ और ठण्डी हवा। उस वातावरण में कई दफ़े हीरोइन अधोवस्त्र में। मन में गुस्सा भी आता है और ग्लानि भी होती है कि प्यार तो मैंने भी किया था। गहरा प्रेम! सुजस से। वह अच्छी, भोली और शिक्षित लड़की थी। एकदम मध्यमवर्गीय। कई बार भावावेश में ऐसी स्थितियाँ उत्पन्न हो जाती थीं कि मर्यादा के किवाड़ चरमराने लगते थे, पर वह ऐसे दूर भागती थी जैसे किसी नागिन ने डंक मारने के लिए फुंकारा हो। संस्कारों का भीषण आतंक। मुझे पता है कि मध्यवर्गीय समाज धार्मिक नैतिकताओं के ब्रह्मपाश में बँधा हुआ है। मैं सच कहता हूँ कि मैं अपनी प्रेयसी का स्पर्श भी चाह कर नहीं कर सका और इस फिल्म की ब्राह्मणीय क्लर्क कन्या...।

हॉल में ज़ोर की सीटियाँ बजीं।

मेरा ध्यान भंग हुआ।

मीडियम क्लोज शॉट!

सामने हीरो-हीरोइन इस तरह लिपट-चिपट रहे हैं, मानो वे कामसूत्र पढ़ कर रिहर्सल कर रहे हैं।...द्विअर्थी गाना। मैं अपनी कुर्सी के पास एक लड़के को उठ कर जाते हुए देखता हूँ। जाते-जाते वह कहता है, "दीदी, तुम फिल्म देख कर आ जाना। मुझे ज़रूरी काम से जाना है।"

उसकी बहिन कोई जवाब दे, इसके पहले ही वह चला जाता है।

मैंने देखा कि अब हीरो-हीरोइन चिपटे हुए लुढ़क रहे हैं। जिन्हें केवल मज़ा लेना है, वे कुर्सियाँ बजाने लगते हैं। पैसे भी फेंक रहे हैं।

आउट ऑफ फ्रेम—जोर की आवाज सुनायी देती है, उसकी इको गूँजती है।

धीरे-धीरे फ्रेम में तीन मुस्टंडे गुण्डे लड़ाकू-मुद्रा में खड़े हुए राफें फाड़ कर हँस रहे हैं।

कैमरा फिर हीरो-हीरोइन पर पैन होता है। हीरोइन गुण्डों को देख कर काँप रही है। हीरो खूँखार बाघ की तरह उन तीनों गुण्डों को देख रहा है।

आप सिनेमा जगत में गुण्डों की पोशाकें तो जानते ही होंगे। धारीदार बनियानें और जीन्स। प्रमुख गुण्डे की बनियान पर अजीबोग़रीब जैकेट है।

गुण्डों का सरदार विषाक्त स्वर में अपनी आँखों में वीभत्स रस उतार कर कहता है, "ओ बे मजनूँ की औलाद! सीधे-सादे ढंग से अपनी कबूतरी को हमें सौपेंगा या अपने प्राणों से हाथ धोयेगा!

लांग शॉट!

हीरो ज़ोर से बोलता है, "कमीनो! अपनी ख़ैर चाहते हो तो लौट जाओ वरना

एक-एक को धूल चटवा दूँगा। प्यार करने वालों को तो ईश्वर भी नहीं मिटा सकता। तुम किस खेत की मूली हो?"

सच कहता हूँ कि मेरे भीतर कँपकँपी छूट गयी। मैंने सोचा कि अक्षय जी नुमा दाढ़ी वाले गुण्डे ने यदि हीरो को एक घूँसा मार दिया तो यह राम नाम सत्त हो जाएगा।

मिड लांग शॉट!

फ़ाइट शुरू!

मैंने कुछ पलों के लिए आँखें मूँद लीं। मुझे स्मरण हो आता है जब मेरे और सुजस के प्रेम के चर्चे फैले तो दोनों परिवारों में तनाव जन्म गया। मैं तो अपने माँ-बाप का इकलौता बेटा था और सुजस के तीन सगे भाई और दो ममेरे भाई थे। पाँचों ने एक दिन स्टेडियम के पीछे सूनवाड़ में मेरा घेराव कर लिया।

मैं तो उन्हें देखते ही काँप गया। अनिष्ट से घिर गया। आशंकित-सा उन्हें अपलक निहारने लगा। आन्तरिक अन्तर्द्वन्द्व के कारण मैं एक शब्द भी नहीं बोल पाया।

उसके बड़े भाई ने मेरा गिरेबान बेदर्दी से पकड़ कर, जबड़े खींच कर कहा, "तू या तो सुजस से मिलना बन्द कर दे वरना मैं तेरी बोलती बन्द कर दूँगा।"

मैंने शब्दों को लगभग उगलते हुए कहा, "मैं उसे प्यार करता हूँ।"

उसने ज़ोर का धक्का दिया। मैं गिरते-गिरते बचा। वह फिर बोला, "यदि मैं तेरी बहिन से प्यार करता तो? क्या तू उसे मुझे सौंप देता?..."

मैंने नकारात्मक ढंग से सिर हिलाया।

"फिर मैं अपनी बहिन को एक बेकार, विजातीय और साधारण लड़के को क्यों सौंपूँ? मेरी बहिन की ओर देखना नहीं वरना आँखें फोड़ दूँगा। समझे।"

और उसने मुझे एक घूँसा मारा। फिर उन पाँचों ने मुझे पटक कर एक-एक लात मारी। मैं अधमरा-सा हो गया। मुझसे खड़ा नहीं हुआ गया।

जोर का हल्ला।

मैंने आँखें खोलीं।

पर्दे पर मिड लांग शॉट!

गुण्डे भाग रहे हैं। हीरो हाथ झड़का कर गर्व से अपनी हीरोइन की ओर देखता है। हीरोइन उसका नाम लेकर लिपट जाती है। हीरो उसका चुम्बन ले लेता है। उसे अपनी बाँहों में भींच लेता है।

मैं सोचने लगा कि इतने ख़तरनाक गुण्डों को मार भगाने वाला हीरो इतना पुरस्कार तो चाहेगा ही।

और मैं?

मैं सच-सच बयान करूँगा कि सुजस के पाँचों भाइयों ने मुझे जिस निर्ममता

से मारा, उसकी पीड़ा की सुइयाँ आज भी मेरे जिस्म में चुभ रही हैं। एक-दो जगह गहरी खरोंचें लगीं और बायें हाथ की दो उँगलियाँ टूट गयीं। शर्म इस कदर आ रही थी कि घर पर यह कहना पड़ा कि एक्सीडेण्ट हो गया। हास्पिटल जाकर पक्का पट्टा बँधवाना पड़ा।

फिर सुजस के घर की ओर जाने का मेरा साहस नहीं हुआ। पर प्रेम के लिए त्याग, तप करने और मर मिटने के कुछ-कुछ संस्कार तो मुझमें थे ही।

उसके घर से दूर मैं सुजस की प्रतीक्षा करता रहता था। मुझे उससे मिलने की जितनी व्यग्रता थी, उतना भय उसे अपने भाइयों की उग्रता से था।

लम्बे अर्से की प्रतीक्षा के बाद आख़िर में मेरी भेंट सुजस से हुई, लगभग एक माह के बाद। वह काफ़ी स्वस्थ और गम्भीर लग रही थी, साथ में आशंकित भी। लग रहा था कि उसे वहम सता रहा है कि उसके पाँचों भाई न आ जायें। वह दहशत से घिरी-घिरी लगती थी।

उसने आते ही उतावली से पूछा, "कहो, क्या कहना चाहते हो? तुम्हारे ज़्यादा चोटें तो नहीं लगीं?"

मैंने उसे बुझे स्वर में बताया, "तुम्हारे पाँचों पाण्डव भाइयों ने मेरी भयंकर दुर्गति की थी। उँगलियों की हड्डियाँ तक तोड़ डाली थीं।"

"सुनो वीरेन्द्र, हमें एक-दूसरे को भूल जाना चाहिए।"

"कैसे भूल जाऊँ। सुजस! मैं तुम्हें वास्तव में प्रेम करता हूँ।"

सुजस ने सहज भाव से कहा, "फिर हम कहीं दूर भाग चलें या फिर आत्महत्या कर लें।"

मैं विमूढ़-सा हो गया। कुछ पल मेरे चारों ओर ठहर-से गये। लगा कि सब कुछ बर्फ़ की तह की तरह जम गया है।

"क्या सोचा?" उसने पूछा।

"मैं ऐसा नहीं कर सकता। मेरा लकवाग्रस्त बाप और गाय-सी सीधी माँ को कौन सँभालेगा? सुजस! इस समस्या का समाधान हो जाये और हम जीवित भी रहें। मेरे परिवार में मुझे लेकर उत्पन्न तनाव, उत्तेजना, रोष और हिंसकता है। लो, मेरा भइया आ रहा है।"

मैं दुम दबा कर भागा। प्रेम में त्याग होता है, यह भी बिल्कुल भूल गया।

जोर का शोर।

मैंने पर्दे की ओर देखा।

कैमरा एक भैंस पर केन्द्रित है। धीरे-धीरे कैमरा कई स्थलों से होता हुए टुनटुन पर ठहरता है। टुनटुन अपने दुबले-पतले प्रेमी का हाथ पकड़ कर झटका देती है और कहती है, "बोल! टू मुझसे शादी करेगा या नहीं? सुन, मेरे तीन भैंसें हैं, घर है और मैं अकेली हूँ।"

"मुझे तीनों भैंसें तो अच्छी लगती हैं पर चौथी भैंस...।"

वह उस पर झपट कर बोलती है, "ठहर! मैं तुझ पर गिर कर तेरा कचूमर निकालती हूँ।"

सींकिया प्रेमी भागता है। दर्शक हँसते हैं।

सब कुछ बेहूदा, अवास्तविक, अस्वाभाविक!

जब कामेडी का दूसरा सीन आता है, उससे मुझे लगता है कि फिल्मी संवाद लेखक गजब की सूझ-बूझ रखते हैं। उन्हें भाषा के मामले में आविष्कारक व विशेषज्ञ होना चाहिए। ईलू...लवेरिया...वाह! वाह! क्या ईजाद किये हैं शब्द!

पर्दे पर लांग शॉट!

टुनटुन उस सींकिए प्रेमी का हाथ पकड़ कर कहती है, "मेरे फरहाद! मैं तेरी थाली की खिचड़ी हूँ। मुझे मसल-मसल कर खा, बड़ा स्वाद आएगा।"

वह विचित्र-सी मुद्रा बना कर कहता है, "मैं तुझे नहीं मसल सकता। मसलते-मसलते मैं ही मसला जाऊँगा।"

द्विअर्थी संवाद।

दर्शक ले रहे थे मज़े। मुझे आ रही थी शर्म।

कट।

नया दृश्य। आउटडोर का।

कल-कल करती नदी। ऊँचे-ऊँचे वृक्ष।

हीरो अपनी हीरोइन के साथ केलि-क्रिया की मुद्रा में सोया है। कैमरा बार-बार इधर-उधर पैन होता है—उमड़ती सरिता, यौवन से मज़ाकान्त हीरोइन चतुर्दिक उल्लास की उर्मियाँ बिखेरती हवाएँ। प्रकृति को देख कर मुझे भी लगता है कि वह दिग्दिगन्त में शाश्वत मधुरिमा बिखेर रही है।

मुझे लगता है कि अभी गाना हुए काफ़ी देर हो गयी है। तभी म्यूज़िक शुरू।

हीरो-हीरोइन पी. टी. नृत्य करते हुए लांग शॉट से मीडियम शॉट में आते हैं।

हीरोइन टक्कर मार कर गाती है—

चक्कर पर चक्कर / लगेगी मेरी टक्कर / तीर-सा लगेगा / मेरा तीर कंकर।

यह क्या है? ऐसे अश्लील और तुकबन्दियों भरे गीत क्या ज्ञान देंगे? क्यों उन्हें सेन्सर बोर्ड पारित करता है।

मेरा मन अतीत की उड़ान भरता है।

एक बरस बाद मुझे सुजस अचानक मिली थी। पीली-पीली और उदास-उदास। उसका पेट फूला हुआ था। मुझे उसे देख कर अत्यन्त पीड़ा हुई। उसने बुझे स्वर में कहा, "कैसे हो वीरेन्द्र, तुम्हारी शादी हो गयी?"

"अगले माह होगी पर तुम...?"

"उस घटना के बाद आपाधापी में मेरे लिए एक लड़का तलाशा गया। पंसारी

की दुकान के मालिक का बेटा था बह। चट मँगनी और पट विवाह। दसवीं पास हैं मेरे पति परमेश्वर। रात को थके-माँदे आते हैं। खा-पी कर मेरे पास सोने आते हैं और धोती झाड़ कर सो जाते हैं। वीरेन्द्र! मैं उस घर में नौकरानी की हैसियत से हूँ। मेरी त्रासदी यह है कि रात को मुझे उस रूखड़ और नीरस पति का बिस्तर बनना पड़ता है। मैं जानती हूँ कि ऐसा अनचाहा जीवन जीना पाप है पर अहल्या को भी तो पत्थर बन कर जीना पड़ा था। फिर हमारे जैसे कमज़ोर लोगों के लिए तो यह शापित जीवन ही है। हमें आनन्ददायक, सुखी और स्वतन्त्र जीवन कैसे मिल सकता है? यदि तुम यह देखना चाहते हो कि मुर्दा कैसे जीता है, तो मुझे अपने घर में देख लो।"

तेज़ म्यूजिक के साथ गीत। मेरा ध्यान भंग।

होटल का दृश्य।

मुझे तो वह पैन-शॉट लगा क्योंकि कैमरा दायें से बायें और ऊपर से नीचे के दृश्यों को अपनी गिरफ़्त में ले रहा था। कई बार इकस्ट्रीम क्लोज शॉट भी दिखायी पड़ रहे थे।

मैंने देखा हीरो-हीरोइन मचल-मचल कर, बन्दर की तरह उछल-उछल कर, सीने से छाती को टकरा-टकरा कर गा रहे हैं—

"ओ मिस्टर खादी, / बाम्बे अपनी आँख लड़ी / कलकत्ता होगी शादी / हनीमून मनाकर हू / बढ़ायेंगे आबादी..."

मुझे लगा कि यह कैसी कविता है? यह क्या सिखाएगी हमारी भावी पीढ़ी को? घरों, परिवारों, स्कूलों-कॉलेजों, सड़कों, फ़ुटपाथों और दफ़्तरों में ये पंक्तियाँ अदृश्य प्रेतात्माओं की तरह बस जाएँगी—ठीक उसी तरह कि तू चीज़ बड़ी है मस्त-मस्त...। आओ इश्क लड़ाएँ-आओ इश्क लड़ाएँ सनम...कौन-सी सिद्धि सिद्ध करना चाहते हैं, ये गीतकार और निर्माता-निर्देशक। किन नैतिक-मूल्यों की स्थापना होगी हमारे ऋषि-मुनियों व देवों-अवतारों के देश भारत में! नहीं बनेगा इस तरह भारत महान।

कट। दृश्य बदलता है।

एक विशाल बँगला।

उसमें देश को तबाही मचाने वाला गद्दार।

खलनायक।

उसके समक्ष गुण्डे अपराधी की तरह सिर झुकाए खड़े हैं। खलनायक को दो सुन्दरियाँ सुरापान करा रही हैं।

खलनायक की हेयर कटिंग ग्रामीण जैसी है और पोशाक अमरीका के काऊ बॉय जैसी।

खलनायक उठता है और गुण्डों को एक-एक चाँटा मारता है, "मैं तुम्हारी

कायरता की वजह से अपने मक़सद में कैसे पहुँचूँगा। इस देश को विदेशियों के हाथ कैसे बेचूँगा? कैसे इस महान गंगा-यमुना वाले देश को तबाह करूँगा?"

वह बार-बार बड़ी नाटकीयता से पोज़ बदल रहा है। शायद सत्ता के स्वामी मंत्री व अधिकारीगण इन संवादों को सुनते हैं या नहीं? यदि सुनते हैं तो इन घृणित व विषभरे संवादों पर चिन्तन-मनन क्यों नहीं करते?

"उस नेता के बेटे को दो दिनों में मेरे सामने हाज़िर करो वरना मैं तुम सबको गोलियों से भून दूँगा।" खलनायक गरजा।

"पर उसको बचाने में आपकी बेटी का हाथ है। वह उससे बेइन्तहा प्यार करती है।"

सब जानते हैं कि फिल्मों में कितना ही निर्मम, निरंकुश और क्रूर खलनायक हो पर उसका बेटा अनिवार्य रूप से उसकी दुर्बलता होगा ही, वरना कहानी में भावुकता, आँसू और संवेदना कैसे उभरेगी?

ऐसी कृत्रिमता जीवन में कहाँ है? यह विराट झूठ है और उन झूठे तथ्यों, घटनाओं तथा जीवनशैलियों को ये फ़िल्मवाले हमारी पीढ़ियों को ब्राउन शुगर की तरह दे रहे हैं। शादी करने जा रहे हैं—अनपढ़, गँवार और भोले-भाले लोगों को इस हिंस्र झूठों से, ताकि यह अहिंसा और संवेदनशील प्रजा का देश अपराधगाह बन जाये। पर्दे की गतिविधियों से अल्पकाल के लिए मैं भी पृथक हो गया।

तभी गोलियों की धाँय-धाँय सुनायी पड़ती है। निर्देशक क्लाइमेक्स फ़िल्मा रहा है। गोलियों, चीत्कारों और भागमभाग के विभिन्न शॉट्स। इस लड़ाई की ख़ास विशेषता यह है कि गोलियों से ज़्यादा मुक्केबाजी दिखलायी पड़ती है। सबसे विलक्षण बात तो यह है कि जो हीरोइन गुण्डों को देख कर पीली पड़ गयी थी, वह अब हीरो की रक्षार्थ लड़ रही है। निर्देशक के दिमाग़ का दिवालियापन इससे अधिक क्या हो सकता है कि वह पतला-दुबला मरियल कामेडियन विरोधियों को केले खिला कर व उनका ध्यान बँटा कर धराशायी कर रहा है।

मैंने सोचा कि बाहर चला जाऊँ पर क्यों बैठा रहा, इसकी विवेचना नहीं कर सकता।

पीछे की कुर्सी पर बैठे नौ-दस वर्ष के बच्चे ने अपने पापा से कहा, "पापा! मुझे भी पिस्तौल ला दीजिए।"

"क्या करेगा?" पापा ने हठात् पूछा।

"आपको, मम्मी और नौकर को मारूँगा।"

तड़ाक की आवाज़ के साथ उसकी मम्मी चाँटा मारती है। कहती है, "शुभ नहीं बोलेगा। बदतमीज़! घर चल!"

उसका पापा अपनी पत्नी को रोकता है, "क्यों फालतू बच्चे को डाँट रही हो? नासमझ है।"

मुझे भी प्रतीत हुआ कि मुझे घर जा कर केबल-कनेक्शन कटवा ही देना चाहिए।

धैर्य और सहनशक्ति ख़त्म हो गयी थी। मैं बाहर जाने लगा कि हीरो-हीरोइन के मिलन व खलनायक की मौत के साथ पर्दे पर आया–'दी एण्ड'।

मैं बाहर आया। क्षुब्ध, रुष्ट और क्रोध से भरा कि मुझे मेरा मित्र बतरा मिल गया। उसने मुझे कहा, "कैसी लगी फ़िल्म?"

"बकवास।"

"यार! मैं तो केवल एंटरटेनमेण्ट के लिए फ़िल्म देखता हूँ। क्या गाने, क्या ठुमके और लड़ाई।"

मैंने ज़रा गुस्से में कहा, "यह हमको क्या देंगे?...हिंसा, अपराध और दुष्कर्म के नये-नये तरीके?"

बतरा ने झट से कहा, "यार! निर्माता ने फ़िल्म के शुरू में ही लिख दिया था कि इस फ़िल्म की कहानी, चरित्र और घटनाओं का जीवित और मृत व्यक्ति से कोई सम्बन्ध नहीं है।"

"कभी-न-कभी हिन्दी के निर्माता-निर्देशक ऐसी ऐतिहासिक फिल्म बनायेंगे जिसमें अकबर व राणा प्रताप को भाई-भाई बता कर लिख देंगे कि यह ऐतिहासिक नहीं है। इसका सम्बन्ध किसी व्यक्ति, इतिहास, घटना व चरित्र से नहीं है। नमोः नमोः हमारे फिल्मी कर्णधारों को।" मैं झल्लाया।

उसने सिगरेट जला कर तपाक से याद दिलाया, "वीरेन्द्र, तुमने विधानसभा की कल के प्रश्नों की फ़ाइलें पूरी कर लीं?"

मुझे झटका-सा लगा और तत्क्षण के शुद्ध विचार, पश्चिमी बर्बर चमकदार संस्कृति के प्रति घृणा, फिल्म वालों के छिछलेपन और झूठी कथाओं के प्रति जितना विरोध और आक्रोश था, प्रतिशोध की हल्की भावना और संकल्प था–वे हवा हो गये। कटु सच्चाई नंगी हो गयी–विधानसभा के प्रश्नों के उत्तरों की फ़ाइलें तैयार करना। गृहस्थी का सामान लेकर घर पहुँचना। सब पर काला परदा पड़ गया।

सच! हम सब कितना अरचनात्मक, असृजनात्मक और लादा हुआ सहते हैं और रेंग-रेंग कर जीते हैं। यह फिल्मों का मक्कारपन, झूठ, बनावटपन, नंगी अपसंस्कृति हमें क्या देगी? ये भारतीयता का शोर मचाने वाले चुप क्यों हैं?

धीरे-धीरे ये सब पृष्ठभूमि में चले गये। पहले घर गया और फिर दफ़्तर जाकर फ़ाइलों के जंगल में खो गया।

कौंचते हुए सच

इस समय जब हमारे भीतर की भावुकता और स्वार्थहीन संवेदनाएँ कम से कमतर हो रही हैं, हमारी रागात्मकता के समन्दर सूखने लगे हैं, सम्बन्धों के भवन खँडहरों में तब्दील होने लगे हैं, तब इस प्रेमकथा को लिखते हुए मैं किंचित हिचक रहा हूँ। आख़िर ऐसी मध्यकालीन जज़्बाती कथा-सत्य पर कौन विश्वास करेगा? लेकिन सत्य सत्य होता है और उसे कभी-न-कभी व्यक्त करना ही होता है। यदि ऐसा न करें तो वह भीतर चक्रवात की तरह घुमड़ता रहता है।

मैं जानता हूँ—इस यांत्रिक व भौतिक युग में जब अधिकांश कहानियाँ स्त्री-पुरुषों के सम्बन्धों, वृद्धजनों की घिसटती-दुखती स्थितियों व मनोभावों और कभी-कभी स्त्री की सैक्स के मामले में बोल्डनैस दिखा कर लेखकीय दुस्साहस प्रकट करने के मध्य यह कहानी कितना प्रभाव छोड़ेगी, यह तो पाठक ही जानें।

आपको बता दूँ कि मुझे शोर से घृणा है। चाहे शोर आदमियों का हो या पशु-पक्षियों का। वह रामायण पाठ का हो, चाहे जागरण का। मुझे शोर कतई पसन्द नहीं। फिर असमय का शोर तो मुझे झुँझला देता है। फिर कौवों की काँव-काँव तो मेरा चैन छीन लेती है।

एक कौवे की आदत बन गयी थी कि वह लगभग सात बजे सुबह अंग्रेज़ काल की अन्तिम साँस लेती हमारी हवेली की मुँडेर पर बैठ कर नियमित रूप से काँव-काँव करके मेरे लेखन में बाधा पहुँचाया करता था। मुँडेर के सामने खिड़की थी। खिड़की से चिपकी मेरी रीडिंग-टेबल थी। कई दिनों तक तो मैं उसकी उद्दंडता सहता रहा। फिर एक दिन उसे बन्दूक की गोली से उड़ा दिया।

हमारा खानदान अंग्रेज़ों के ज़माने से ही बहुत प्रतिष्ठित और प्रमुख रहा है। हमारी हवेली में उस काल की कई अद्वितीय वस्तुएँ, मूर्तियाँ और हथियार हैं। मेरे स्वर्गीय परदादा अंग्रेज़ों के बड़े वफादार निरंकुश सेवक थे और उन्होंने 1857 ई. में अनेक अंग्रेज़ों को मौत के मुँह से बचाया था और उन्हें अंग्रेज़ों द्वारा 'राय बहादुर' की पदवी से नवाज़ा गया था। इस पदवी को मैं राष्ट्रघात मानता हूँ। लेकिन हमारे

परदादा और पिताजी इसके दम्भ में फूले नहीं समाते थे। कई गाँवों की ज़मींदारी भी थी। ख़ूब सुविधाएँ थीं। सुख-ही-सुख।

तो मैंने कौवे को मार डाला। सोचा कि समस्या का अन्त हो गया। पर कौवे के मारते ही देखते-देखते सैकड़ों कौवे इकट्ठे होकर भयंकर शोर मचाने लगे। मरे कौवे की लाश पड़ी थी। मैंने अपने कई नौकरों को उसे उठाने के लिए भेजा पर कौवों के आक्रमण से कोई भी सफल नहीं हुआ। विकट समस्या।

तब हमारी बग्घी के कोचवान सर्वप्रिय ने आकर मुझे सलाम करके कहा, "बाबू मोशाय! यह काम मैं कर दूँ?"

"अरे भाई करो न?" मैंने व्यग्रता से कहा, "इसमें पूछने की क्या बात है? करो भाई, करो।"

सर्वप्रिय ने विनम्रता से कहा, "अच्छा।"

सर्वप्रिय मुझे आरम्भ से ही अच्छा लगता था। मितभाषी और अन्तर्लीन। उसके व्यवहार-बर्ताव में शालीनता व शिष्टता टपकती थी। शिक्षित होने का आभास होता था। सर्वप्रिय मुझे इसलिए भी पसन्द था कि वह बिना ज़रूरत बोलता नहीं था। चुप-चुप रहता था।

कौवे अप्रिय भीषण शोर मचा रहे थे। वे इतने अधिक एकत्रित हो गये थे कि मुझे लगा कि सारी बिरादरी के ही कौवे इकट्ठे हो गये हैं।

सर्वप्रिय ने एक छाता और एक मोटा कपड़ा मँगवाया। उसने छाते को खोल कर सिर पर रखा और मृत कौवे की ओर रवाना हुआ। कौवों ने उस पर आक्रमण किया पर सर्वप्रिय अपने मिशन में सफल हो गया।

मैंने उसे धन्यवाद के रूप में पचास रुपये दिये। उसने झुक कर आभार व्यक्त किया।

"कोई काम हो तो मुझे बताना।"

उसी दिन दोपहर को वह आया। सिर झुका कर बोला, "आप अन्यथा न समझें तो कुछ निवेदन करूँ?"

"कहो।"

"मुझे आप पत्र-पत्रिकाएँ व पुस्तकें पढ़ने के लिए दे सकते हैं? भले ही वे पुरानी हों।"

"शौक़ से ले जाओ। अंग्रेज़ी जानते हो?"

"हाँ अंग्रेज़ी, बांग्ला और थोड़ी हिन्दी।" "गुड!" मैंने हाथ का इशारा किया, "बैठो।" वह बैठ गया।

मैंने उसकी ओर कई बार ग़ौर से देखा। उसकी बड़ी-बड़ी आँखों में एक अग्नि

सी दहक रही थी। उसका चेहरा पीड़ा और उदासियों से ढका रहता था। दूसरे ही पल उसकी आँखों का रंग बदल जाता था और अहसास होता था कि कोई रहस्य उसके भीतर है। कोई ऐसी पीड़ा है जिसने उसके सुख के समन्दर को सुखा डाला है।

मैंने उसे स्नेहिल स्वर में कहा, "सर्वप्रिय, तुम मेरे लिए एक रहस्य हो। तुम्हारे स्वभाव और व्यवहार में भद्रता झलकती है। तुम्हें मेरे यहाँ कोचवानी करते हुए साल भर हुआ है, तुम किसी भी रूप में कोचवान नहीं लगते। केवल कर्म से लगते हो या अपनी वेशभूषा से।"

"क्या यह जीवन का सत्य नहीं?"

"एक जीवन के अनेक सत्य होते हैं। कुछ बहुत छोटे और कुछ बड़े। मनुष्य की प्रवृत्ति होती है कि वह उन्हीं सचों को बताता है जिनसे उसे कलंकित न होना पड़े। वह ऐसे सच कभी नहीं बताता जो उसके वजूद को हिला दें।"

सर्वप्रिय कुछ पल मौन रहा। शायद सोचता होगा कि अपने स्वामी के समकक्ष खुलना ठीक रहेगा या नहीं।

मैंने उसके अन्दर की बात समझकर कहा, "अपने को कोचवान न समझ कर मेरा मित्र मानो। यह कितना सच है कि प्राणी इसी जन्म में अनेक जन्म लेता है। जैसे पहले तुम क्या थे पर अब एक कोचवान हो।"

"मैं भी अपने भीतर छोटे-मोटे कई बवण्डर छुपाये हुए हूँ। कहूँ तो किसे? बाबू मोशाय! कई बातें सही पात्र को ही कही जाती हैं। आप हर दृष्टि से श्रेष्ठ पात्र हैं। शिक्षा, पेशे और कुलीनता के हिसाब से।...बाबू मोशाय! मैं भी कुलीन घर का एक डरपोक और धर्मभीरु खोखा, सॉरी, लड़का हूँ। जिन मर्यादित मूल्यों में मेरा भरण-पोषण हुआ, उन्हें शत-प्रतिशत तो नहीं, काफ़ी सीमा तक मैं पालन करता रहा हूँ। किशोर अवस्था तक तो मैं किसी लक्ष्मण रेखा को पार करने का साहस नहीं जुटा पाया।

घर में हम तीन भाई और एक भाभी थी। माँ थी और सख्त मिज़ाज के बाबा (पिता) थे। खाता-पीता बंगाली-परिवार। भाभी तो मुझे कभी-कभी मज़ाक में लड़की तक कह देती थी।...आठवीं पास करने के बाद नौवीं कक्षा में सुमिता नाम की लड़की मुझे अच्छी लगने लगी। शरतचन्द्र के उपन्यास पढ़े थे। रवीन्द्रनाथ ठाकुर की 'गीतांजलि' पढ़ी थी। 'देवदास' पढ़ा था। वह सुमिता मुझे अपलक दृष्टि से देख कर मुस्काती थी। सच बाबू मोशाय! बहुत ही सुन्दर थी वह। उसका मुस्कुराना इतना मधुर था कि मैं कई बार अपने होठों पर जीभ फिरा देता था। यह आँख-मिचौली चलती रही। वह अपनी चंद सहेलियों के साथ खड़ी होकर मेरी ओर संकेत करके न जाने क्या कहती कि उसकी वे सहेलियाँ हँस पड़ती थीं। मुझे लगता था कि वे मेरे व्यक्तित्व की खिल्ली उड़ा रही हैं। फिर भी वह मुझे अच्छी लगती थी, पर मेरा साहस कभी नहीं हुआ कि उससे कुछ कहूँ।

समय चला गया। सुमिता भी चली गयी। उसके बाबा की दिल्ली में बदली हो गयी।

कॉलेज में भी मुझे सभी दब्बू प्रवृत्ति का कहते थे, जबकि मैं अव्वल आता था। फर्स्ट क्लास फर्स्ट। कभी-कभी विश्वविद्यालय में एक-न-एक पोजीशन लाता था। छात्राएँ मेरे प्रति आकर्षित थीं। मुझसे मेलजोल बढ़ाना चाहती थीं पर मैं डरपोक। जब मैं थर्ड ईयर में आया तो कॉलेज में 'भावेशा' ने दाखिला लिया। उसे देख कर मैं मुग्ध हो गया। मेरे अन्तःकरण में विचित्र-सी घण्टा ध्वनियाँ होने लगीं। फूल से भी कोमल भावनाएँ मचलने लगीं। सच कहता हूँ बाबू मोशाय, वह सौन्दर्य की देवी एफ्रोदिति थी और वासना की प्रतिमूर्ति 'एरास'। कामदेव की सम्पूर्ण रचना-कला थी उसमें। मैं उसे लेकर सपने बुनने लगा लेकिन अपनी प्रवृत्ति से मैं लाचार था। फिर वह मुझसे जूनियर थी।

कॉलेज मैगज़ीन में मेरी कहानी छपी। भावेशा ने उसे पढ़ा। फिर वह मेरे साथ पढ़ने वाली छात्रा के साथ मुझसे मिलने आयी। चाय पीते-पीते कोई विवाद छिड़ गया था। वह इतनी प्रभावित हुई कि हमारे मिलने का सिलसिला शुरू हो गया।

"सर! प्यार की कोई परिभाषा नहीं हो सकती। प्यार के लिए कौन-से शब्द उपयुक्त हो सकते हैं, यह कहना कठिन है। पर प्यार कुछ विशिष्ट भावना ज़रूर है। आनन्द, अवसाद, उत्तेजना, शिथिलता, सुख-दुख, उन्माद, उत्साह—सब कुछ इस प्यार में है।"

एक दिन भावेशा ने चाय की चुस्की लेते हुए कहा, "सर्वप्रिय, तुम शब्दों का प्रयोग इतना सटीक करते हो कि मैं मुग्ध हो जाती हूँ—कई बार।"

मैं मुस्कुराया। उसकी आँखों से अपनी आँखें छुआ कर कहा, "शब्द के बिना संवाद कहाँ है? संवाद के बिना गति कहाँ है? इनके बिना जीवन शून्यताओं से घिर जाएगा।"

"तुमने अपनी नयी कहानी में जिस युवती के सौन्दर्य का वर्णन किया है, वह कौन है?"

मैं उसे प्रश्न-भरी दृष्टि से देखता रहा। उसके प्रश्न का उत्तर वह स्वयं थी। एक बार चाहा कि कह दूँ कि ऐसी सुन्दरी भावेशा के सिवाय कौन हो सकती है? लेकिन मुझमें वह साहस कहाँ?

"सुगठित देह, उन्नत वक्ष, लोल-लोचन—इतना शृंगार रस तुम्हारे जैसे सूखे सरोवर में कहाँ से आया सर्वप्रिय?"

मैं नहीं दे पाया उसे कोई उत्तर। जब उसने ज़्यादा ही प्रेशर डाला तो पलकें झुका कर, धीमे स्वर में बोला, "कालिदास को पढ़ कर।"

वह भी मुस्करायी अर्थभरी मुसकान।

आदमी अपने को कितना ही छुपाये पर अनेक जगह वह अनायास प्रकट हो

जाता है। मैं भी कई अवसरों पर प्रकट होता गया।

कई बार मेरी दुर्बलताएँ फुत्कारने लगती थीं, पर वह तो संयम और मर्यादा की पक्की दीवार थी। जब कभी भी मेरी उत्तेजना चरचह?राती थी या मेरे बदन में सनसनी फैलती थी तो वह सख़्त हो जाती थी और कहती थी, "ऐसा कुछ न करो और ऐसा कुछ भी मैं होने नहीं दूँगी जो ग़लत है। जो विवाह के पूर्व नहीं होता है, वह नहीं होना चाहिए।"

मैं उसकी इस डपट-भरी चेतावनी से वही डरपोक सर्वप्रिय हो जाता था।

समय भाग रहा था—निर्बाध। अन्तहीन है उसकी गति। वक़्त का इतिहास इसी तरह बनता रहता है। उसी तरह प्रेमिल पलों की रचना स्वतः ही फलती-फूलती थी। प्रेम जब दरारें नहीं पाट सकता तो वह कोमल संवेदनाओं व भावनाओं को गहरा करता रहता है।

भावेशा ने ही कहा था, "तुमने हमारे सम्बन्धों के भविष्य के बारे में सोचा है।"

"नहीं सोचा।"

"क्यों?"

"जो वर्तमान में हो रहा है, वह आगे होता-होता वर्तमान ही तो रहेगा।"

"हर वर्तमान दूसरे दिन भूत बन जाता है। सर्वप्रिय, प्रेम में जितनी दूरी होती है, विवाह के बाद उतनी ही निकटता बढ़ती जाती है।"

"मैं यह तय मानूँ कि हम विवाह करेंगे?"

"शत-प्रतिशत। तुम मेधावी हो, कुलीन हो, सम्पन्न हो। एक श्रेष्ठ वर की सारी ख़ूबियाँ तुममें हैं। पर तब तक हम विवाह नहीं करेंगे जब तक हम सैटल नहीं हो जाते। वह भी आर्थिक दृष्टि से। आर्थिक दृष्टि से आत्मनिर्भर होने वाले कभी भी अपनी व्यक्तिगत स्वतन्त्रता को नहीं छिनने देते।"

"तुम ठीक कहती हो। प्रेम की सफलता के पीछे यही बात है।" मैंने उसकी बात का समर्थन किया।

अचानक वह गम्भीर व चुप हो गयी। हम दोनों बीच की निरर्थकता को झेल रहे थे।

अप्रत्याशित उसने ऐसे कहा जैसे उसे कुछ याद आया हो। आसपास के वातावरण को दृष्टि में लेती हुई वह बोली, "मेरी दीदी बीमार है। मुझे जाना है तुरन्त।"

वह उठ कर शीघ्रता से चली गयी।

मैं भी उस दिन को ख़त्म करके चलता बना।

सर्वप्रिय ने अपनी बात ख़त्म की। एक बार नौकरानी चाय ले आयी थी। हम दोनों ने चाय की एक-एक चुस्की ली।

उसने लम्बा साँस लिया। अत्यन्त ही कोमल वेदना थी उसके चेहरे पर। दूसरी

चुस्की लेकर वह फिर बोला, आप ग्रह-नक्षत्र को मानते हैं या नहीं, पर मैं मानता हूँ क्योंकि उस दिन के बाद मेरे ग्रह ख़राब चलने लगे। भावेशा दस दिनों तक मिली नहीं। यदि उसकी दीदी.ज्यादा बीमार हो गयी है तो वह मुझसे नहीं मिलेगी। क्योंकि उसकी दीदी उसकी केवल दीदी ही नहीं थी। बल्कि माँ भी थी, मित्र भी थी। उसकी दीदी भी अप्सरा-सी रूपवती थी जिसके कारण एक ग़रीब लड़की एक ज़मींदार के घर की बहू बन गयी। भावेशा की उन्नति में एक-एक कदम पर उसकी दीदी थी। दीदी पर वह अपने प्राण न्यौछावर करती थी।

दस दिनों के बाद वह जब मिली तो उदास और थकी-थकी थी। लगा कि उसके जिस्म की ताज़गी को किसी ने छीन लिया है।

उसने आते ही कहा, "सर्वप्रिय, दीदी की एक बार तो हालत गम्भीर हो गयी थी। अस्पताल भर्ती कराना पड़ा। मेरी तो नींदें उड़ गयीं। जब तक दीदी होश में नहीं आयीं, तब तक मैंने सच ज़बरदस्ती खाना खाया।...यदि मेरी दीदी को कुछ हो जाता तो मैं अपनी जान दे देती।"

मैंने उसे उँगली के इशारे से रोकते हुए कहा, "अशुभ मत बोला करो। कई बार ऐसा तो नहीं होता कि जिसे हम गहरे सम्बन्ध या प्रेम कहते हैं, वे आदत तो नहीं बन जाते? दीदी तुम्हारे जीवन की एक हिस्सा और आदत बन गयी है। उस हिस्से के बिना उनमें कभी-कभी अधूरापन और कभी-कभी स्वयं के अस्तित्व पर सन्देह होता है।"

"यह सम्भव है।" उसने स्वीकारा।

"अब तो दीदी ठीक हैं?" उसने हाँ में सिर हिलाया।

हमारा प्रेम, हमारे बीच के गहरे रागात्मक सम्बन्ध, एक दूसरे की चाहतें, बहुत ही वासना-रहित निर्विघ्न चल रही थीं कि अचानक भावेशा में अजीब-सा अजनबीपन जनम आया। वह उखड़ी-उखड़ी रहने लगी। उसके व्यवहार में रूखापन आने लगा। भीषण तनावों से घिरी रहने लगी। परन्तु वह अपने मन की बात न बताती थी। जब मैंने गुस्से में उसे झिंझोड़ा तो उसने इतना ही कहा कि वह बीमार है। मैं उसे देख कर दुखी हो जाता था। पता नहीं वह किसी आत्मग्लानि, आत्मवंचना और आत्म-अग्नि में दग्ध हो रही थी जिसे मेरा जानना ज़रूरी था पर वह चुप रहती थी। उसकी चुप्पी मुझे छुरा भोंकती थी। सटाक-सटाक चाबुकें मारती थी पर वह थी जो एक ही वाक्य बार-बार दोहरा रही थी कि वह बीमार है।...कभी-कभार वह 'पाप' शब्द का भी प्रयोग करती थी। अचानक वह लापता हो गयी। उसका जीजा नारायण घोषाल, दीदी सुखदा और उसके परिवार के अन्य सदस्य, उसे ढूँढ़ते रहे। मैं तो बावला हो गया। कहाँ-कहाँ नहीं ढूँढ़ा मैंने उसे। नहीं मिली वह। प्रेतात्मा की तरह ग़ायब हो गयी।

उसकी दीदी और जीजा तो विक्षिप्त-से हो गये। फिर हताश।...बाबू मोशाय!

मनुष्य बार-बार गिर कर सँभलता है और बार-बार मर कर जिन्दा होता है। लेकिन यह सच है कि कुछ ऐसा हादसा उसके साथ ज़रूर घटा था जिसे उस जैसी सीधी-सादी और पवित्र लड़की सह नहीं पायी और लोप हो गयी। सीमाएँ हर वस्तु की होती हैं और जब वे टूटती हैं तो असह्य हो जाती हैं। मेरे सहने की शक्ति टूट गयी। वह शहर मुझे डसने लगा। ऐसा दुर्दान्त दुख पहुँचाने लगा कि मैं अपने को ही अदृश्य चाकुओं से कौंचने लगा। भावेशा अपने को कोसती-कोसती लोप हो गयी। अदृश्य। मेरे विश्वास से वह मरी नहीं, वह जीवित है, इसलिए मैं भी लोप हो गया। अपने घर, परिवार और शहर की दृष्टि में। एक कोचवान के रूप में मैं भूलता जा रहा हूँ कि मैं कभी पढ़ा-लिखा था। दाढ़ी-मूँछों व लम्बे बालों के कारण मुझे अपना पिछला स्वरूप भी याद नहीं आता कि मैं भी कभी आकर्षक युवक था। बीच-बीच में माँ की बीमारी का झूठ बोल कर मैं कलकत्ता जाता रहता हूँ, भावेशा का पता लगाने, पर वह तो ऐसी लोप हुई कि उसके होने की भनक भी सुनायी नहीं देती। यदि वह नहीं है तो मैं भी कुछ नहीं हूँ। एक शून्य, एक जीवित मुर्दा। उसका स्वर विगलित हो गया और आँखें नम। कुछ देर निस्पंद बैठा रहा। अपने दुख को निगलते हुए उसने बुझे-बुझे स्वर में कहा, "कितनी लुभावनी थी वह, प्यारी सी। ईश्वर की तरह पवित्र और शिशु की तरह निर्दोष। न जाने वह क्यों लोप हो गयी?"

फिर चाय आ गयी थी। मैं और वह चुपचाप चाय पीने लगे। उसकी आकृति से लग रहा था कि वह दुख के दलदल में धँसा जा रहा है।

वह फिर बुदबुदाया, "वह मर नहीं सकती। वह जीवित है, मेरे मन में, मेरे शरीर में और मेरी स्मृतियों में और इस धरती पर।" फिर वह बुत हो गया।

मैं विचारों के भीषण भँवर में फँस गया। अनेक गुह्य रहस्य रचनाकार के मस्तिष्क में उलझे-सुलझे और दबे हुए रहते हैं।

हम बार-बार दूसरों की दुनिया में जा कर और उसे देख-समझ कर लौट आते हैं। मैं चाय पीते-पीते नारायण घोषाल की दुनिया में चला गया। उस दुनिया का घिनौना व असह्य सच को व्यक्त करते हुए मुझे भी ग्लानि-सी हो रही है। घोषाल मेरा मित्र था। हम दोनों एक ही वर्ग के थे और सहपाठी भी। अंग्रेज़ों के ज़माने के सम्पन्न लोग। कई अवसरों पर मिलते थे और साथ-साथ खाते-पीते थे। वह निहायत ही शरीफ़ था, हर दृष्टि से। पर उसमें वासना के अनेक अजगर थे जो शिथिल और आलस में पड़े रहते थे। लेकिन अजगर की लपेट में कोई जीव-जन्तु आ जाता है तो वह उसको चकनाचूर कर देता है। घोषाल ने एक बार शराब के नशे में बताया था कि उसने एक वीभत्स पाप किया है, अपनी साली भावेशा के साथ बलात्कार। वह बहुत धर्मभीरु और पापकर्म से भयभीत होने वाली लड़की थी। वह इस दुष्कर्म से विचलित हो गयी। अपने से घिन करने लगी। माँ और देवी समान दीदी और उसके दो प्यारे-प्यारे बच्चों के जीवन तथा भविष्य को वह नष्ट करना नहीं चाहती

थी। वह उसके चेहरे पर थूक कर चली गयी। कहाँ? यह आज तक कोई नहीं जान सका। यदि उसने आत्महत्या की होती तो कुछ-न-कुछ सुराग अवश्य मिलता पर वह ऐसी विलुप्त हुई जैसे उड़ने वाला रंग हो। घोषाल को खूब पछतावा है पर वह अपनी प्रकृति से लाचार है। उसकी पत्नी सुखदा की जगह दुखदा हो गयी। सर्वप्रिय को मैं यह सत्य नहीं कहूँगा। वह इस सत्य को जान कर घोषाल की हत्या तक कर सकता है। अपने को मार सकता है।

मेरी इस कहानी को पढ़नेवालो! मुझे क्षमा कर देना कि मैं स्वयं इस सच को उन सभी लोगों से छुपा रहा हूँ जो इससे जुड़े हैं। सर्वप्रिय की इस कहानी के तथ्यों को तो मैंने ईमानदारी से रखा है पर भाषा, भाव, संवाद और संवेदनात्मक स्थितियों में ज़रूर परिवर्तन हुए हैं। अक्षरशः लिखना कठिन है।

आपको बता दूँ कि मैंने कई बार इस कौंचने वाले सच को बताने का प्रयास किया पर मैं वह सच अपनी ज़बान पर नहीं ला पाया। शायद सर्वप्रिय भावेशा के सच के बारे में अनजान ही रहेगा।...हाँ, मैंने अथाह प्रयास किये कि सर्वप्रिय को अपने किसी प्रतिष्ठान में प्रतिष्ठित पद दे दूँ पर वह अपनी यथावत स्थिति में रहना चाहता है। उसे कोई बदलाव मंज़ूर नहीं। ज़्यादा दबाव डालता हूँ तो वह दार्शनिक के अन्दाज़ में बोलता है, "द्रोणाचार्य की दृष्टि में अश्वत्थामा मर चुका है पर वह जीवित है—आत्मपीड़ाएँ, आक्रोश और बियावान जंगल के एकान्त का दुर्वह दुख लिये। मैं भी स्वयं नहीं मरूँगा, जीवित रहूँगा, अपनी भावेशा के लिए। शायद वह कभी आ जाए।" वह सुबक-सुबक कर रोने लगा।

उसकी वेदना को देख कर पल भर के लिए भावेशा के जीवन का सच मेरे होठों पर आया पर मैंने उसे विष के घूँट की तरह निगल लिया।

एक और शैतान कौवा हमें डिस्टर्ब करने के लिए ज़ोर-ज़ोर से काँव-काँव करने लगा।

पिछला दरवाज़ा

वह हर रोज़ तो नहीं, दो-तीन दिनों के बाद वह मेरी माँ के घर यानी अपनी ससुराल आता है, वह भी रात के लबादे में सन्ध्या के सिर छुपाते-छुपाते। छुट्टी के दिन वह चिलचिलाती धूप में भी आता है। वह प्रायः खाली हाथ आता है। यदा-कदा वह बिस्कुट के पैकेट या किलो आधा किलो फल अपनी बेटी के लिए लाता है। मेरे लिए कुछ भी नहीं लाता है और न आर्थिक मदद करता है। वह ज़रा भी खूबसूरत नहीं है। नाक-नक्शे उसके आकर्षण को घटाते हैं। उसकी आकृति रूखड़ लगती है। वह आला अफ़सर है। इन्जीनियर मेरा पति। मैं एक टीचर हूँ। हमारी अरेंज्ड मैरिज हुई थी।

जब-जब वह आता है, तब-तब मुझे लगता है कि वह मेरे शरीर का ग्राहक है। वह ग्राहक की तरह अपने रूखड़ चेहरे पर प्रेम की विनम्रता लपेटे रहता है। 'हेलो डार्लिंग' कह कर अपने हाथ को हवा में उछालता है और मुझे एकटक देखता है।

मैं भी प्रश्न-भरी स्थिर दृष्टि से उसे अपलक देखती हूँ। चन्द ही क्षणों में उसके चेहरे पर कामुकता की परत दपदपाती है। उसकी आँखों में साँप सा पैनापन उभरता है और मुझे महसूस होता है कि यह आदमी मेरा पति नहीं, एक गिद्ध है। कच्चे मांस को नोचने वाला गिद्ध।

वह मेरे बिना कहे ही सोफ़े में धँस जाता है। अपनी झेंप मिटाने के लिए वह अजीब तरह से खींसें निपोरता है। मैं अपने भीतर कई सवालों को लिए बस उसे देखती रहती हूँ।

वह सदा की तरह मेरी लम्बी चुप्पी का कारण पूछता है। मैं निरुत्तर रहती हूँ। वह अपनी जेब में से लाइटर और सिगरेट निकालता है। जलाता है और अचानक बुझा देता है, यह कहते हुए कि तुम्हें सिगरेट के धुएँ से घृणा है।

मेरा आन्तरिक संघर्ष कम होता है। वह इधर-उधर दृष्टि फेंक कर अपनी बेटी को पुकारता है। बेटी नवीना आती है। वह उसकी ओर दुष्टता से जीभ निकाल कर बाहर चली जाती है। वह उसे पुकारता रहता है। फिर हमारे घर के आस-पास के

निचले तबके के बच्चों के स्तर के बारे में वह भाषण झाड़ता है। बेटी की उपेक्षापूर्ण दूरियों के बारे में कुछ वाक्य उगलता है। मैं उसे किसी अच्छी जगह कोठी, बँगला या किराये का मकान लेने के लिए कहती हूँ। उसे यह भी बताती हूँ कि उसके घर के पीछे भी तो झुग्गी-झोंपड़ी वाले रहते हैं। वह फिर नवीना को प्रश्न से ढकने का प्रयास करता है पर मैं उसे उघाड़ कर नंगा कर देती हूँ कि जो बाप अपनी बेटी के प्रति दायित्वों का निर्वाह नहीं करता है, अजनबी की तरह आता है और ठहरी हुई नदी का पानी पी कर चला जाता है, वह अपनी बेटी से क्या अपेक्षाएँ रख सकता है?

वह कुछ देर तक ख़ामोश रहता है। फिर चोरों की तरह इधर-उधर देखता है वह ऐसे पूछता है जैसे वह नहीं। उसके अन्दर से कोई पूछ रहा है कि मम्मी कहाँ है।

मैं उसका इस सवाल का भेदन करती हूँ कि वह बाज़ार गयी है। वह मेरे चेहरे को इतनी तीखी नज़र से देखता है जैसे वह उसमें छेद करना चाहता है।

"कमरे में चलोगी?"

"नहीं। ऊब चुकी हूँ मैं। अपनी देह से तुमको खेलते हुए देखते-देखते। मुझे तुम्हारा स्पर्श भी अत्याचार लगने लगा है।"

वह पति होने का दावा पेश करता है। मैं उसे अस्वीकार करती हूँ। लांछन लगाती हूँ कि वह पति नहीं, एक मरी हुई मछली का ग्राहक है। वूमैन ईटर है।

वह सहसा गिरगिट हो जाता है। कभी बाघ, कभी रीछ, कभी गिद्ध और कभी लोमड़ी का रूप बनाता है।

मैं उसे बताती हूँ कि देवदास आने वाला है। वह शेर की तरह दहाड़ता है। मेरे चरित्र पर कीचड़ के छींटे फेंकता है। मैं उसे चिढ़ाने के लिए देवदास की प्रशंसा करती रहती हूँ, मुस्कुराती रहती हूँ।

वह अपमान में दग्ध होकर चला जाता है। ऐसे वह कई बार जाता है। फिर भूखे कुत्ते की तरह दुम हिलाता हुआ आ जाता है। मैं अपनी देह का एक टुकड़ा काट कर उसके आगे फेंक देती हूँ।

मुझे याद आता है कि मेरी शादी के पहले मेरे पिता की हृदय गति रुक जाने से अचानक देहान्त हो गया है। मेरी माँ को लगभग चार लाख रुपये मिलते हैं। मेरी माँ शादी पर दो लाख रुपये मेरे मना करने पर भी खर्च कर देती है। मुझे हैरानी होती है कि लड़की के साथ वह सब कुछ दिया जाता है, जो गृहस्थी के लिए ज़रूरी है, जो सुहागरात मनाने के लिए भी आवश्यक है। उपयोग व उपभोग की समस्त सामग्री। लड़के व लड़के के माँ-बाप को क्यों नहीं लज्जा आती है?

ससुराल। संयुक्त परिवार। तरह-तरह की आवाज़ें और इन आवाज़ों पर मँडराते मेरे ससुर न्यायाधीश महोदय के हुक्म। हर फैमिली मेम्बरों के लिए केवल एक-एक कमरा है। एक कॉमन ड्राइंग रूम। मुझे मेरी ससुराल अजायबघर-सी लगती है। लगभग सात-आठ प्राणी जन्तुओं का अजायबघर।

सुहागरात! एक छोटा-सा कमरा। मेरे घर का पलंग, मेरे घर का गद्दा शरीर मेरा। केवल फूल उनके।

वह थोड़ा ड्रिंक करके आता है। दरवाज़ा बन्द करता है। कदाचित फ़िल्मी प्रभाव हो, मैं भी छुई-मुई-सी दुबकी-सी बैठी रहती हूँ। घूँघट लम्बा कर लेती हूँ।

वह मेरे पास आता है। मेरे रूप की प्रशंसा में रटे-रटाये शब्द उगलता है और मुझे बिछा देता है। सुहागरात चन्द मिनटों में निर्जीव हो जाती है। वह मुझे दबोच कर सो जाता है। मैं जाग जाती हूँ। मैं अपनी देह में से निकल कर उसके नज़दीक बैठ जाती हूँ। देखती रहती हूँ उसे, जो अपना सत्व मुझमें डाल कर बेफिक्री की नींद सो रहा है। क्या अनेक मधुर कल्पनाओं और उत्तेजनापूर्ण बातों से लदी बासन्तिक इस रात्रि का सच इतना लघु होता है? इतना क्षुद्र? उसकी आकृति जितनी भावहीन है, क्या उसका हृदय भी वैसा ही है, मैं जो बचपन से एक ऐसे पुष्प की कल्पना करती आयी हूँ कि जो पुरुष मेरे जीवन में आएगा, वह मेरे अन्तस की कलियाँ और फूलों को अपनी भावनाओं से स्पर्श करेगा, यह तो इतना रूखा और सूखा है कि इसके भीतर तरलता तक नहीं है। वह अपनी देह को उसके बाहुपाश से छुड़ाना चाहती है पर...। मैं धीरे-से अपनी देह को खिसकाती हूँ कि उसकी आँख खुल जाती है। मैं अपनी देह में लपक कर घुस जाती हूँ। वह ऐसे अपनी गर्दन हिलाता है जैसे कीचड़ में सना कुत्ता हो। वह फिर अमृत मंथन के समय शेषनाग के पाश की तरह मेरे ज़िस्म के चारों ओर अपनी बाँहें लपेटता है। मैं समझाती हूँ पर उस नागपाश से मेरी मुक्ति नहीं होती है। मैं और कसाव से घिरती जाती हूँ। फिर विष मंथन होने लगता है। मैं करुण क्रन्दन करती हूँ। चीखती हूँ, पर मेरी आवाज़ मेरे अन्दर ही गूँज कर मर जाती है। वह श्लथ-सा पड़ जाता है। मुझे उससे घृणा और अपनी देह से वितृष्णा-सी हो जाती है। यह समर्पण नहीं है, बलात्कार है। पर मैं प्रत्यक्ष में माँग की गुड़िया बनी रहती हूँ। सच, मैंने महसूस किया कि मैं कायर हूँ।

यह अनचाहा शरीर के उपयोग का सिलसिला चलता रहता है। एक तो देवेश का नीरस और व्यस्त जीवन। दूसरा उसका हर समय मैकेनिक भाषा में बोलना मुझे पूरी तरह से ऊबा देता है। रही-सही कसर इस घर की स्वार्थी भीड़ पूरी कर देती है। मन्दबुद्धि ननद तो इतने ऊट-पटाँग कामुक सवाल एकान्त में पूछती रहती है कि मैं तड़प उठती हूँ। जब-जब मैं अपनी पीड़ा देवेश के समक्ष रखती हूँ, तब-तब देवेश मुझ पर ही बरस जाता है। उपदेशक की तरह कहता है कि वह अपने दफ़्तर और बॉस से जिस तरह एडजस्टमेंट करता है न, फिर मैं परिवारवालों से क्यों नहीं करती। मैं उसे कई बार समझाती हूँ कि वह मेरी परेशानियाँ और मानसिकता को समझे। अपनी माँ की मैं अकेली बेटी हूँ। उसकी देखभाल करना मेरा फर्ज बनता है।

वह बारूद की तरह फट पड़ता है, "फिर तुम्हारी माँ ने इस भरे हुए परिवार में तुम्हारी शादी क्यों की? कुँवारी ही रखती।"

कितना संवेदनहीन है यह मेरा पुरुष पति?

फिर भी मैं विनती करती हूँ, "देवेश, मेरी परेशानी समझो। मुझे लगता है कि मैं यहाँ होते हुए भी अपने को अनुपस्थित पाती हूँ। मन और तन जैसे अलग हो गये हैं। हम अलग क्यों नहीं हो जाते?"

वह पागल की तरह चीखता है—यह सम्भव नहीं है। फिर वह अभिनय प्रवीण की तरह स्वर को मुलायम, मन्द करके कहता है, "सम्भव हो सकता है। देखो, मंजुषा, मैं घरजँवाई बन कर कतई नहीं रह सकता। मेरा अपना भी आत्म सम्मान व स्वाभिमान है। हाँ, यदि तुम्हारी माँ अपना घर मेरे नाम कर दे तो यह सम्भव हो सकता है। मैं गर्व से कह सकता हूँ कि घर मेरा है और मेरी सास यहाँ रहती है।"

मुझे पता नहीं था कि यह इतना कुटिल है।

मैं ख़ामोश हो जाती हूँ। सोच लेती हूँ कि जो भाग्य में लिखा है, उसे भोगना ही पड़ेगा। आख़िर मनुष्य अन्त में अपने को समझाने के लिए शब्दों का ही तो सहारा लेता है। मैं नहीं जानती कि मैं इस तरह मरा-मरा जीवन क्यों जीती हूँ। क्यों केवल भोग की वस्तु बन कर रह गयी हूँ?

अपनी इस अजीबोग़रीब दुर्बलता और असमंजस की ऊहापोह में मैं एक बेटी की माँ बन जाती हूँ। मेरी जेठानी के भी तीन बेटियों के बाद पुत्र होता है।

प्रसवकाल के पूर्व भी मेरे साथ दोगला व्यवहार होता है। देवेश तो मुझे समझाने लगता है कि वह अपने पीहर ही प्रसव करे जबकि प्रथम प्रसव रक्त ससुराल में ही गिरना चाहिए। पर सबके दबाव के कारण मैं पीहर आ जाती हूँ। प्रसवकाल के दौरान मेरे साथ रूखा व्यवहार होता है। देवेश भी इस तरह आता है जैसे कोई परिचित औपचारिकता निभा रहा हो। मैं जब उससे खर्च के लिए पाँच हज़ार रुपये माँगती हूँ तो वह तपाक से कहता है तुम्हें किस बात की कमी है? 'ये' आयी होगी। फिर तुम्हारी माँ के पास तो अभी भी लाखों हैं।

"क्या तुम्हारा कर्तव्य नहीं बनता?"

वह घटिया दर्ज़े के दलाल की तरह खींसें निपोरते हुए कहता है कि उसने इस बार अपनी नवजात बेटी के लिए किसान विकास पत्र खरीद लिये हैं।

एकदम झूठ बोलता है वह! मुझे गुस्सा आता है। मेरे भीतर अग्निमय आक्रोश जन्मता है। सोचती हूँ कि इस झूठे का मुँह नोच लूँ पर मैं केवल अन्दर से विद्रोहिणी बनी उसे विमूढ़-सी देखती रहती हूँ।

नामकरण के दिन भी बेटी की माँ होने की उपालम्भ सहती हूँ। कई बार तो तिरस्कार सीमा लाँघ जाता है। जैसे-तैसे मैं दिन बिताती हूँ। रात आती है। सन्नाटे पसरने लगते हैं। वैसे ही गहरे सन्नाटे। पर मेरे भीतर सन्नाटे शोर मचाते रहते हैं।

जब देवेश आता है। मैं उसके समक्ष दिन भर की उपेक्षाओं, तिरस्कारों और दोगलेपन के काँटे बिछा देती हूँ। जेठानी और मेरे बीच किन-किन बातों व वस्तुओं के भेदभाव हुए उसकी थाली परोस देती हूँ।

वह लापरवाही से कहता है कि ऐसा तो परिवारों, विशेषतः संयुक्त परिवारों में होता ही है।

"यह दुखदायी नहीं है? क्या तुम मेरे पक्षधर नहीं बन सकते? उन्हें कठोरता से समझा नहीं सकते।"

वह हवा में हाथ उछाल कर बात को समाप्त करने के लिए कहता है। मेरा 'किस' लेता है। डार्लिंग-डार्लिंग कह कर मेरी देह के बुर्ज, कंगूरों व दीवारों को स्पर्श करने के लिए बेताब हो जाता है। मुझे लगता है कि यह आदमी भावहीन और संवेदनहीन है। वह मुझे बिस्तर बनाने की जबरदस्ती करने लगता है। मैं घृणा से उबल पड़ती हूँ और उसे ज़ोर का धक्का मारती हूँ। वह पलंग के ऊपरी हिस्से से टकराता है। उसे चोट आती है। वह तुरन्त आदमी से खूँखार बाघ बन जाता है। लड़ाकू मुद्रा में चीखता है, "बहुत बदतमीज हो गयी हो! अपने को क्या समझती हो? तुम याद रखो कि आफ्टर ऑल यू आर माई वाइफ़।"

मैं उसे घूरती हूँ, बुदबुदाती हूँ, "पत्नी हूँ, पर दासी नहीं। इतना भी नहीं जानते कि मेरा शरीर कच्चा है। कितने दिन हुए हैं? इक्कीस ही तो दिन बीते हैं। अभी से मगरमच्छ बनने लगे हो। संयम रखो।"

वह तमतमाता है। क़समसाता है। तिलमिलाता है और एक तकिये को दबा कर, पीठ फेर कर सो जाता है। वह बार-बार अपने हाथों-पाँवों से विचित्र-सी हरकतें करता है। शायद सुलग रहा है। मेरी बच्ची रोने लगती है। मैं भी उसे अपना बायाँ स्तन मुँह में देकर सुलाने का जतन करती हूँ।

सिवाय मितभाषी जेठ और न्यायाधीश ससुर के अलावा परिवार के सारे सदस्य मेरे विरुद्ध षड्यंत्र करते रहते हैं। चूँकि मैं पति की बिस्तर नहीं बनी, इस कारण वह भी रूठा-रूठा रहता है।

मैं क़रीब से खालीपन से भर जाती हूँ। इतनी ऊब उठती हूँ कि इच्छा होती है कि यहाँ से भाग जाऊँ।

मैं अपना निर्णय देवेश को सुनाती हूँ कि मैं या तो किराये के मकान में रहूँगी या फिर अपनी माँ के पास। मैं यहाँ किसी भी कीमत पर नहीं रह सकती।

"मैं अपने पिता और परिवार को कतई नहीं छोड़ सकता। मेरे पिता वृद्ध हैं और उन्होंने मुझे मनोयोग से पढ़ाया-लिखाया है। नौकरी लगवाने के लिए अपने सिद्धान्तों की बलि चढ़ा कर रिश्वत तक दी है।"

"यह उनका कर्तव्य है। पर मेरा निर्णय अटल है।"

वह भी लैम्पपोस्ट की तरह अपने इरादे पर अटल रहता है। मैं पीहर आ जाती हूँ। सिवाय ससुर के, मुझे कोई भी रुकने का आग्रह नहीं करता है।

समय के साथ हमारे बीच का प्रेम क्या, सच्चा सम्बन्ध भी सिक्के के घिसने की तरह घिसने लगता है। कम-से-कम मुझे तो उसके प्रति तनिक लगाव नहीं रहता है। केवल पत्नी हूँ उसका 'अधर्म' निभाती हूँ। वैसे एक बात स्पष्ट कर दूँ कि आर्थिक दृष्टि से स्वावलम्बी होने के बाद भी मैं उसका विरोध नहीं कर पाती। फिर भी वह आकर अपनी लाचारियों के टुकड़े फेंककर, मेरी देह, सिर्फ देह को बुलडोजर से रौंद कर चला जाता है। वह मेरी भयानक दुर्बलता है। मैं अपनी दीनता और असहायता पर बाद में तरस खाती हूँ। वह जब-जब आता है, तब-तब घर चलने की प्रार्थनाएँ करता है पर मैं इसके लिए राज़ी नहीं होती हूँ।

मैंने कई बार महसूस किया कि यह मेरे मन की कौन-सी स्थिति है? यह कौन-सी मानसिकता है कि मैंने जिसे कभी भी मन से नहीं स्वीकारा, उसको देह सुपुर्द कर देती हूँ, चाहे अनिच्छा से ही। अपने मन को तन से अलग करके।

उसके घर न जाना और उसे देह देना, विद्रोह न करना—यह क्या मेरा तिरिया हठ है? हठ ही है। विद्रोह होता है तो सम्बन्धों के सारे धागे टूट जाते हैं। चारों ओर सूखा है, रेगिस्तान है, फिर यह देह?

कभी-कभी मुझे अपने पर ग्लानि होती है। कई बार अपनी इस दीनता व कमज़ोरी पर तरस आता है। यह मेरे अन्तस में कौन-सा आतंक है? तब मुझे लगता है कि मैं कई हिंस्र जानवरों से घिर गयी हूँ। उन जानवरों पर तरह-तरह के पोस्टर लगे हुए हैं—संस्कार, समाज, परिवार, सन्तान परिजनों के। वे सब मुझ पर रस्सियाँ फेंक-फेंक कर बन्दिनी बना रहे हैं।

मेरा मित्र देवदास कई बार कहता है, "तुम एक कायर औरत हो। ज़िन्दा-मुर्दा। साफ़ लफ़्जों में कहूँ तो अपने पति की वेश्या हो जो समय-समय पर तुम्हारी देह के खिलौने से खेल कर चला जाता है। मैंने तुम्हें कई बार समझाया है और आज भी समझाता हूँ कि बाहर के जितने भी संस्कार, स्थितियाँ, उलझनें, अवरोध, शोषण के चाकू और दोहन के तरीकों को अपने भीतर कदापि मत घुसने दो। अपने अन्तःकरण की घृणा, विद्रोह और संघर्षशील इच्छाओं को नंगा कर दो पर तुम्हारी ट्रेजडी यह है कि तुम इस पति नाम के जानवर के समक्ष अपनी देह को ही नंगा करती हो जो उसकी ज़रूरत को पूरा कर देती है। ऐसा क्यों क्यों...क्यों?"

इसका चुभनशील प्रश्न मेरे भीतर नश्तर-सा उतरता है। तड़पती हूँ, कराहती हूँ पर मेरी डरपोक और अपयश भीरु औरत श्लथ-सी पड़ी रहती है।

क्यों नहीं मैं लादे हुए बन्धनों को तोड़ती हूँ? सच कहती हूँ कि अपने को तिल-तिल मारने वाली मैं, क्यों डरती हूँ कि यदि मैं पति द्रोह करूँगी या उससे अलग हो जाऊँगी तो मेरे चारों ओर 'छिनाल' शब्द का भयंकर शोर मच जाएगा? मेरे सतीत्व पर कीचड़ के छींटे पड़ने लगेंगे। जैसे मेरा सारा व्यक्तित्व और अच्छाइयाँ ही समाप्त हो जाएँगी। इसलिए ही तो मुझे बार-बार सन्देह होता है कि मैं विद्रोह नहीं कर रही हूँ। विद्रोह करने की क्षमता मुझमें नहीं है। है तो मुझमें त्रिया-हठ। वर्ना मुझे विद्रोह कर ही देना चाहिए। यदि ऐसा नहीं करूँगी तो मेरी देह का मरणासन्न रूप में विष मन्थन होता रहेगा। क्या मेरी स्थिति देह बेचने वाली तवायफ से भी गयी-गुज़री नहीं है? कम-से-कम वह अपनी देह दोहन की पैसे के रूप में वसूली तो करती है।

मैं जल से बाहर निकली हुई मछली की तरह छटपटा कर जी रही हूँ। कितनी देर इस छटपटाहट को झेल पाऊँगी? उस छटपटाती मछली को अंततोगत्वा मरना ही है। छुरी से कहना ही है, किसी की भूख को शान्त करना ही है।

तभी मेरी बच्ची भागती हुई आती है। कहती है, "मैंने पापा से झूठ बोल दिया है कि मम्मी व नानी जी बाज़ार गयी हैं।"

"ऐसा क्यों कहा?"

"इसलिए मम्मी, कि जब-जब पापा आते हैं तो आप कमरा बन्द कर लेती हैं। यह मुझे अच्छा नहीं लगता।"

मैं उसे अपनी छाती से लगा लेती हूँ। मेरी आँखें भर आती हैं। मैं पहली बार विद्रोहात्मक कदम उठाती हूँ।

मेरी माँ के घर के दो दरवाज़े हैं। एक आगे और एक पीछे। मैं उससे सम्बन्ध तोड़ने के लिए मेन गेट को सदा-सदा के लिए ताला लगा लेती हूँ और पिछला दरवाज़ा आवागमन के लिए खोल लेती हूँ। यह निर्णय कर लेती हूँ कि कोई ऐसा नाजुक मोड़ आया जिसमें यदि देवेश ने पिछला दरवाज़ा खटखटाया तो उसके समक्ष अपने अन्दर के हिंस्र पशु को छोड़ दूँगी। उसका प्रवेश निषिद्ध कर दूँगी। थक गयी हूँ देह के दोहन का जीवन जीते-जीते। सब आरोपों व कलंकों को सह लूँगी।...

अचानक बत्ती गुल हो जाती है पर रोड लाइटें जल रही हैं। पर्दे को दायीं ओर से हटा कर देखती हूँ कि कसाई कुछ हड्डियाँ और मांस के सड़े टुकड़े बाहर फेंकता है। कुत्ते उन पर टूट पड़ते हैं।

मैं दहशत और दुष्कल्पना से घिर जाती हूँ। काँप कर खिड़की बन्द कर लेती हूँ। तय करती हूँ कि अब उस रद्दी पति को भी देह का एक टुकड़ा भी नहीं तोड़ कर फेंकूँगी।

हत्यारे

''आप यहाँ कब आये?'' पहले आदमी ने पूछा।

दूसरे ने धर्मशाला की सूनी दीवारों की ओर देख कर कहा, ''सुबह ही आ गया था।''

''मैंने तो नहीं देखा।''

''यह आपका दृष्टिदोष हो सकता है।''

''मैं तो प्रायः बरामदे में ही बैठा रहता हूँ।''

''आप नहीं बैठते, आपका यह शरीर बैठता है। केवल शरीर के बैठने से तो कुछ नहीं होता। मन का बैठना ज़रूरी है। आपकी इन्द्रियों का बैठना ज़रूरी है।''

''मैं आपका मतलब नहीं समझा?''

''मतलब साफ़ है। कई बार आदमी अपने कमरे में बन्द होकर भी बाहर की सैर करता रहता है। जब कोई धमाका होता है तो उसे वहाँ अपने होने के अस्तित्व का ज्ञान होता है।''

''आप दार्शनिक हैं?'' पहले ने तीखी निगाह डाल कर पूछा।

''नहीं, दर्शन में ग्रेजुएशन किया है।''

''और अब क्या करते हैं?''

''हत्याएँ।''

वह फस्स-से हँसा, ''मज़ाक छोड़िये। आप जैसा सुशिक्षित और बुद्धिमान व्यक्ति बुरा काम कर ही नहीं सकता। हाँ, मेरी एक शंका का उत्तर दीजिए।''

''कहिए।'' दूसरे तगड़े व्यक्ति ने कहा।

''क्या भूत-प्रेत सचमुच होते हैं?''

''बिल्कुल होते हैं।''

''आपने कभी उन्हें देखा है?''

''बिल्कुल देखा है।''

''कहाँ?''

"दफ़्तरों, सचिवालयों, राजनैतिक पार्टियों और गली-मोहल्लों में।"

"आप फिर मज़ाक करने लगे।"

"मैं मज़ाक नहीं कर रहा हूँ बल्कि अपने अनुभव सुना रहा हूँ। आपका कभी इन स्थानों से वास्ता नहीं पड़ा है। कभी आप संकट में फँसेंगे तो इन प्रेतों का आप से साक्षात्कार हो जाएगा। आपको मेरी बात को मानना पड़ेगा। बड़े अफ़सर, नेता, मंत्री, भू-माफिया, तस्कर—ये सब प्रेत क्या, महाप्रेत होते हैं। मैंने तो दो-चार प्रेतों की हत्याएँ भी की हैं।"

"प्रेतों की हत्या? यह मनुष्य के लिए सम्भव ही नहीं है। उसकी हत्या तो केवल दैवी शक्तियों से ही की जा सकती है। यह हर समझदार आदमी जानता है कि दैत्य शक्तियों ने कितनी बार दैवी शक्तियों को धूल चटायी है।"

"आप प्राचीन ग्रन्थ तो पढ़ते होंगे? अरे! आपको पढ़ने से क्या लेना-देना? आपने इस सत्य को 'ॐ नमः शिवाय' और 'जय हनुमान' सीरियलों में देख कर जाना होगा।"

"हाँ, जाना है।"

"फिर असुर शक्तियों की शक्ति को जान लिया होगा। सुनिए, आज के मनुष्य के रूप में ही प्रेत घूमते हैं। वे अधिक आसुरी वृत्ति के होते हैं।"

दो आदमी। एकदम प्रत्यक्ष रूप से अजनबी। सूने-सन्नाटों में डूबी धर्मशाला। एक विचित्र-सा खौफ़ज़दा वातावरण। एक तगड़ा नशेड़ी चौकीदार। साल में एक दिन यहाँ विचित्र संन्यासी की स्मृति में मेला लगता है। तब यहाँ रौनक हर कोने में बैठी दिखती है।

"आपको मैं क्या कहूँ?" पहले आदमी ने प्रसंग को बदला।

"कुछ भी कह दीजिए पर मैं तो आपको श्रीमान कहूँगा।"

"और मैं आपको बन्धु। तो बन्धु आपने कई प्रेतों को मार डाला?"

"जी।"

श्रीमान् ने आँखें मिचमिचा कर हैरानी से कहा, "मान लीजिए यदि यहाँ अचानक बाघ आ जाये तो? क्या आप उसे भी मार डालेंगे?"

"वह हमें देख कर दुम दबा कर भाग जाएगा।"

"वह कैसे?" पहला चौंका।

"ऐसे श्रीमान, आप बाज़ार में खड़े हैं, बम फट गया। रेल में जा रहे हैं, विस्फोट हो गया। बस में यात्रा कर रहे हैं, गोलियों से भून दिया गया। राह चल रहे हैं, कोई छुरा भोंक गया। बताइये, आदमी से बड़ा हत्यारा कोई है? वह सबसे ज़्यादा खूँखार हो रहा है। उससे सारे जीव-जन्तु डरते हैं। उससे ज़्यादा अभी इस पृथ्वी पर कोई भी भयंकर आदमखोर नहीं है। क्या उसे देख कर हिंसक जानवर आने की हिम्मत कर सकता है?"

''बन्धु! आप सचमुच प्रबुद्ध हैं पर आप यहाँ आये क्यों हैं?'' श्रीमान जैसे भीतर से डर गया था।

''कहा न, हत्या करने।'' उसने सहजता से मुस्कुरा कर कहा।

''आप फालतू बातें छोड़िए और कुछ दिनों शान्ति और शुद्ध वातावरण में रहिए। मेरा स्वास्थ्य कुछ ठीक नहीं है। फिर भी, इस घनघोर जंगल में भय कहीं-न-कहीं छुप कर ख़ामोश बैठा है। वह हमला न कर दे और हमारी मृत्यु न हो जाये।''

''श्रीमान, जो मृत्यु को सदा साथ रखता है, उसे भय तो लगेगा ही। कई बार आदमी निरर्थक भय से भयभीत होकर मर जाता है क्योंकि भय तो हमारे मन में है।''

चौकीदार ने आकर कहा, ''शाम हो रही है। खाने की व्यवस्था करूँ? खाना यहाँ धर्मार्थ मिलता है।''

''तुम अपने नियमानुसार खाना बना दो पर ज़ायक़ेदार।''

''अरे साहब, ऐसा खाना बनाऊँगा कि आप उँगलियाँ चाट जाएँगे।''

श्रीमान ने कहा, ''हम ज़रा लेट खाना खाएँगे। तुम शराब पीओगे?''

''नहीं, मैं गाँजा पीता हूँ।'' चौकीदार चला गया।

बन्धु ने साँझ के धुँधलके से भरे आकाश को दृष्टि में भर कर कहा, ''इस स्थान का क्या महत्त्व है?''

''वाह, बन्धु वाह! आप तो रामायण पढ़कर पूछते हैं कि राम कौन हैं? यहाँ एक अलौकिक चमत्कारी महात्मा रहते थे। वे रात को बाघ बन जाते थे और दिन में मनुष्य। एक दिन वे यहाँ से एकाएक बिना कुछ कहे और बताये ग़ायब हो गये। उनकी याद में ही तो मेला लगता है और यात्रियों की सुविधा के लिए दानदाताओं ने यह धर्मशाला बना दी।''

''भयंकर अन्धविश्वास है। आदमी का बाघ बनना असम्भव है।'' पहले आदमी ने नाक-भौं सिकोड़ा।

''फिर यहाँ इतने लोग क्यों आते हैं?''

''कहा न श्रीमान, यह देश अन्धविश्वासों से घिरा है। किसी भी साधारण घटना को अलौकिकता से छोड़ दो वह वरेण्य हो जाती है।''

''नहीं बन्धु, आपके शब्दों में नास्तिकता की बू आती है। आप इसे क्या कहेंगे कि मैं एक ग़रीब लुहार था और आज माता वैष्णव देवी की कृपा से सम्पन्न व्यापारी हो गया हूँ। मैंने उसकी मनौती मानी थी।''

''संयोग है। सुनिए, एक आदमी और है जो उसी के नाम से करोड़पति बना और बाद में बेचारा कुत्ते की मौत मरा। कहा न, आज का हत्यारा तो मनुष्यों, दैत्यों, देवों सबसे अभीत है। सबसे अधिक शक्तिशाली है। श्रीमान्, विश्व के मानचित्र पर चारों ओर नज़र दौड़ाइये, कितनी शालीनता से कैसी-कैसी अमानुषिक व पाशविक

हत्याएँ हो रही हैं। उन एकल व सामूहिक हत्याओं के बाद उन स्थितियों पर गम्भीर अन्तर्राष्ट्रीय स्तर पर चर्चाएँ व बैठकों के प्रस्ताव पास होते हैं। बाद में सब भागीदार निरपेक्ष भाव से सुख-सुविधाओं का उपयोग करते हैं और सामान्य घटना की तरह उन्हें भूल जाते हैं।''

कुछ देर का मौन।

श्रीमान ने कहा, ''आज आप मेरी विदेशी शराब पीयेंगे। शुरू करें?''

''शुभस्य शीघ्रम।''

दोनों पीने लगे। सुरूर भी आ गया।

''आपने कभी प्रत्यक्ष हत्याएँ देखी हैं।'' श्रीमान याद करके बोला।

''हाँ कई बार। श्रीमान, आप तो इतने बड़े व्यापारी हैं। आपने भी तो हत्याएँ देखी होंगी।''

''मैंने प्रत्यक्ष नहीं देखीं।''

''आपने अप्रत्यक्ष बहुत हत्याओं का अनुभव किया है।''

''कैसे?'' उसने एक साँस में गिलास खाली कर दिया।

उसने श्रीमान को घूर कर देखा, ''अपने धंधे के माध्यम से।''

''मैं तो केवल लुहार हूँ।'' उसके वाक्य पर दबाव दिया।

''क्या लुहार हथियार नहीं बनाता?'' तीखा प्रश्न था।

श्रीमान भयभीत होकर चौंका, ''नहीं-नहीं, मैं तो केवल घरेलू सामान बनाता-बेचता हूँ।''

''श्रीमान, आजकल कोई अपना सही परिचय नहीं देता। कारण? आज का आदमी अपने को जानता कहाँ है, पहचानता कहाँ है? और वह झूठ भी सच की तरह बोलता है। झूठ अब संवाद में प्रभावशाली हो गया है।'' बन्धु एक क्षण रुक कर सहमा। कहा, ''रहा मेरा हत्या को देखने का सवाल...। एक बार मैं बाज़ार में सिगरेट ख़रीद रहा था। तभी एक बदबूदार, खुजलाया कुत्ता कूड़ाघर से निकलकर बाहर आया। लोग उससे परेशान क्या थे, घृणा करते थे। कहते थे कि वह बीमारियाँ फैलाता है। पर उस दिन न जाने उसने बैग में रखे बम को मुँह से क्यों हिला दिया? हिलते ही ज़ोर का धमाका हुआ। सारा बाज़ार हिल गया। अफ़रा-तफ़री मच गयी।... मैं भी एक खम्भे की ओट में हो गया। धुआँ-ही-धुआँ! दहशत-ही-दहशत। देखते-देखते दुकानों के शटर गिर गये। जब वातावरण साफ हुआ तो दो लाशें ख़ून से लथपथ और वीभत्स पड़ी थीं। चिथड़े-चिथड़े! मांस के कई लोथड़े दूर-दूर तक बिखरे थे। मैंने खम्भे की ओट से निकल कर देखा। कुत्ते का मुँह मेरे सामने पड़ा था। उसकी खुली आँखें मानो कह रही थीं—देखो, इस सभ्य मनुष्य को! इस बर्बर और विनाशक चमकदार सभ्यता के ईजाद के फल को! कितना दर्दनाक और विषाक्त हो गया है यह भूमण्डल! हाँ, पुलिस का कहना था कि यदि कुत्ता न होता

और बम को नहीं छूता तो बड़ा हादसा हो जाता।''

''क्यों?''

''क्योंकि उसकी भयंकर बदबू से लोग भाग गये थे। बहुत ही घृणित व उपेक्षित था।''

''मर कर कुत्ता भी मनुष्यों का कल्याण कर गया।...यह सब प्रभु की माया है बन्धु! क्यों कोई निर्दोष, सीधे-सादे और दुर्बल नागरिकों को मारता है? इससे कौन-सा मकसद हल होता है?'' श्रीमान ने गम्भीर होकर पूछा।

बन्धु ने हताशा से कहा, ''आजकल कौन उद्देश्य की पूर्ति के लिए कुछ करता है। सब कुछ उद्देश्यहीन व निरर्थक ही तो हो रहा है। आदमी थोड़े-थोड़े लालच, क्रोध व स्वार्थवश हत्याएँ करता रहता है।''

रात का अँधेरा हो गया। चौकीदार लालटेन रख गया। जाता-जाता बोला, ''मिट्टी के तेल का पैसा लगेगा। यह धर्मार्थ नहीं है।''

''ठीक है, तुम जाओ।'' बन्धु ने आदेश दिया, ''मैं यह कहना चाहता हूँ कि हर आदमी कई-कई चेहरे लगाए हुए है। यहाँ तक कि वह अपने को भी नहीं पहचानता। बाहर से कुछ अन्दर से कुछ और।''

''फिर आप अपना असली परिचय दीजिए?''

''आप अन्दाज़ा नहीं लगा सकते कि मैं वास्तव में हत्यारा हूँ।''

श्रीमान अपने भय को छुपाने के लिए हँसकर बोला, ''मज़ाक मत कीजिए। आप दर्शनशास्त्र पढ़े हुए हैं। आपका हर जवाब रहस्यपूर्ण होता है। आप ही बताइये, मनुष्य के मूल में क्या है?'' उसने प्रसंग बदला।

''पाशविकता! आप किसी के मन के विपरीत कुछ करिये, कहिये, समझिये—वह एकदम आपे से बाहर हो जाएगा। अभी तक वह पूर्णरूप से अपने भीतर से पाशविकता को नहीं निकाल पाया है।''

''सही कहते हैं आप...और मुझे एकान्त के अँधेरे से भय लगता है। इस अँधेरे में कभी-कभी हत्या तक हो जाती है।''

बन्धु ने लालटेन की ओर देख कर कहा, ''पर यहाँ तो रोशनी है। मैं तो और पीऊँगा।''

श्रीमान ने कहा, ''शानदार विदेशी शराब पीजिए पर ज़्यादा पीने से मनुष्य 'आउट' हो जाता है।''

''मैं आउट नहीं होऊँगा तो आपकी हत्या कैसे करूँगा।'' वह ज़ोर से हँसा फिर मुर्दा हो गया।

फिर दोनों अजनबी हो गये। चुप होकर खाना खाया। तो चौकीदार ने आकर कहा, ''साहब! सौ रुपये दीजिए।''

''किस बात के? यहाँ तो हर चीज धर्मार्थ है। बोर्ड पर लिखा है।''

"मैंने भी भोजन आपको धर्मार्थ ही खिलाया है पर मेरी मेहनत की बख़्शीश तो देंगे। मेरी मेहनत धर्मार्थ नहीं है।"

"तुम यहाँ के नियम को तोड़ रहे हो। क्या तुम यहाँ के नौकर नहीं।"

"हूँ, पर रसोइया नहीं। रही नियम तोड़ने की बात, क्या आपने इस पवित्र जगह पर शराब पीकर नियम नहीं तोड़ा? जो आदमी ख़ुद नियम तोड़ता है, वह नियम की बात कैसे कर सकता है?"

उन दोनों ने उसकी खूँखार मुद्रा देख कर, मिलकर उसे सौ रुपये दे दिये। श्रीमान ने अपने चेहरे को हथेली से पोंछ कर शंका प्रकट की, "बन्धु, क्या मेरा शक कुछ मायने रखता है?"

"कौन-सा शक।"

"कहीं यह तगड़ा नशेड़ी और निर्भीक चौकीदार हमारी हत्या न कर दे। आपने ही कहा था कि आजकल का आदमी व्यर्थ ही हत्याएँ करता रहता है और हमारे पास तो कुछ है।"

"इस समय सब सम्भव है। यदि आप अख़बार पढ़ते हैं तो मालूम होगा कि एक 15 साल की किशोरी ने एक रात अचानक अपनी सोई हुई माँ, तीन बहिनों और भाई की हत्या कर दी, बीकानेर के एक गाँव में। अटलांटा में एक शेयर का धन्धा करने वाले व्यक्ति ने घाटा होने पर अपने परिवार के तीन सदस्यों व अन्य सात जनों की हत्या कर दी। एक व्यक्ति ने अपनी बीवी व दो बच्चों की हत्या करके घर को आग लगा दी। एक आदमी ने सिर्फ़ पचास रुपयों के खातिर अपने मित्र को चाकू भोंक कर मार डाला। आपकी आशंका सही है कि कब कोई सीधा व्यक्ति सहसा हत्यारा बन जाये? यह चौकीदार भी बन सकता है क्योंकि आपके पास अत्यन्त ही कीमती माल है। मैं तो फक्कड़ हूँ। मेरे पास एक अदद पिस्तौल है।"

पल भर का सन्नाटा।

वे दोनों फिर आत्मलीन हो गये।

जब काफ़ी समय बीत गया तब सहसा बन्धु ने पूछा, "सिगरेट है?"

"है, मेरे सूटकेस में। देता हूँ।"

उसने सूटकेस खोला तो उसमें विदेशी पिस्तौलें व कारतूस भरे थे। उसने उसे सटाक से बन्द कर दिया। दूसरी सूटकेस में से सिगरेट निकाला। 'डनहिल' सिगरेट का पैकट!

"लो, पियो।"

उसने सिगरेट पीकर कहा, "यह तो विदेशी सिगरेट है। आपके पास सब चीज़ें विदेशी हैं।" पल भर रुक कर बन्धु ने फिर कहा, "अब तुम मेरी बात प्यार से सुनो। मेरे आने का मकसद सचमुच तुम्हारी हत्या करना है।"

"क्या?" श्रीमान अवाक्! हवा के झोंके से लालटेन हिला, इससे उसका भय

दुगुना हो गया। उसने अपनी पिस्तौल निकालनी चाही कि बन्धु बोला, "पिस्तौल को उठाना व्यर्थ है। जब तुम नहाने गये थे, तब मैंने तुम्हारी पिस्तौल ख़ाली कर दी थी और मेरी पिस्तौल अब भरी हुई है। यह हथियारों वाला सूटकेस मुझे दे दो।...सुनो, मैं यहाँ एकान्त में तुम्हारी हत्या करने ही आया हूँ। तुम हथियारों का व्यापार करते हो न, हिंसक लोगों को हथियार सप्लाई करते हो न? तुमने कितने नागरिकों को हथियार देकर हत्यारा बना दिया। राष्ट्र में अशान्ति और ख़ून-ख़राबा करा दिया। अब तुम्हारा ज़िन्दा रहना ठीक है?...तुम कोई चालाकी मत करना। क़ानून का ढुलमुलपन और साक्षों के अभाव में तुम कभी भी अपने राष्ट्रद्रोह व अपराधों की सज़ा नहीं पा सकोगे। तुम कोई चालाकी मत करना।...मेरी बात ध्यान से सुनो।"

उसकी आकृति पर मृत्यु-भय चिपका हुआ था। वह फटी-फटी आँखों से देख रहा था। आकृति पीली हो गयी, जैसे वह बरसों का बीमार हो। जैसे किसी दैत्य-सी जोंक ने उसका बदन निचोड़ लिया हो। जैसे उसके भीतर कोलतार उबल रहा हो।

बन्धु अत्यन्त प्रेम से बोला, "भाई मेरे। अभी मैं तुम्हें नहीं मारूँगा। जैसे ही सूर्य निकलेगा, मैं तुम्हें गोलियों से भून डालूँगा और तुम अपनी लाश खुद देखोगे। ख़बरदार, यदि तुमने कोई भी चालाकी करने की चेष्टा की तो तुम्हारे इस जीवन की सुबह नहीं होगी। इस कमरे में मैंने अत्यन्त छोटे बम फिट कर दिये हैं जो एक क्षण में तुम्हारे चिथड़े-चिथड़े कर देंगे। नहीं तो सुबह तुम्हारी हत्या होगी और तुम अपनी लाश स्वयं देख सकोगे।"

"मैं अपनी लाश कैसे देखूँगा?" वह झल्लाया।

"यही तो कमाल है श्रीमान। इस ज़माने में जो भी न देख सको, वह कम है।"

उसने गिड़गिड़ा कर, हाथ जोड़ कर कहा, "तुम मुझे मत मारो। मैं तुम्हें अति आधुनिक हथियार और दे दूँगा। अब तो तुम जान गये हो कि मैं...।"

बन्धु ने पिस्तौल तान कर कहा, "मैं तुम्हें नहीं मार रहा हूँ...तुम्हें तुम्हारे दुष्कर्म मार रहे हैं या तुम स्वयं अपने को मार रहे हो। तुम्हें शायद पता ही नहीं, दुनिया में मौत से ज़्यादा खूबसूरत कोई चीज़ नहीं है। वह हर चिन्ता, दुख, अभाव, समस्या, परेशानी से मुक्त कराती है। यदि तुम उसकी ख़ूबसूरती देख लोगे तो जीवन निरर्थक लगेगा। क्योंकि हम कितने ही सभ्य, सुसंस्कृत, शिक्षित, संवेदनशील बन जायें पर हमारे भीतर जो पाशविकता के कीट हैं, न तो कभी मनुष्य के शरीर से सदा के लिए गायब हुए हैं और न होंगे। वे कहीं-न-कहीं हमारे भीतर ज़िन्दा रहते हैं जो समय-समय पर भयंकर रूप धारण कर लेते हैं। चुपचाप सुबह का इन्तज़ार करो, सुबह के साथ मृत्यु का, यदि तुम्हें अपनी लाश स्वयं देखनी हो तो।"

उसने लालटेन बुझा दी। श्रीमान चीख़ा, "अँधेरा क्यों कर रहे हो? यह अँधेरा मेरी हत्या कर देगा।"

बन्धु ने उसे ज़ोर का धक्का दिया, "चुपचाप कमरे में पड़े रहो।"

वह कभी इधर और कभी उधर कमरे में चहलकदमी करता रहा। कभी सिर पकड़ कर बैठता, कभी ज़मीन पर लेटता। कभी चीख़ता और कभी ज़मीन पर लोट-पोट होता।...कई बार वह बाहर आया तो उसने देखा कि कुर्सी पर कोई नहीं है पर वह जैसे ही भीतर जाता तो बन्धु उसे बैठा हुआ दिखाई देता।

वह बड़बड़ाया, "यह प्रेत है।" उसका शरीर पसीना-पसीना हो गया।

वह भयंकर रूप से आतंकित हो गया और रोने लगा। तनाव, भय, आतंक, मृत्यु से संत्रस्त वह वाचाल रहा।

और सूर्य उगने के साथ वह ज़ोर-से चिल्लाया, "मैं मर गया...मैं मर गया...मेरी हत्या हो गयी...हत्या। यह रही मेरी लाश! देखो...देखो मेरी लाश!"

चौकीदार लपक कर आया। उसने झिंझोड़ कर कहा, "सेठजी! आप जिन्दा हैं...जिन्दा हैं।"

"नहीं, मेरी हत्या...।"

धाँय-से एक गोली श्रीमान के दिल पर लगी और वह तड़पता, काँपता घिघियाता ज़मीन पर ढेर हो गया।

पेशेवर अपराधी की तरह चौकीदार उसके पिस्तौल को पोंछ कर, उसे उसके हाथ में रख कर, उसके सूटकेस को ज़मीन में गाड़ कर वापस अपने कमरे में आकर सो गया। खर्राटे लेने लगा।

□□□